W0348827

Adele Gundert wurde am 15. 8. 1875 in Calw/Württemberg geboren, verheiratet mit ihrem Vetter, ev. Pfarrer und Mitglied der »Bekennenden Kirche«. Sie starb am 24. 9. 1949 in Korntal. Die Erstausgabe ihrer Dokumentation über das Leben ihrer Mutter erschien 1934.

Adele Gundert, die Schwester Hermann Hesses, hat aus unmittelbaren Selbstzeugnissen, Briefen und Tagebüchern ihrer Mutter die vielseitige, zeit- und entwicklungsgeschichtlich außerordentlich fesselnde Biographie dieser Frau nachgezeichnet. 1842 an der Westküste Vorderindiens als Tochter des schwäbischen Indologen und Missionars Dr. Hermann Gundert und seiner Frau Julie Dubois, einer leidenschaftlichen Calvinistin aus Neuchâtel, geboren, zweimal verheiratet, brachte sie neun Kinder zur Welt, von denen drei starben. Hermann Hesse war der älteste Sohn aus ihrer zweiten Ehe. Das Leben dieser phantasievollen, leicht entzündbaren und ungewöhnlich begabten Frau, die in Indien eine Missionsschule gründete, drei Biographien von Forschern und Missionaren publizierte, als erste Frau an einem württembergischen Gymnasium einen Lehrauftrag erhielt und insgesamt neun Jahre in Indien und Pakistan verbrachte, gibt nicht nur Aufschlüsse über die Mentalität der Mutter Hermann Hesses, sondern auch Einblicke in die Atmosphäre des schwäbischen Pietismus und sein expansives missionarisches Sendungsbewußtsein. Die Schauplätze dieser Aufzeichnungen sind die Malabarküste, ein Korntaler Mädcheninternat, Bombay, Kalikut, Haiderabad, Weißenstein im Baltikum, Basel und Calw. Nicht zuletzt für die Kindheit und Entwicklung Hermann Hesses ist dieses Buch ein unentbehrliches Quellenwerk.

»Auf dieses Buch möchte ich meine Freunde aufmerksam machen, nicht weil sie darin dies und jenes aus meiner frühen Kindheit aufgezeichnet finden, sondern weil das Leben meiner Mutter über das Persönliche hinaus etwas Beispielhaftes und eine große Wärme und Kraft ausstrahlt. Der Kampf einer leidenschaftlichen Natur um Heiligung und Erhöhung ihres Lebens, um die denkbar höchste Zielrichtung und Sinngebung, und es ist nicht nur rührend sondern auch tröstlich zu sehen, wie die Frömmigkeit dieses Lebens zwar von vielen Prüfungen, Rückfällen und Enttäuschungen weiß, wie sie aber dennoch bis tief in den Alltag hineingestrahlt und dies Leben geadelt hat.«

Hermann Hesse

insel taschenbuch 261
Adele Gundert
Marie Hesse
Die Mutter von Hermann Hesse

MARIE HESSE – DIE MUTTER VON HERMANN HESSE

Ein Lebensbild
in Briefen und Tagebüchern
von Adele Gundert
Mit einem Essay von Siegfried Greiner
und Lithographien von Gunter Böhmer

Insel Verlag

insel taschenbuch 261
Erste Auflage 1977
© Insel Verlag Frankfurt am Main und Leipzig
© 1953 beim D. Gundert Verlag Hannover
Lizenzausgabe mit freundlicher Genehmigung
des D. Gundert Verlags Hannover
Alle Rechte vorbehalten, insbesondere das
der Übersetzung, des öffentlichen Vortrags sowie
der Übertragung durch Rundfunk und Fernsehen,
auch einzelner Teile.
Kein Teil des Werkes darf in irgendeiner Form
(durch Fotografie, Mikrofilm oder andere Verfahren)
ohne schriftliche Genehmigung des Verlages reproduziert
oder unter Verwendung elektronischer Systeme verarbeitet,
vervielfältigt oder verbreitet werden.
Hinweise zu dieser Ausgabe am Schluß des Bandes
Vertrieb durch den Suhrkamp Taschenbuch Verlag
Umschlag nach Entwürfen von Willy Fleckhaus
Satz: Libro, Kriftel
Druck: Druckhaus Nomos, Sinzheim
Printed in Germany
ISBN 3-458-31961-1

11 12 13 14 15 16 – 11 10 09 08 07 06

MARIE HESSE
Böhmer
1884

EINLEITUNG

Marie Hesse, die Tochter des schwäbischen Missionars und Orientalisten Dr. Hermann Gundert und Mutter des Dichters Hermann Hesse, wurde am 18. Oktober 1842 in Talatscheri (Vorderindien) geboren.

Ihr Vater (geb. 1814 in Stuttgart), ursprünglich ein begeisterter Jünger Goethes und persönlicher Schüler von David Friedrich Strauß, bekehrte sich noch während seiner theologischen Studienzeit in Tübingen zu dem Bengelschen Pietismus seiner Väter. Im Jahr 1836 ging er als Missionar an die Malabarküste, wo er einige Jahre auch als Schulinspektor in Regierungsdiensten wirkte. »Im Handumdrehen lernt er einige fünf oder sechs indische Dialekte, die er bald derartig beherrschte, daß er in Hindostani, in Malajalam, in Sanskrit den Eingeborenen zu predigen, später sogar indische Gelehrte zu beschämen vermag[1].« In Indien vermählte er sich 1838 mit einer französischen Schweizerin) Julie Dubois (geb. 1809), die sich ebenfalls der Missionsarbeit geweiht hatte. Ihre äußere Gestalt bezeichnet Gundert als »kurz, schlank und beweglich; je heißer es ist, desto besser fühlt sie sich imstande, zu arbeiten«. Ihrem seelischen Typus nach gehörte sie eher dem siebzehnten als dem neunzehnten Jahrhundert an; sie war eine strenge Calvinistin, voll brennenden Eifers, »Seelen zu retten«, eine Feuerseele, die nichts Halbes ertragen konnte, oft heftig und unduldsam, aber immer auch bereit, sich selbst zu demütigen. Nach ihrem Tod 1885 schrieb Gundert: »Welch eine Hilfe ich an ihr hatte, läßt sich nur andeuten, sie ist mir im inneren Leben mehr zur Stütze geworden, als ich ihr.« Auch ihre praktische Arbeitskraft war erstaunlich, obschon ihr das Hauswesen wenig lag. »O, im

1 Hugo Ball: Hermann Hesse, sein Leben und Werk, suhrkamp taschenbuch, siehe auch Joh. Hesse: Hermann Gunderts Leben (Calwer Vereinsbuchhandlung, Stuttgart).

Himmel man koch nicht mehr, man wasch nicht mehr und putz nicht mehr!« hat sie oft in ihren Calwer Jahren geseufzt. Die deutsche Sprache blieb zeitlebens ihre schwache Seite, und Maries Briefe an sie sind deshalb durchweg französisch oder englisch geschrieben.

Während Maries Mutter, aus einer Weingärtnerfamilie stammend, zwar tief religiös, aber unkünstlerisch veranlagt war, und Vater Gundert seine ursprünglich starken musikalischen und literarischen Neigungen in späterer Zeit unterdrückte – nur J. S. Bach und Homer blieben seine Freunde bis ins Alter –, regte sich in Marie schon früh der Drang, ihre Erlebnisse sprachlich zu gestalten. Ihre Tagebücher enthalten teils pietistische Selbstbetrachtungen, teils lyrische Bekenntnisse, neben Hunderten von heiteren und rührenden Geschichten, die mit unbefangener Erzählerlust zu Papier gebracht sind.

Ihr Sohn, in dessen Lyrik und Gedankendichtung die Gestalt der Mutter eine tiefe sinnbildliche Bedeutung empfängt, schreibt in seinem »Hermann Lauscher« (1901): »Ich habe Leser und Erzähler und Plauderer von Weltruhm gehört, und fand sie steif und geschmacklos, sobald ich sie mit den Erzählungen meiner Mutter verglich. O ihr wunderbar lichten, goldgründigen Jesusgeschichten, du Bethlehem, du Knabe im Tempel, du Gang nach Emmaus! . . . Ich sehe dich noch, meine Mutter, mit dem schönen Haupt zu mir geneigt, schlank, schmiegsam und geduldig, mit den unvergleichlichen Braunaugen!« Atmen Marie Hesses schriftliche Aufzeichnungen auch nicht den vollen Zauber ihrer mündlichen Erzählungen, so verdienen sie doch in ihrer reizenden Absichtslosigkeit einen weiteren Leserkreis als Dokumente eines ungewöhnlich reichen und interessanten Frauenlebens.

Aus dem großen Nachlaß Marie Hesses, deren Tagebücher mehr als vierzig Jahre hindurch fast lückenlos geführt sind, wurden diejenigen Stücke ausgewählt, die das innere und äußere Erleben dieser großangelegten, gütigen und glaubensstarken Frau am reinsten widerspiegeln. Das vorhandene Material wurde von meiner Schwester und mir in langen Jahren gesammelt und zur Veröffentlichung vorbereitet, die endgültige Sichtung und Redaktion des Stoffes übernahm ein Enkel Marie Hesses, Karl Isenberg, dem ich für diese Arbeit herzlich danke.

Adele Gundert

KINDHEIT

ANFANG DER LEBENSREISE

Im fernen heißen Osten drüben erblickte ich am 18. Oktober 1842 das Licht dieser Erde, und in meine frühesten Erinnerungen mischte sich das dumpfe Ächzen der Meereswogen am Strande, das Schwanken der vom Wind bewegten Kokospalmen und das liebkosende Gemurmel und Streicheln meiner braunen Amme Rosine, die ich nur Hosianna hieß. Ein heiteres, rotwangiges Kind, das durch sein Lachen und Lallen im Nu die Herzen gewinnt, war ich nicht, sondern ein nervenschwaches, leicht gereiztes, düsteres, bleiches Ding mit glühenden dunklen Augen. Ein junger Mensch, der, als er mich sah, erstaunt ausrief: »Ei, wem gehört dies prächtige Kind?« wurde seines schlechten Geschmacks wegen allgemein ausgelacht. Ein glückliches Kind war ich auch nicht. Schon in zartester Jugend war ich oft von namenloser Furcht gepeinigt, wachte nachts laut schreiend von gräßlichem Traume auf und lauschte dann mit stillem Beben dem Geheul der Schakale. Dann konnte mein zärtlicher Vater mich stundenlang auf seinem Arm herumtragen und mir in den verschiedensten Sprachen Wiegenlieder singen, bis ich, das erschrockene Köpflein an seine treue Brust gedrückt, endlich beruhigt einschlief. Meines Vaters größte Lust war, uns kleine Geschöpfe im nahen Fluß zu baden. Sobald er mich aber tunken wollte, fing ich gleich an im kläglichsten Tone zu schreien: »Sahive, jenne mukikenda!« (»Mein Herr, tunken Sie meinen Kopf nicht!«), während mein zweitältester Bruder Samuel sich von seinem Vater auf die Wellen hinlegen und dann, zufrieden lächelnd auf dem Rücken liegend, ein Stück weit forttragen ließ, voll Vertrauen zu seinem Vater, der ja vom Ufer aus ihm zusah.

Als ich kaum drei Jahre alt war, mußte ich mein schönes Geburtsland verlassen, da meine Eltern gesundheitshalber eine Reise nach Europa machten, wohin sie uns, meine zwei älteren Brüder Hermann und Samuel, mich und mein anderthalb Jahre altes Schwesterlein Christiane, zu unsrer Erziehung bringen wollten. Von der Reise bleibt mir eine dunkle, böse Erinnerung, wie von einem schweren Alpdrücken. Es war eine schlimme Fahrt über das Rote und das Mittelländische Meer in enger Kabine mit schlechter Kost; und meine arme kranke Mutter hatte mit mir, dem übellaunigen kränklichen Kind, manche Not durchzumachen, indes mein jüngeres Schwesterchen sich leicht in alles schickte und mit größter Zufriedenheit am schlechten Schiffskäs herunternagte! Um mir die Langeweile zu vertreiben, warf ich Scheren, und was mir gerade unter die Hände kam, zum engen Kajütenfenster hinaus in die Wogen. Auf der Reise von Triest über Salzburg nach Stuttgart hatten wir arme Pflänzlein der warmen Tropenwelt viel von der Kälte auszustehen.
Von dem Aufenthalt in Stuttgart weiß ich nur noch, daß mein Großpapa, ein kleiner, beweglicher, freundlicher Mann mit Silberhaaren, mir überaus lieb wurde, und daß ich mit seiner jüngsten Tochter Emma, die nur ein Jahr älter war als ich selbst, über einer großen Puppe viel Streit hatte und sie »das böse Tante Jemma« nannte. Von allen Seiten her wurde uns kleinen Fremdlingen viel Liebe bewiesen, und das deutsche Zuckerwerk war so nach unserem Geschmack, daß mein Samuel, als man ihn fragte, ob er wieder nach Indien möchte, sehr entschieden ausrief: »Nein, nein! Europa Kaiserkuchen und Kirschenkuchen, ich dableiben!« Zum Verwundern war's, wie schnell wir unser Malajalam vergaßen und Deutsch sprachen. Besonders mein Hermann machte darin reißende Fortschritte und mußte bald der Dolmetscher des Kleinen sein. Die beiden Knaben wurden in eine Kleinkinderschule geschickt, wo sie dem guten Lehrer durch ihr freies, ungebundenes Wesen aller-

lei Nöte verursachten. Er wies sie einmal streng zurecht. Samuel, der kaum wußte, was eigentlich von ihm gefordert wurde, brummte trotzig vor sich hin: »Bauzenberger Pisatschu ana!« – »Was sagt der Kleine?« rief der Lehrer, und pflichtgetreu übersetzte Hermann: »Bauzenberger Teufel sein.« Das hätte dem Jungen wohl Schläge zuziehen können, hätte der gute Lehrer nicht den »unter wilden Heiden aufgewachsenen armen Buben« für diesmal bemitleidet.
Im großelterlichen Haus bekam ich einmal die Rute, weil ich beim Essen den Spinat zornig gegen die Wand warf mit dem Bemerken: »In Indien fressen Kühe grünes Gras!« – Nanele, das blauäugige, goldlockige, heitere Kind hatte längst alle Herzen gewonnen, und als meine Eltern wieder an die Rückreise nach Indien denken mußten, wurde beschlossen, sie nebst meinen Brüdern bei den lieben Großeltern zu lassen, da man sie auch ihrer zarten Jugend wegen nicht leicht wo andershin hätte tun können. Aber was fängt man mit Marie an? In Basel ist ein frommer, reicher Herr und warmer Missionsfreund, Doktor Ostertag, der gern einige Missionstöchterlein aufnehmen möchte, da ihm selbst Kindersegen vorenthalten war. Am 8. Oktober 1846 brachten mich meine Eltern nach Basel, wo ich eine neue, schöne Heimat, und o so warme, liebreiche Herzen finden sollte.

MEINE GLÜCKLICHSTE KINDHEIT

1846 bis 1850

Unvergeßlich ist sie mir geblieben, jene herbe Stunde, da es galt, mich von meinen Eltern zu trennen. Noch sehe ich, wie ich weinend im Hofe stand und meine Mutter mit Gewalt festhalten wollte, indem ich mich an den Zipfel ihres Schales hing. Man riß mich weg von ihr und trug mich ins Kinderzimmer, wo man mich mit Liebkosungen und Zuckerwerk trösten wollte. Allein mein Innerstes war empört, mir war's, als hätte sich die ganze Welt verschworen gegen mich, als hätten meine Eltern selbst mich verstoßen. Unvergeßlich rührend ist mir heute noch die liebliche Sanftmut, das zarte Mitgefühl meiner einzigen Gespielin Emilie, Kind des Missionars Kruse, die mir ihre schönsten Spielsachen vorstellte und dann still ihre Tränen zerdrückte, als ich ihre Kleinodien in meinem Wutanfall zertrümmerte.

Doch, wie bald heilt ein wundes Kinderherz! Ich genoß so viel Liebe, lebte auf dem reizenden Landgut Gundeldingen in Glück und Sonnenschein: war es ein Wunder, daß alle Sehnsucht nach den fernen Eltern bald verschwunden war und mein glühendes Herz sich mit ganzer Leidenschaft an die neue, edle Pflegemutter hing? Emilie und ich nannten unsere lieben Beschützer Onkel und Tante, aber dieser Name genügte und bald nicht mehr, hörten wir doch andere Kinder so oft Papa und Mama rufen, und wir – wir durften nur erst lernen, diese Namen zu schreiben. Im Garten sitzend, berieten wir zwei einstmals die wichtige Frage. Dann faßten wir uns ein Herz und trippelten Hand in Hand an den Hühnerhof hin, wo der gute Doktor Ostertag nach seiner Gewohnheit dem Geflügel Gerste streute. Ich zupfte ihn am Rock: »Onkel!« – »Ja, Kinderle, was?« Emilie fuhr fort: »Dürfen wir« . . . und dann platzte ich auch noch heraus: »Papa und Mama sagen?« Da schloß uns der teure Mann in seine Arme, rief seine Gattin herbei, und von dem Tage an hatte ich ein zweites Elternpaar. Was sie in tragender, vergebender, aufopfernder Liebe für mich getan, das lohne ihnen der allmächtige Gott!

Von Indien waren mittlerweile Berichte über die glückliche Ankunft meiner Eltern und Geburt meines Bruders Friedrich eingetroffen. Im März 1848 starb in Stuttgart mein liebliches Schwesterlein nach kurzer Krankheit, und diese Nachricht machte tiefen Eindruck auf mich.

In Gundeldingen hatten auch Änderungen stattgefunden. Emilie und ich waren nicht mehr allein, ein Missionskind ums an-

dere kam, doch waren es nie über ein Dutzend. Wir wurden öfters zu Freunden in der Stadt eingeladen, lernten uns fein anständig benehmen und kleine Gedichte deklamieren. Das war nach meinem Geschmack; ich bewegte mich gern in schönen, vornehmen Häusern, wo Gemälde und Gipsfiguren die Zimmer schmückten und die seidenen Kleider schöner Damen rauschten. Wie glücklich war ich dummes Zipfelein aber erst, als ich einst in einer solchen Visite eine Dame zu ihrem Nachbarn, auf mich deutend, ziemlich laut flüstern hörte: »E scharmant Meitli, so graziös!« Weniger schmeichelhaft klang die derbe Antwort: »E rechter Dämon luegt us sinen Auge!«
So gerne ich bei passender Gelegenheit fein und gebildet war, so ging mir doch nichts über ein freies, wildes Springspiel auf grüner Wiese. Ich war ein Wildfang und zerriß von allen am meisten meine Kleider, wofür ich manches Tätzlein bekam. Immer hatte ich irgendwo ein blaues Mal oder einen Schnitt oder ein wundes Knie. Aus Liebe zu den schönen Braunen hatte ich mit dem Stallknecht eine Freundschaft geschlossen, und dieser – obschon gegen strenges Verbot meiner Gundeldinger Eltern – verschaffte mir manchmal insgeheim einen kleinen Ritt. Eines Morgens früh sah ich ihn das Pferd zur Tränke führen; gleich huschte ich herzu und ließ mich auf seinen Rücken setzen. Trotzdem daß Ruppert mich hielt, stürzte ich bei einem kleinen Sprung des Gauls rücklings hinunter auf spitzige Pflastersteine, wovon ich ein Loch als Andenken davontrug. Ich biß die Zähne fest zusammen, weil mir der Knecht sagte, ich dürfe nicht schreien, sonst bekomme ich die Rute und er einen Verweis. Der gute Doktor aber hatte von seinem Fenster aus der ganzen Szene zugeschaut und kam nun mit nassen Augen auf mich zu: »Kind, diesmal können wir Gott nur für deine Bewahrung danken!« So gab's keine Strafe, aber jenen Braunen wieder insgeheim zu besteigen, lüstete mich nicht mehr.
Die lieben Ostertags machten einst einen Sommeraufenthalt in Badenweiler, wo wir sie eines Tages besuchen durften. Das

Jugendbild von 1857

war ein unvergeßlich froher Tag, der noch viele Wochen nachher Stoff zur Unterhaltung für uns Kinder bot. Wir durften auf Eseln ans Bergwerk reiten und machten dabei sehr innige Bekanntschaft mit den barfüßigen Eselstreibern, die uns ihre höchste einfache Lebensgeschichte ausführlich erzählen und dann unsere Ermahnungen anhören mußten. Wir schenkten ihnen kleine Traktate und versprachen für sie zu beten, und das Versprechen wurde gehalten. Lange, lange Zeit später, wenn wir bei der Andacht zusammen beteten, gedachten wir allabendlich der armen Eselsbuben, Joggele, Hans, Klaus, Bastian und Martin mit Namen. Wir hatten recht weiche Herzen und hätten gern allen armen Kindern Christtagsbescherung gehalten. Als ich einst ein Bettelkind zufällig am Brunnen von der Röhre trinken sah, sprang ich wie toll nach einem Becher – ein Glas tat den Dienst nicht –, zwang das unreinliche, ungewaschene Kind, daraus zu trinken und war dann den Tag über voll stiller Wonne, eingedenk der auswendig gelernten Verheißung Matth. 10, 42 (»Wer dieser Geringsten einen mit einem Becher kalten Wassers tränkt, es wird ihm nicht unbelohnt bleiben.«) Es gab Zeiten, wo mich eine Predigt, eine Andacht oder ein Bibelvers bis zu Tränen bewegen konnte, besonders machten des teuren Gerhardts Passionslieder einen mächtigen Eindruck auf mein Gemüt. Aber leider waren diese frommen Rührungen bald wieder verrauscht.

Das Puppenspiel war mir zum Ekel. Ach, wie seufzte ich oft: »Wenn i numme e Bueb wär!« Frei im Grünen herumjagen, das wäre eine Lust! Eine mächtige Liebe fesselte mich schon in den frühesten Jahren an Gottes schöne Natur. Diese übte einen wunderbaren Einfluß auf mich aus, und so barsch und bübisch ich im munteren Spiel mit anderen sein konnte, so still und tiefbewegt war ich, wenn allein im Freien. Lebhaft erinnre ich mich noch eines freien Mittags, den wir im nahen Wäldchen St. Margrethen zubringen durften. Die andern wanden Efeukränze für einen Geburtstag, ich machte mich etwas tiefer ins

Gebüsch hinein und setzte mich einsamlich ins grüne Moos. Es zwitscherten die Vögelein in den Zweigen, es rauschte und säuselte durch die Blätter, und von unendlicher Ahnung, Wonne und Sehnsuchtsgefühl zerfloß ich in Tränen. Dort machte ich mein erstes Verslein, es sprudelte unwillkürlich aus dem übervollen Kinderherzen. Von jener Zeit an beseelte mich eine leidenschaftliche Liebe zur Poesie; oft schwoll mir das Herz vor Gedanken und Gefühlen, die ich zu meiner Betrübnis nicht in Wort und Reim fassen konnte – – aber die ganze Natur atmete mir lauter Poesie entgegen, und ich träumte der Kindheit glücklichsten, unschuldigen Traum.

Inzwischen hatte ich in Indien ein weiteres Brüderlein, Paul, und später einen kleinen David bekommen. Meine Eltern hatte ich ziemlich vergessen und wünschte zuweilen, Ostertags möchten doch ganz meine Eltern sein.

Im November 1850 beim Mittagessen fragte unser Pflegepapa einmal plötzlich: »Kinder, seid ihr neidisch? Oder freut sich jedes fürs andre, dem eine Freude zuteil wird, zum Beispiel du, Marie, würdest du nicht eifersüchtig, wenn eines deiner ›Schwesterlein‹ nach Stuttgart gehen dürfte?« – »Nein, Papa.« – »Gut, dann will ich dich mit nach Stuttgart nehmen. Dein Großpapa möchte dich wieder einmal sehen.«

Wie ich jauchzte und hüpfte! O, das Glück, reisen und etwas von der weiten Welt sehen zu dürfen!

GÄRUNG

1851 bis 1854

Die Reise durfte ich mit meinem väterlichen Freund machen, der mir die Fahrt überaus angenehm und kurzweilig zu machen wußte. Im großelterlichen Hause wurde ich mit Jubel empfangen. Meine Brüder erkannten mich nicht und spöttelten viel über ihr feingebildetes Schwesterlein, das so hübsche Knickse machen und so zart hochdeutsch reden konnte. Das kleine

Wunderding erregte in der Familie ziemliches Aufsehen und wurde seiner stillen, einsilbigen Tante Emma als Muster vorgehalten! Nach einigen sehr vergnügten Wochen in Stuttgart kehrte ich, in meiner eigenen Achtung hoch gestiegen und voll Selbstgefühl, nach Gundeldingen zurück, wo mir der Rost tüchtig abgerieben wurde. Meine Rückreise geschah in Begleitung einer neuen Lehrerin, die auf der Post irgendwo unterwegs einen »nahen Vetter« traf, mit dem sie sich dann im Wirtshaus so lange unterhielt und verküßte, bis wir die Stunde der Abfahrt versäumt hatten und per Extrapost (»das kann der reich Protz zahlen«) weiterfahren mußten. Als es dann bei Ostertags galt, sich darüber zu erklären, brachte die Jungfer Lotte eine so wunderbare Geschichte von Verspätung, von groben Postbeamten und Gepäcksnöten, aber kein Wort vom »nahen Vetter« vor, daß ich vor Erstaunen ganz verstummte. Oh, diese Lehrerin! Sie kam in unsre kleine, nette Anstalt wie ein rauher Frost, der zarte Knospen tötet und hoffnungsvolle Keime verwüstet. So fromm, so lieblich, so naiv, so besorgt um ihre »teuren Pflegbefohlenen« vor den Leuten, und ach so herzlos, so grausam, wenn bei uns allein. So etwas hatten wir noch nie gesehen, hatten nicht die leiseste Ahnung von der Tücke und Bosheit eines Menschenherzens – bis diese neue, vielgepriesene und bewunderte Lehrerin kam. Gott vergebe ihr all das Unheil, das sie angestiftet! Von ihr hörten wir die ersten leichtfertigen Liedlein, von ihr lernten wir lügen und uns vor verschiedenen Personen verschieden stellen. Auch den Apfel des Zanks warf sie durch ihr parteiisches, launisches Verfahren unter uns. Ach, da war's aus mit dem süßen Frieden der ersten, ungestörten, lieblichen Kindheit.

Wer ahnt all das Elend, das eine einzige Person anrichten kann! Zuerst staunten wir und folgten, aber immer mehr und mehr begann es in uns zu kochen und zu gären: wir wollten sie bei den Eltern verklagen. Sie merkte es, schmeichelte uns, schob uns insgeheim (wahrscheinlich gestohlene) Leckerbissen zu und klagte hinter unserm Rücken: wir hätten keine Liebe zu ihr und wollten uns nichts von ihr sagen lassen. Da sie gute Empfehlungen und Zeugnisse mitgebracht und sich vor ihm stets überaus fromm erwiesen hatte, glaubte ihr der liebe Doktor und trat gegen uns mit einem Male so scharf und streng auf, daß wir ganz erbittert und grimmig wurden. Der liebe, edle Mann, wie bereute er später diese wohlgemeinte Schärfe! Er war doch von Natur so weich und zärtlich. Es fing an zu gären; wir sprachen zusammen von geheimen Verschwörungen, Fluchtversuchen und derlei wunderbaren großen Dingen, die uns in große Aufregung und üble Gemütsverfassung brachten. Dazu war noch vorher ein kurzer Besuch meiner freiheitsliebenden, lustigen Brüder von Stuttgart gekommen, wo wir zum ersten Male hörten, wie frei und ungebunden Kinder im Elternhaus sein könnten. Wir sahen uns plötzlich als Gefangene an, als arme Nonnen, die Freiheit und Lebenslust nur dem Namen nach kennen, und nun hielten wir Reden über Freiheit und Knechtschaft, über Unterdrückung und Revolution, und schlossen meist begeistert mit dem Ruf: »Die Stunde der Freiheit wird noch schlagen und das Morgenrot bessrer Tage wird anbrechen!«

Die Stunde der Entdeckung wenigstens schlug. Jungfer Lotte wurde fortgeschickt. Sie heiratete später jenen »nahen Vetter«, ist aber bald Witwe geworden.

Es war, als ob ein böser Geist in uns gefahren wäre, mit dem die guten, treuen Lehrerinnen, welche nachfolgten, viel zu kämpfen hatten. Die schöne Kinderzeit war dahin auf immer. Wir fühlten uns nimmer als Familie, sondern als »Missionskinderanstalt«, als welche wir auch oft von den Stadtmädchen ausgelacht wurden, wenn wir im Winter zwei und zwei in unseren blauen Kleidern und grauen Filzhüten und den schweren Holzschuhen (bei tiefem Schnee nämlich) durch die Straßen Basels in die Kirche trabten. Wir ergrimmten innerlich, wenn naseweise Bauernweiber sich herdrängten, um die »Heidenkinder«

(denn daß man in Indien geboren sein könne, ohne ein brauner Heide zu sein, faßten sie nicht) anzugaffen und dann ganz enttäuscht die Hände über dem Kopf zusammenschlagend, ausriefen: »Herr jemer! Die sind jo wiß!«

Ich sehnte mich aus Basel weg, wo man von den »Missionsbrüdern« oft so verächtlich reden hören konnte, als ob's eben lauter arme Schlucker wären, die sich von den reichen, mildtätigen Baslern verhalten ließen. Ich benützte jede Gelegenheit, um überall zu sagen, daß mein Vater nie als Zögling im Missionshaus gewesen, sondern als studierter Kandidat in die Mission eingetreten sei. (»Mi Papa isch nie e Brueder gsi.«) »Ach, wären wir doch keine Missionskinder!« seufzten wir einmal über das andere.

Indessen waren draußen auf den Missionsgebieten so viele Missionskinder zur Welt gekommen, daß es für das Basler Missionskomitee notwendig wurde, ein eigenes Kinderhaus zu erbauen. Damit hörte unser kleines Institut auf. Als ich von einer Vakanzreise, während der ich meine Verwandten in Corcelles hatte besuchen dürfen, zurückkehrte, holten mich drei der »Schwesterli« auf der Post ab und erzählten mir unterwegs allerlei wunderbare Andeutungen auf bevorstehende baldige Veränderung, die sie hie und da aufgeschnappt hatten. Richtig ließ uns wenige Tage darauf Papa in sein Zimmer kommen und sagte uns, es gehe an eine Trennung. Unter Schluchzen und Weinen vernahm jedes von uns, wohin es kommen werde, und ich bebte ordentlich, als es hieß: »Die liebe Marie findet (mit noch drei andern) im Korntaler Institut Aufnahme.« Ich hatte die Strenge jenes Instituts preisen hören.

In den letzten Wochen war lauter Liebe und Friede und Dankbarkeit und Reue. Der Abschied von Gundeldingen, dem schönen Gartenland meiner ersten glücklichen Kindheit, fiel mir ungeheuer schwer, und noch mehr die Trennung von meiner teuren Pflegemutter, die mich stets mit großer Geduld und Sanftmut behandelt und mit ihrem traurigen, lieben Blick in

Gundeldingen bei Basel

bösen Stunden viel mehr bei mir bewirkt hatte als alle Tatzen und Drohungen. Und heute noch, wenn ich an Gundeldingen denke, wird mir's wohl und weh, weit und eng ums Herz, denn ich sehe es nicht an als das Kloster der späteren Zeiten, sondern ungetrübt, und von Gottes Sonne freundlich beschienen, liegt es vor mir im Geist – das süße Eden meiner Kindheit!

INSTITUTSLEBEN

Oktober 1854 bis April 1856

Und ich kam nach Korntal! In der ersten Zeit hatte ich Heimweh nach Ostertags und war unzufrieden mit allem um mich her.

Eines Abends, vor Bettgehen, ging ich allein in den unteren unheimlichen Gang, wo verschiedene Mädchen schon Geisterspuk zu hören vermeinten, und weinte dort nach Herzenslust. Mit einem Male fühle ich eine weiche Hand auf meinem Kopf, und eine klangvolle Stimme fragt: »Kind, hast Heimweh? Armes Kind!« Ich blickte auf und sah beim düsteren Schein der fernen Lampe eine helle, große Gestalt. War es etwa ein Engel? Für einen Engel hielt ich sie, die schöne Jungfrau von hohem Wuchs, holdem Angesicht und süßer Stimme, obschon ich wußte, daß sie eben eine Institutstochter, eine Russin, Olga Bunsen, sei. An ihrer Brust schluchzte ich, ihre zarte, weiße Hand strich mir die heißen Wangen, ihre melodische Stimme tröstete mich, und von dem Abend an war Heimweh und Schmerz dahin, von einer Liebe war mein junges Herz erfüllt, ach, einer Liebe, so glühend, so wild, so ungestüm, so voll Lust und Verlangen, wie nur ein ganz junges, leidenschaftliches Herzlein sie beherbergen kann. Olga! Das war mein Himmel. Sie zog an mir vorüber wie die goldne Morgensonne, wärmend und leuchtend, und oft wieder wie der stille Mond, sehnsuchterweckend, in Träume versenkend, süß und mild. Wie ich sie verehrte! Ich harrte stille oft ganze Viertelstunden, im

Hausgang stehend bis ich sie kommen sah, und wenn ich dann im Vorbeigehen ihr Kleid berühren oder ein freundliches Zunicken von ihr bekommen konnte, war ich selig. Ich liebte sie, ehrte sie und wagte nicht, mich ihr zu nahen.

Aber die Stunde kam, da ich doch ihr vergelten, ihr Tränen trocknen und Mut zusprechen konnte, und das war für sie die Stunde der Demütigung und Strafe. Im Speisesaal sah ich einst mit Entsetzen Olga, meine schöne, vergötterte Olga am Katheder stehen und mußte hören, wie Herr Pfarrer sie einer schweren Sünde beschuldigte und den Umgang mit ihr verbot. Stumm ging sie fort, niemand sprach mit ihr, alle sahen entweder spöttisch, neugierig oder halb bemitleidend ihr schweigend nach. Ich ertrug es nicht. Jetzt konnte ich mich ihr nahen, da sie – ich verstand nicht, warum – geächtet war. Im Garten fand ich sie an der Ecke – den Kirchhof zu –, das Gesicht mit beiden Händen bedeckt. »O Olga, ich hab dich lieb! Sag mir, warum weinst du?« Sie fuhr zusammen, zog mich an sich und ließ mich dann schnell wieder los: »Geh, Herr Pfarrer hat den Umgang mit mir verboten – geh!« – »Nein, ich geh nicht, und wenn man mich straft!« schrie ich, setzte mich zu ihr und hörte endlich nach langem Weigern von ihr das Sündenbekenntnis. Olga hatte eine törichte Liebschaft mit einem schönen, stolzen, aber keineswegs lobenswerten jungen Baron in der »Pfleiderei!« (Knabeninstitut von Prof. Pfleiderer). Er hatte ihr Briefe und Gedichte geschickt, sie hatte heimlich geantwortet und ihn an einem verabredeten Ort getroffen. Als es entdeckt wurde, hatte sie sich mit einer Lüge entschuldigt. Daher verdiente Strafe.

Olga war ein erst siebzehnjähriges Mädchen, aber frühreif, überaus begabt und liebenswürdig. Ich sah sie fast als etwas Übernatürliches an, und statt ihre Fehler einzusehen, verehrte ich dummes, kaum zwölfjähriges Kind sie nun als Heldin und Geliebte eines Barons! Was wußte ich von Liebe! Nur das, daß ich aus Liebe zu Olga alles wagen, Zorn und Strafe auf mich ziehen und dabei noch stolz und glücklich sein würde. So, meinte ich, sei Antons und Olgas Liebe eine wunderbar schöne Heldentat. Mit Gier las ich ihre Gedichte an ihn, und meine glühende Phantasie träumte, wie Olga durch Wasser und Feuer gehen und endlich doch als sieggekrönte, edle Heldin dastehen werde. Ich besorgte ihr einen Brief und wurde nicht entdeckt, ich trug wieder einen und wär beinah verraten worden, wenn ich mir nicht schlau durch Lügen geholfen hätte. O armes, junges Herz, wie gingst du in der Irre, zittertest vor Entdeckung, warst stolz auf solche wagende Liebe und verlorst dich im Labyrinth der Lüge und Verstellung. Ich war Olgas Spion, überall spürte ich nach, ob man für oder gegen sie sei, ob ihre Geschichte bekannt und vielleicht weiter verraten werde. Es war ein unsicheres, verzweifeltes Rennen auf morschem Boden. Endlich brach der Boden unter den Füßen. Alles – ich weiß nicht recht, was eigentlich – wurde entdeckt und meine Göttin von Korntal fortgeschickt. Noch sehe ich sie – die schöngewachsene Jungfrau mit den hübschen, anmutigen Zügen, den sprechenden Augen, in weißem Schal und hellem Strohhut ein reizendes Bild – aber ach freilich kein fleckenloser Engel. Ich stand wie festgebannt vor der Haustür, ich sah der Kutsche nach – schon lange sah man sie nimmer –, noch stand ich dort, immer noch schien sie vor mir zu stehen, die holde, jugendlich schöne Gestalt! Als ich endlich gerufen wurde, war ich wie im Traum, meine Gedanken waren nicht beim Lernen, Spielen und Essen.

Unglücklich und zerrissen im Herzen, grimmig gegen alle, die etwas gegen Olga zu sagen wagten, lebte ich hin. Ich kam in »Karzer«, weil ich versuchte, ihr zu schreiben. Ich hatte gehört, sie sei in Heidelberg. Nun war eine Tochter von dorther im Institut. Der packte ich, als sie eine Schachtel heimschickte, meinen Brief und ein Heft voll Verslein, auf Olga gedichtet, bei; allein es wurde verraten. O, es war eine böse Zeit. Mit Gott und Menschen haderte ich, suchte heimlich immer wieder mit der Fortgeschickten in Verbindung zu treten und verflocht mich so

Der Saalplatz in Korntal

in ein Gewebe von Unwahrheiten. Doch Gott in seiner Gnade ließ mich nicht ganz sinken: er stellte mir eine treue, mütterliche Freundin an die Seite, Fräulein Sophie Mayer, meine Lehrerin. Ach, mit wieviel Geduld hat sie das unartige, verstockte Kind an sich gelockt, und dann das kleine Herz, das sich in bitterer Enttäuschung und Hoffnungslosigkeit ganz verschließen wollte, mit dem wunderbaren Schlüssel der Liebe aufgeschlossen. Und noch eine edlere, reinere, haltbarerere Freundschaft als die für Olga, schloß ich mit Julie Weidlich, einem stillen, reichbegabten, frommen Mädchen; es ist mir heute noch ein Rätsel, wie wir zusammenkommen konnten, und es wunderte sich jedermann über sie und mich. Diese beiden schenkte mir Gott; beide liebten mich und trugen mich auf betendem Herzen.

Von Indien her kamen traurige Briefe. Alle meine Unarten waren meinen Eltern geschrieben worden, und sie waren in Angst und Sorge um mich. Dazu kam meine eigentümliche Geistesverwandtschaft mit meinem ältesten Bruder, der damals ein stolzer, leichtsinniger, eingebildeter Jüngling war, der mir heimlich verbotene Gedichtbücher verschaffte und einen ästhetischen Briefwechsel mit mir anknüpfen wollte, was uns aber sofort mit strenger Hand niedergelegt wurde. Ich mag nimmer an jene Zeit denken! Ich glaube, es war gut für mich, daß ich von Korntal fortkam, so treu auch der edle Pfarrer (Staudt) über mir wachte: er sah mir nie ins Herz[1].

1 Marie an ihren Vater Korntal, den 8. März 1855

. . . Du weißt, daß ich sehr viel Interesse für Schillers Gedichte hege, nun dürfen diese aber in Korntal von Töchtern meines Alters nicht gelesen werden. Ich bat Herrn Pfarrer, ob ich sie lesen dürfe, er sehr freundlich sagt aber, es sei besser, wenn ich zuerst christliche Gedichte lese, und gab mir einen Band von Albert Knapps Gedichten. Auch sagte er, ich solle, wenn ich wieder einen Reim gemacht habe, es ihm zeigen, das wird mir aber schwer ankommen . . .

WIEDER WO ANDERS

April 1856 bis Juni 1857

Voll Angst und Grauen kam ich nach Basel zurück: wie werden meine Pflegeeltern mich empfangen, nachdem ich ihnen lauter Not bereitet hatte? Es war Abend, als ich auf dem Bahnhof ankam, ich hatte den Tag nicht vorher bestimmt. Wohin sollte ich jetzt, da ich ja gehört hatte, der liebe Doktor wohne noch im Winterhaus in der Stadt. Ein fremder Herr sah mich unschlüssig neben meinem Gepäck stehen; er nahm eine Droschke, lud mich, nachdem er vernommen, zu wem ich gehe, ein, mit ihm dorthin zu fahren, da er in der Nähe von Herrn Ostertag wohne. Ich nahm dies als freundliches Omen und fuhr weniger ängstlich am Hause an. Emilie Kruse, die allein bei den Pflegeeltern geblieben, begrüßte mich herzlich. Papa lag krank im Bett und Mama – ach, die empfing mich in alter, warmer Liebe! Wie wurde mir so wohl, so heimatlich zumute!

Von Indien her hatten meine Eltern geschrieben: lieber solle ich in irgend ein einfaches Bauernhaus kommen und lernen dankbar werden, als in einer hohen Pension vollends vom Weltgeist fortgerissen zu werden. Meine Tanten in Corcelles, die guten, einfachen Frauen, hatten ihren frommen Schulmeister als passenden Lehrer für mich vorgeschlagen, und in dessen Haus sollte ich nun kommen. Eines schönen Sonntagmorgens saß ich mit Mama nach der Kirche im Wohnzimmer, als die Magd einen Fremden, der draußen stehe, anmeldete. Ein kleiner Mann in äußerst unmodischem, wiewohl augenscheinlich festtäglichem Anzug, hoch zugeknöpfter Weste und lang sorgsam verwahrtem, altertümlichem Schlosser, trat ehrerbietig grüßend ein. Der Schulmeister war nicht in ihm zu verkennen. Er trug Brillen, hatte ein freundliches, rotfarbiges Gesichtlein mit einer halben Habichtsnase, hellblauen Augen und langem, überaus sorgfältig hinter die Ohren gekämmtem Haar. Er stellte sich vor als »Rodolphe Jaquet, régent de Corcelles«, so klein, so verschüchtert, so hilfebedürftig stand er da neben der Dame im großen Zimmer, dessen Eleganz ihn förmlich zu drücken schien. Wenn das schwerseidene Kleid neben ihm rauschte, schien er ordentlich zu erbeben, und vor der hohen Gestalt meines Pflegevaters hatte er offenbar mächtigen Respekt. Sollte das mein Lehrer werden? Gut, dann freute mich's doch, daß er wenigstens einen Begriff davon kriegen konnte, in was für Kreisen ich mich bisher bewegt hatte. Aber ich schämte mich vor Emilie, vor den Mägden, als es hieß: »So, zu dem kleinen Ma nach Corcelles!« Er redete nicht viel, aber was er sagte, war lieb und ordentlich. Ich beschloß, meinen künftigen Lehrer nicht geradezu zu verachten, obschon er ein schrecklich mittelmäßiger kleiner Mann zu sein schien.

Tags darauf reiste ich mit ihm und wunderte mich, wie frei und nett er sich unterhielt, sobald er aus dem Angesicht der hohen Herrschaften fortkam. Monsieur Jaquet sprach nur wenig und schlechtes Deutsch, verstand es aber ziemlich gut. So suchte ich meine französischen Brocken zusammen und beschloß, mich mit einem Male recht in die neue Sprache hineinzustürzen. Müd und matt kamen wir abends in Corcelles an. Ich stieg im Schulhaus die enge Treppe hinan und sah vor mir in der offenstehenden Küche eine große, magere Frau am Küchenschrank stehen. Es war wohl die Magd, dachte ich, und trat ins Zimmer. Zwei kleine Mädchen saßen am runden Tisch vor dem Licht und beschauten ein Bilderbuch; ein kleines Wesen lag in einer Wiege schlafend.

Als die Tür aufging, stürzten die zwei auf ihren Vater los und warfen dabei einen Stuhl um, daß das schlafende Kind am Gepolter aufwachte und fürchterlich zu schreien begann. Mein neuer Lehrer nahm es auf seinen Arm: »Jenny, mon enfant, mon petit bijou!« Darüber trat jene Frau, die ich in der Küche gesehen, herein und begrüßte mich mit einem Kuß: es war Madame Jaquet! Schön mag sie einmal gewesen sein, die große

Frau mit den feinen Zügen und blitzenden dunkeln Augen, aber jetzt – obschon erst in den Dreißigern – sah sie verblüht und matt aus, ein schmerzlicher Zug lag auf ihren Mienen, der mir sofort auffiel. Während ich sie ins Auge faßte, standen die beiden Kleinen mit gefalteten Händen, offenem Mund und weit aufgesperrten Augen da, in stummer Bewunderung mich betrachtend. Endlich sagte die größere, ein mageres Ding mit dickem Kopf und roten Pausbacken, zu ihrer lieblichen, feineren Schwester: »Sieh, Sophie, das ist also die Marie!« – »Ja, sie hat einen netten Hut und Handschuhe an!« war die Antwort. Ich küßte die beiden, worauf mich Lina an der Hand zu einem Sessel führte und ihr dickes Köpflein ganz zutraulich mir auf den Schoß legte. Ich sah mich im Zimmer um. In einer Ecke ein ungeheurer grüner Kachelofen, in zwei andern standen Eckkästen, und bei der vierten war die Türe, die in den schmalen, mit roten Ziegeln belegten Hausflur ging. Ein runder Tisch in der Mitte des ziemlich großen Zimmers, ein Arbeitstischlein in einem der Fenster, eine Kommode, ein großes, von Vorhängen umgebenes Bett und ein Sofa, der aber den zwei Mädchen als Bett diente, und die Wiege daneben, machten den ganzen Schmuck des Zimmers aus, das, wie ich bald mit Grausen wahrnahm, als Schlaf-, Wohn- und Eßzimmer benützt wurde. Übrigens war es ein helles, freundliches Gemach, und wenn heitere Gesichter und zufriedene Herzen drin waren, sah es ganz wohnlich aus. Ich war nun sehr begierig auf mein Zimmer und wunderte mich nicht wenig, als mich Frau Jaquet in eine sehr große Stube, wunderlich altmodisch tapeziert, führte. Ein Bett stand darin, ein Tisch, zwei Stühle und zwei lange Bänke an den Wänden. Ich hörte, es sei eigentlich das Gemeindelokal, wo alle Sitzungen der Ortsbehörden stattfänden.

Den nächsten Tag brachte ich hauptsächlich bei meinen zwei alten Tanten zu, die an meiner Kleidung und meinen Manieren allerlei auszusetzen hatten und mir guten Rat und Ermahnungen in Menge erteilten. Die lieben Tanten, sie meinten es herzlich gut mit mir, konnten sich aber unmöglich in meine Lage hineindenken. Ich hatte bitteres Heimweh und verfiel in solchen Trübsinn, daß ich zu gar nichts Lust und Mut mehr hatte. Ich fand bald heraus, was eigentlich im Schulhaus mein Beruf war: Kindsmagd und Aschenbrödel sein! In aller Frühe des Morgens hieß es: »Marie, holen Sie die Milch! Holen Sie das Brot beim Bäcker! Bringen Sie mir Holz von der Bühne!« Oder manchmal auch: »Ei was! Haben Sie noch kein Wasser vom Brunnen gebracht? Ist das Zimmer noch nicht gekehrt?« Ja, da ging's an ungewohnte Arbeit! Allein, diese groben Arbeiten waren mir nicht so sehr zuwider, im Gegenteil, ich lernte bald recht froh sein, wenn ich nur irgend etwas draußen tun konnte und nicht bei der Frau Schulmeisterin im Zimmer nähen, flicken oder Kinder hüten mußte, denn ihre Launen waren unerträglich. Zuweilen war sie heiter gestimmt, lobte mich, bewies mir Liebe und erzählte mir aus ihrer Jugendgeschichte, wobei ich hundertmal zu hören bekam, daß sie ihren Mann nur aus hellem Mitleid genommen habe, weil er vor Liebe zu ihr gestorben wäre! Das sagte sie mir, dem dreizehnjährigen Kind! Am liebsten ging ich mit den Kindern spazieren, dort im Walde, oder dem klaren Bächlein durch Wiesen entlang – o da war mir's wohl! Die schöne Natur, die herrliche Aussicht auf See und Alpen erfüllte mich mit Wonne und zugleich mit tiefer Wehmut. Ich litt am Weltschmerz. Stundenlang konnte ich träumen und weinen, ohne eigentlich zu wissen, warum. Das Leben war mir entleidet. Ich lernte Französisch, aber sonst eigentlich nichts, denn Herr Jaquet hatte den ganzen Tag die Dorfschule, dann arbeitete er noch in seinem Garten und Weinberg, wohin ich ihm das Essen brachte, und wenn er abends ganz müde heimkam, wurde er oft noch von seiner launischen Frau vor den Kindern und mir gezankt, so daß oft der Tag mit Tränen endete. Sooft er konnte, gab er mir abends von neun bis elf Uhr Unterricht. Allein, da ich früher nie nach neun Uhr ins Bett gekommen war, war ich immer zu schläfrig, um etwas Ordentliches zustande zu bringen, und gar oft passierte es auch, daß mein armer Lehrer über dem Diktieren einschlief. Der arme, liebe Mann, wie bedauerte ich ihn! Er hatte schöne Gaben, dichtete wundernette Lieder, war von Herzen fromm und liebenswürdig, aber ohne alle Willensstärke, der Sklave seiner Frau, von der er für die allerkleinsten Fehler aufs Unverschämteste sich schelten ließ, und die er vor mir, mehrmals mit Tränen, für nichts und wieder nichts um Verzeihung anflehte. Die Kinder lernten den Vater nicht ehren. Lina, die älteste, ein dummes, liebes Kind, hing zwar sehr an ihm, erzählte ihm dann aber auch wieder alles, was Mama in seiner Abwesenheit über ihn geklagt hatte. »Mais, papa, pourquoi as-tu fait cela? Ah oui, maman a bien dit que tu oublies tout!« Das nahm der Mann von einem fünfjährigen Mädchen an, während mir's in allen Fingern zuckte, mit Maulschellen Respekt herzustellen. Sophie, die zweite, war überaus begabt und pfiffig, aber leider verstand sie sich aufs Lügen, und dies wurde ihr, da sie der Mutter Liebling war, nicht niedergelegt. Jenny, das kleine, nette Wesen, hatte ich sehr lieb und führte sie gern im Wägelein herum.

Ich war nie bei kleinen Kindern gewesen, hatte nie so eigentlich in der Familie gelebt, und daher kam mir vieles ganz neu und fremd vor. Wie erschrak ich, als eines Abends Frau Jaquet mich rief und mich zur Hebamme schickte. Ich hatte nicht die leiseste Ahnung davon gehabt, daß ein neues Familienglied erwartet wurde, und konnte vor Zittern und Entsetzen kaum stehen. Als ich dann Gerstenschleim kochen sollte, schüttete ich vor lauter Angst den ganzen Inhalt des Kochhafens wieder ins Feuer und stieß dabei mit dem Arm die Ampel hinunter. Bald hörte ich ein feines Stimmlein, und als ich später eintrat, lag ein Bürschlein da, so kleinwunzig, daß ich kaum glauben konnte, es sei ein Mensch. Das war Clément Jaquet, der erste und einzige Sohn, der Herrn Doktor Ostertags Patenkind wurde. Von nun an war mein Hauptgeschäft, den kleinen

Schreihals zu wiegen, zu tragen und seine Windeln zu waschen. Doch hatte ich bei alldem einen ungewohnten Grad von Freiheit, und das söhnte mich mit vielem aus.

Die Sonntagmittage ließ ich mir einmal durchaus nicht nehmen, da sollte Frau Jaquet allein mit ihren Kindern fertig werden; ich ging bei schönem Wetter mit einem Buch in den Wald oder machte einen Spaziergang mit meinen guten Tanten, die mir neben aller Strenge viel Liebe erwiesen.

Ich war ein Jahr in Corcelles gewesen, hatte Französisch gelernt und bei einer lieben alten Lehrerin in einem benachbarten Ort englische Stunden genommen, hatte Kinder gehütet, Zimmer geputzt, Magdgeschäfte besorgt – – jetzt wohin? Was konnte ich noch lernen in dem Nest? Ich war des Lebens satt und kümmerte mich wenig um die Zukunft, die, wie ich meinte, doch nur neuen Jammer bringen konnte.

Eines Abends, als ich den kleinen Clément einwiegte, gab mir Lina einen Brief, den der Postbube eben gebracht hatte. Ich ging auf mein Zimmer und öffnete ihn. Lina, das gute Kind, war mir gefolgt und beobachtete mich. Als sie Tränen in meinen Augen sah, fing sie gleich an zu weinen: »Chère Marie, tu pleures, oh tu es triste, moi aussi.« Ich nahm sie auf meinen Schoß und sagte ihr, ich weine vor Freude, weil der Brief von meinen Eltern sei und weil drin stehe, daß ich noch in diesem Jahr zu ihnen nach Indien dürfe. Starr vor Entsetzen sah mich das Kind an: sie glaubte, ich werde immer bei ihr bleiben, sie hatte mich gar herzlich lieb. Aber meine Freude war groß; strahlend sprang ich zu den Tanten und erzählte ihnen mein Glück. Sie freuten sich auch. Ich blieb nun noch mehrere Wochen in Corcelles, während welcher Zeit ich kein einziges unfreundliches Wort mehr zu hören bekam. Dann durfte ich einen Besuch am herrlichen Genfer See bei Freundinnen meiner Mutter machen in Vevey, wo ich überaus glücklich war und bei den frommen Leutlein so recht den tiefen Eindruck des Friedens und der Freude bekam, die allein der wahre Glaube und ein Leben in der Liebe Christi bewirken kann.

Ich kam wieder nach Basel, wo ich meine (inzwischen aus Indien gekommenen) drei jüngeren Brüderlein im Kinderhaus beisammen traf und mich an ihnen ergötzte. Zum Missionsfest kamen dann auch Großmama, Tante Emma und meine zwei älteren Brüder (von Stuttgart) nach Basel, so daß wir sechs Geschwister da zum ersten Male in unsrem Leben auf kurze Zeit vereinigt waren. Mit meinen lieben Verwandten durfte ich dann über Zürich und den Bodensee nach Stuttgart. Meine beiden Brüder fand ich sehr verändert, beide waren bekehrt; bei Hermann fiel es mir ganz besonders auf, er hatte mir auch nach Corcelles mehrere sehr ernste Briefe geschrieben. Beide wünschten, Missionar zu werden. Früher hatte ich Hermann viel lieber gehabt als den stillen, festen Samuel; nun aber hing sich mein ganzes Herz an diesen jüngeren Bruder, der so männlich und treu seinen Gang fürder wandelte, in dessen ganzem Wesen etwas durchaus Solides und Gediegenes lag, wenn er gleich nicht dichtete und die Leute bezauberte, wie es mein ältester Bruder konnte.

Ich ging mit Emma täglich in die »Weißnähet«, ein Vierteljahr lang, obschon mit Abscheu gegen diese Beschäftigung erfüllt. Nach Korntal wanderte ich mehrmals – das waren unbeschreibliche Gefühle beim ersten Wiedersehen jener Stätte! Herr und Frau Pfarrer begrüßten mich äußerst liebevoll, so auch die wenigen sonstigen alten Bekannten. Am meisten ergriff mich das Wiedersehen meiner treuen ehemaligen Lehrerin und Freundin, die inzwischen den Gemeindevorsteher Daur geheiratet und ein Knäblein bekommen hatte. Mit der alten, warmen Liebe öffnete sie mir ihre Arme. Im Institutsgarten suchte ich auf allen Bänken und am Gartenhaus meinen und Olgas Namen auf. Ja, mir war, als ob Olga neben mir stünde, ich spürte eine unendliche Sehnsucht und Wehmut, aber nach ihr zu fragen, wagte ich nicht.

ZWEITER INDISCHER AUFENTHALT

REISEERLEBNISSE, WIE SIE IM TAGEBUCH DER FÜNFZEHNJÄHRIGEN STANDEN

Den 21. November 1857

Er ist gekommen, der heiß ersehnte und doch so gefürchtete Tag der Abreise und des Abschieds. Wie mich die Lieben umarmten, wie Mama (Ostertag) noch weinend auf dem Bahnhof stand und mir nachsah – werd ich's je vergessen können? O Scheiden, Scheiden, du tust weh! Gundeldingen, Heimat meiner Kinderjahre, lebe wohl – auf immer! Gott segne die Pflegeeltern. Lebet wohl, lebet wohl! Ich saß im Eckelein und weinte. Hui, wie schnell ging's aus Basel, aus der Schweiz – der lieben schönen Schweiz – hinaus. Die Reisegesellschaft (aus lauter Missionsleuten bestehend) lachte; ich guckte aus meinem Ecklein vor, da rief's: »Nu, Gundertle, wie geht's?« Ich sah mich um: ei, es ging mir nicht schlecht, die Gesellschaft schien äußerst gut aufgelegt, und ich saß gar behaglich. Heimweh haben? Nach welcher Heimat? Jetzt geht's ja erst der Heimat zu – ja, ja, ich hatte schier vergessen, daß es Indien zugeht. Glückauf! Halb ärgerte ich mich über mich selbst, daß ich so bald heiter und lustig sein konnte nach dem schweren Abschied.

Wir erreichten Mulhouse, stiegen in einen Omnibus, in dem wir in den Gasthof ganz nett »gesprungen kamen«. Dort trafen wir Doktor Baur, Vorsteher des Spitals, der uns ein treffliches Mittagsmahl wichste. Dann im Omnibus weiter über Stock und Stein in die dunkle, dunkle Nacht hinein. Starker Nebel lagerte ob den fränkischen Fluren, Aussicht hatten wir keine. Die andern schliefen ein, ich mußte der Lieben gedenken und vor mich hinweinen und schlief darüber ein wie ein Kind. Mir träumte süß und lang, endlich hörte ich singen. War's Traum? Nein, meine Reisegesellschaft sang deutsche Choräle, und ich sang sofort mit, und wir wollten nimmer aufhören, bis die Kehlen rauh wurden. Nun las Frau Missionar Hauff bei Licht den einundzwanzigsten Psalm, den uns Doktor Ostertag auf die Reise mitgegeben. Es war unsre Abendandacht, worauf allmählich eins ums andre einschlief.

Peregrina (Isenberg, die ebenfalls zu ihren Eltern reiste) und ich blieben wach und sprachen von Korntal und alten Institutsbekannten. Es war tiefe Mitternacht und wunderbar kamen uns die dunklen Gegenstände vor, die scheinbar an uns vorbeiglitten. Um sechs Uhr morgens erreichten wir Besançon: »Messieurs, mes dames, le train va partir!« Hui, gab das eine Jagd! Mit unseren Schachteln, Körbchen und Päckchen stiegen wir in jähem Schrecken ein und erholten uns erst, als wir Besançon ziemlich im Rücken hatten. Wir hätten so gern ein warmes Täßlein Kaffee getrunken, allein wo Zeit hernehmen? So ließen wir die Weinflasche kreisen und labten uns an Brot und Wurst zu unsrem größten Ergötzen und zum Gelächter der Mitreisenden, die uns wohl für Auswanderer halten mochten! In Dijon wollten wir in eine Restauration; ich war Dolmetscher und konnte kaum klug bleiben ob all der verschiedenen Befehle, die ich übersetzen sollte. Inzwischen pfiff es, und ehe wir recht hatten bestellen können, mußten wir in den Zug hinein und abfahren. Lebe wohl, köstliches ersehntes Frühstück in Dijon!

Es war Sonntag. Wir lasen und sangen zusammen. Um vier Uhr abends kamen wir müde und matt in Lyon an, nach nacht- und tagelangem Fahren. Ich, als Dometscherin, sollte eine Droschke bestellen, allein da ging die Not an. Es war von Basel aus an Pfarrer Mayer geschrieben worden. Der hatte uns aber wohl erst mit dem späteren Zug erwartet. Da stunden wir rat- und tatlos. Im Augenblick steigender Verlegenheit trat plötzlich ein Herr herzu und fragte: »Kommt die Gesellschaft von Basel?« Es war ein Freund von Pfarrer Mayer, der dann mit uns in das Hotel du Parc fuhr. Dort bekamen wir schöne Zimmer und freuten uns zum ersten Male an einem heimeligen, flakkernden Kaminfeuer, um das wir gar gemütlich im Kreis herumsaßen. Es gab ein großartiges Essen im Salon, und dann besuchte uns Herr Pfarrer Mayer und unterhielt uns gut. Er nahm uns später mit in sein deutsch-protestantisches Kirchlein, wo er selbst redete, nachher in sein Haus zu seiner freundlichen, schwäbischen Frau und den Kinderlein. Wir tranken dort Tee und machten noch einen langen Gang durch die prächtig beleuchteten Straßen der schönen Stadt Lyon. O wie köstlich schlief ich in jener Nacht!

Am nächsten Morgen frühstückten wir bei Pfarrer Mayer, spazierten in der Allee am Ufer der Saône, besahen die altertümliche Kirche d'Ainay, über die Rhonebrücke hinüber zur hochgelegenen »église d'Iréné«, von wo aus herrliche Aussicht trotz des etwas trüben Wetters. Ein Loch wurde uns in der Kirche gezeigt, wo die Gebeine von neunzehntausend der ersten Christen liegen sollen! Auf dem Rückweg gingen wir über den Platz, wo die Bronzestatue von Ludwig XIV. steht, wie er die Hand aufs Herz hält und ruft: »Lyonnais, je vous aime!« Dann in dem berühmten Spital, vor welchem blumenreicher Garten und Springbrunnen. Ach, das Elend da drinnen! Die kranken, blassen Züge, die zerfallenen Gestalten an Krücken, die vom Beinfraß entstellten Gesichter!

Wir aßen bei Mayers zu Mittag, strolchten den ganzen Nachmittag in den schönen Straßen herum, fanden uns wiederum im deutschen Pfarrhaus zum Tee ein, waren sehr vergnügt, hielten Abendandacht und kehrten spät in unser Hotel zurück. Am nächsten Morgen stand ich früh auf, schrieb Tagebuch und Briefe nach Basel. Um acht Uhr wurde die teure Rechnung bezahlt und das Hotel verlassen. Wir saßen schon in der Eisenbahn, da schob uns Mayer noch zwei gekochte Hühner hinein, die wir uns später herrlich schmecken ließen. Draußen nebelte und regnete es, drinnen sangen und schwatzten wir höchst behaglich. Aber auf die Dauer wurde es uns doch ziemlich lang. Wir sehnten uns nach Marseille. Schon brach die Nacht herein. Wir sahen endlich den Leuchtturm, fuhren durch den langen Tunnel und waren um elf Uhr am Ziel. Dort wartete Herr Weiß, besorgte unser Gepäck, worauf wir noch sehr lang warten mußten, und führte uns ganz schlaftrunken zum Hotel Orléans, wo noch ein Tee gemacht und getrunken und dann eine lange Andacht gehalten werden mußte, so daß ich mir vor Schlaf und Ungeduld nimmer helfen konnte. Es war bald ein Uhr, als wir ins Bett gingen. Ein Herr neben uns fragte am folgenden Morgen den Kellner, was denn das für Pfaffen nebendran seien, die um Mitternacht so lange gebetet hätten!

Ich streckte die müden Glieder aus, ohne mir lange das Zimmerlein, das nur von oben herab beleuchtet war, anzusehen. Sanft war mein Schlummer. Von der deutschen, trauten Heimat träumte mir, liebe Gesichter umgaben mich, teure Stimmen vernahm ich. Plötzlich verwandelte sich alles in einen unermeßlich langen Tunnel, in dem ich allein vor Angst bebend stand. Deutlich hörte ich das Pfeifen der daherrennenden Eisenbahn. Sie will mich überfahren, ich will fort, bin aber festgebannt, will schreien und kann nicht. Pfeilschnell kam sie, ich sah das Licht, ich spürte schon den Dampf, mein Tod war gewiß, da – erwachte ich! Hastig fuhr ich auf, dankbar, von dem gräßlichen Alpdrücken befreit zu sein. Plötzlich durchrieselt mich ein kalter Schauder! Mir gegenüber saß eine weiße Gestalt, lang flossen ihr die dunklen Haare über die Schultern, mit schrecklicher Bangigkeit schienen mich ihre Augen anzustarren, ihr Mund war halb geöffnet wie zu einem Schrei des Entsetzens. Ich schloß die Augen und schrie laut auf.

Amalie H. frug besorgt, was es gebe. Ich sagte ihr von dem grausigen Gespenst. Ein schallendes Gelächter war ihre Teilnahmsbezeugung: »O du aufgeregtes Ding, gerade so sitzt du dir gegenüber im Spiegel!« Es war so. Mondschein und Nachtlicht hatten mir mein eigenes Bild schreckhaft dargestellt. Was sich aber am anderen Morgen die Herren für ein Gaudium daraus machten, mich immer wieder mit dem grausigen Nachtgespenst aufzuziehen!

Den ganzen Tag regnete es. Stille saßen wir am Fenster und sahen die Damen auf dem Balkon gegenüber ihre Zigarren anzünden und behaglich in Gesellschaft der Herren rauchen! Gegen Abend hellte sich das Wetter auf, und wir gingen den Hafen entlang am Ufer hin. Ein dichter Mastenwald raubte uns die Aussicht. Aber noch etwas weiter dem Strande entlang, da genossen wir die allerherrlichste, unbeschreibliche Aussicht auf einen prächtigen Sonnenuntergang auf dem Meer. Die scheidenden Strahlen gossen einen wunderbaren Zauberglanz auf die stille Flut, die Wellen schimmerten und tanzten vor Entzücken. Immer mehr tauchte sie in das Wasser – endlich war sie fort, noch war das Meer beleuchtet – dann allmählich wurde es dunkler und dunkler.

Da stand noch geisterhaft beschienen die alte Festung, an deren Fuß sich seufzend die Woge bricht, ihr gegenüber ragte der stolze Leuchtturm hinan zu den grauen Regenwolken, und sein Licht strahlte wieder tausendfach im Wasser. Wenige Vögel flogen über die geheimnisvolle Tiefe, wundersam rauschten die Wogen mir leise ahnungsvolle Melodien ins Herz hinein. Ich vergaß die Welt, in der ich nur ein armes, schwaches Kind bin, ich dachte an jene Heimat, wo die Auserwählten am gläsernen Meer knien. O unvergeßlich, unaussprechlich schön war jene Stunde.

Am folgenden Tag gab's allerlei zu schreiben und etliche Einkäufe zu machen. Marseille gefällt mir lange nicht so gut wie Lyon. Nachmittags spazierten wir auf Notre dame de la garde, das ist eine Kapelle auf einem schönen Hügel vor der Stadt. Die Aussicht ist begeisternd schön. Da liegt die große Marseille, im Hintergrund die dunklen Berge, dort der Hafen, das tiefe, grünliche Meer, auf dessen Wogen die weißen Segel schwellen und die Dampfer rauchen.

Fröhlich sprangen wir den Berg hinab, eine ganze Herde junger Jesuitenstudentlein mit mehreren Kapuzinern begegneten uns. Nach dem Tee packten wir unsere Siebensachen zusammen und begaben uns früh zu Bett. Schon um fünf Uhr am nächsten Morgen standen wir auf, frühstückten und fuhren samt unsrem Gepäck an den Hafen hin, stießen im Boot vom Lande ab und erreichten bald das Dampfschiff.

Also am 28. November 1857 verließen wir Marseille an Bord der »Valetta«. Wie neu und wunderlich kam mir das Schiffsleben vor! Es behagte mir vom ersten Augenblick an. Ich schlief mit Peregrina in der Damenkajüte und erkieste mir sofort das obere Bett, wo ich mit Lust auf und ab krebseln konnte. Zu meiner Freude fand ich, daß die beiden Damen, die das Kabinchen noch mit uns teilten, sehr liebe Leutlein waren. Eine ältere Dame mit ihrer wunderschönen anmutigen Nichte Annie, Tochter eines Missionars, welche einige Zeit im Korntaler Institut zugebracht hatte und mehrere meiner ehemaligen Freundinnen dort kannte. Wir schlossen sofort gute Bekanntschaft, richteten uns bequem ein und gingen dann in den Salon, wo ein Gabelfrühstück bereitstand. O, verräterisches Essen! Während die Gesellschaft am Tische saß, bewegte sich das Schiff, die Anker wurden gelichtet. Die Gesichter ringsum entfärbten sich nach und nach, eine Dame um die andere entfernte sich mit vorgehaltenem Taschentuch. Auch die Herren machten wunderliche Gesichter und schwankten taumelnd aufs Verdeck hinauf. Ich saß in einem Klappstuhl und aß eine noch nie gekostete Suppe, als eine plötzliche Bewegung mich samt meinem Stuhl umwarf – natürlich zu allgemeiner Belustigung. Ein Herr Preston, ein älterer Engländer, half mir freundlich auf und setzte mich auf einen festen Sofa. Allein, essen konnte ich nimmer, mir schwindelte zu sehr.

So taumelte ich mit unsren Herren aufs Verdeck hinaus, wo mir der kalte Seewind sofort neues Leben einblies. Die Wellen türmten sich hoch, der Kapitän, kurz und fett, schritt sicher auf und ab, rieb sich die roten Hände, lächelte und nickte gar freundlich und meinte, es sei fine rough weather. Alle Passagiere waren einstweilen heraufgekommen, viele kehrten stöhnend gleich wieder in ihre Kajüten zurück und erschienen am selbigen Tag nicht wieder. Auch Annie und Peregrina erlebten sofort gewaltige explosions, so daß Amalie und ich bald die einzigen Frauenzimmer auf festem Fuß waren. Daran hatte scheint's der Kapitän seine Freude. Er bot uns den Arm und führte uns rüstig auf und ab und behauptete, er habe jetzt großen Respekt vor den deutschen Damen; nie hätte er ihnen solchen Heldenmut zugetraut!

Beim Essen waren wir die einzigen Damen im Salon und brachten den ganzen Tag auf dem Verdeck zu, wo die frische Luft uns stärkte. Der Abend war unvergleichlich schön und düster. Als ich endlich in die Kajüte hinabging, fand ich, daß die Seekranken in der Eile all ihre Sachen auf mein hohes Bett hinaufgeworfen hatten, und da mußte ich nun mit großer Anstrengung – denn das Schiff schwankte entsetzlich – noch Ordnung schaffen, ehe ich mich legen konnte. Doch schlief ich vortrefflich und wachte alle Morgen gesund und lebenslustig auf.

Meine arme Freundin Annie hat auf jenem Dampfer ihren ersten jungen Liebestraum geträumt, ach, ein süßer Traum, der schnell zerrissen, nie erfüllt werden sollte. Arme schöne Annie! Ich warnte dich, so gut mir auch der junge, feurige Graham gefiel – ja, ich warnte dich, ohne zu ahnen, daß mir gleicher Kampf, gleiche Niederlage bevorstand.

Am Montag kamen wir nach Malta und stiegen ans Land. Wir brachten beinah drei Stunden dort zu, sahen die schöne Kirche St. Juan, den Palast des englischen und deutschen Großfürsten, die kleine schottische Kirche und durchwanderten die Promenaden, wo alte Monumente, Hallen und viele schöne Blumen stehen.

Der nächste Tag war sehr stürmisch, ich mußte morgens gegen

Übelkeit kämpfen, aber auf dem Verdeck, wo der Wind wehte und alle Minuten wieder eine Welle hereinspritzte, wurde ich wieder frisch und mutig.

Mehrere sehr kalte, stürmische Tage folgten. Es wollte mir beinah leid tun, als wir am 4. Dezember abends hörten, morgen früh gelte es, das Schiff zu verlassen. Vor Nebel und Trübe konnten wir Alexandrien nicht sehen. Jenen Abend verbrachte ich noch ganz mit der lieben Annie.

Des andern Morgens um halb acht Uhr wurde ein gutes Frühstück eingenommen, worauf wir all unsere Habseligkeiten zusammensuchten und aufs Verdeck wanderten. Dort war aber ein Lärmen und Schreien! Schwarze Araber schritten umher, halbnackt, und unser Dampfer war von Booten, mit schreienden Leuten bemannt, umgeben. Wir sagten der uns liebgewordenen »Valetta« Lebewohl, bestiegen ein Boot und fuhren dann über das abscheulich riechende Wasser in den Hafen von Alexandrien.

Kaum ans Ufer gestiegen, wurden wir von einem Haufen halbnackter, farbiger Menschen angefallen; jeder wollte uns etwas tragen, uns auf seinen Esel setzen, oder schrieen sie sonst um ein unverdientes Trinkgeld. Dieses aufdringliche Pöbelvolk mußte streng abgewiesen werden, wozu unsere Regenschirme behilflich waren. So kamen wir denn, bedrängt und beschrieen, auf die Eisenbahn, wo wir uns gleich in den Zug setzten. Doch auch da noch keine Ruhe! Orangen, Zuckerrohr, Melonen wurde uns von den Eingeborenen förmlich in den Wagen hineingeworfen; sie küßten dann das empfangene Geld ganz ehrerbietig.

Froh waren wir, als endlich der Zug abfuhr. Da erblickten wir die ersten Palmen; ich hatte eine kindische Freude daran. Wir waren recht vergnügt beisammen im Wagen und sangen deutsche Lieder. Gegen Mittag wurde es doch recht heiß. Müde und matt kamen wir abends sieben Uhr in Kairo an, wo wir sogleich ins Hotel fuhren.

Nun geht das orientalische Leben an: man schläft hinter weißen zarten Moskitovorhängen, man labt sich an nie gekosteten Südfrüchten, man ruht auf niederem, weichem Divan hinter schweren roten Gardinen aus, und am Abend sitzt man ins Freie, und Gottes liebe Luft umweht einen so süß, so üppig. Die Nacht ist so still, so lau, und die Sterne scheinen so lieblich; es überkommt das junge Herz ein wehmütig süßes Träumen voll unnennbarer Lust und Sehnsucht.

Herr Preston, ein treuer, alter – obschon sehr neuer – Freund und Reisegefährte, weckt mich aus diesem Wohlleben mit dem Vorschlag, einen nächtlichen Spaziergang durch Kairo zu machen. Mit Vergnügen lasse ich mich natürlich, von unserer deutschen Gesellschaft und dem jungen liebenden Paar – Annie und Graham – gefolgt, von dem guten Schotten durch die engen, wüsten, holperigen Gassen führen, die wir mit unseren wunderlichen Papierlaternen beleuchteten. Wir warfen in manches Haus hinein einen Blick und sahen die braunen, schmutzigen Bewohner drin zusammengekauert, die Weiber kochend, die Männer rauchend. Wir waren aber müde, und machten deshalb keinen zu langen Gang, sondern legten uns nach den Strapazen des Tages gern auf unser ungewohntes Lager hin.

Des andern Morgens noch ein fröhlicher Spaziergang im schönen, blühenden Garten, dann nach dem Frühstück auf die Eisenbahn. Wir sechs Deutsche hatten einen Waggon allein für uns, der gute Herr Preston warf mir noch ganze Ladungen von Orangen hinein, damit es mir an Labung nicht fehle. Wir lasen ein Kapitel und sangen viel. Die Gegend war sehr monoton, und mehr und mehr kamen wir in die Wüste hinein. Sand, heller, feiner, blendender Sand, wohin das Auge blickte, ganze Berge von glühendem, schimmerndem Sand, auf dem die Sonnenstrahlen tausendfarbig spielten. Am Wege entlang sahen wir viele Gerippe und Schädel von Menschen und Kamelen, die in gräßlicher Einöde dem Tode verfallen waren. Wer

würde nicht müde in der Sahara! O wie Herz und Augen verschmachten in der herzlosen, eintönigen Wildnis!
Doch siehe, eine Oase! Zwar keine Palmen und murmelnder Wasserquell, nein, nur ein weißes, großes Zelt mit langen, gedeckten Tafeln, die aber leider wenig Eßbares, noch gutes, frisches Trinkwasser bieten können, doch ist's ein Trost, sich wenigstens Gesicht und Hände zu kühlen. Wohl war mir's in diesem Zelt, ich suchte mich in die alte Patriarchenzeit hineinzuversetzen.
Nun aber sollte eine Fahrt beginnen, deren ich mich zeitlebens erinnern werde. Die Eisenbahn war noch nicht weiter gebaut, so wurden wir zu sechs in einen zweirädrigen Wagen hineingepackt, daß man kaum schnaufen, aber desto besser schwitzen konnte. Und nun ging's an ein Rumpeln und Schütteln über Gräben und Sandhügel in raschem Galopp. Die armen, netten Pferdlein strengten sich gewaltig an, aber wir drinnen stöhnten und ächzten vor Erschütterung, durch und durch gerüttelt von ein Uhr mittags bis halb fünf Uhr abends auf engem Platz, in öder Wüste, das war kein Spaß! O, wie erwünscht endlich der Anblick der blauen See, der fernen Segel, der armen, nackten Stadt Suez! Dort gab's in einem Wartesaal noch eine traurige Stunde, denn es galt, von Annie und Freund Preston Abschied zu nehmen, da sie nach Madras fuhren. Man schwenkte die Tücher, der kleine Dampfer fuhr ab, weiter, immer weiter weg von Europa, näher, immer näher dem Land im Osten, dem Land, von dem ich so große Hoffnungen, glänzende Erwartungen hatte.

MEIN TRAUM AUF DER »BOMBAY«

Mein Traum? Ja, jetzt nach schmerzlichem Erwachen sehe ich auf jene Zeit zurück als einen wundersamen Traum, o so wonnesam, so schmerzensreich, so folgenschwer! – und mit ihm schloß der Traum der Kindheit. Ich kam als Kind, als Schul-

mädchen auf die »Bombay« – freilich ziemlich selbständig und freisinnig. Hier war ich plötzlich die junge Dame, der ein Engländer den Hof machte.
Wunderbar, als ich am ersten Abend in den Salon trat, fanden sich nur drei Personen drin, eine derselben ein Herr – nimmer eigentlich jung – mit blondem Backenbart und blauen Augen. Beim Eintreten begegneten sich unsere Blicke und – was war es? Ein Zittern, ein seltsames Beben überkam mich, als wie eine Ahnung, dieser Mann sei für mich bestimmt. Ich war mir's kaum bewußt, aber ich konnte in jener Nacht nicht schlafen, immer stand mir das Bild jenes Mannes, den ich nur ganz flüchtig zum ersten Male erblickt hatte, vor Augen. Und noch jetzt, wenn ich mich jenes ersten Blicks erinnere, zittert mir das Herz im Leibe. O Zeit der ersten jungfräulichen Liebe, wie zart und innig bist du!
Es schien ihm zu gehen wie mir, er war mein Schatten. Wohin ich ging, wohin ich blickte, ich fühlte sein Auge auf mir ruhen, und mein törichtes Herz klopfte überlaut. Aber nein! Ich will's nimmer heraufbeschwören, hat es doch genug verwundet, hat es doch meiner Jugend ersten Lebenskeim beinah erstickt und noch jahrelang die Wunden im Herzen gelassen. Genug, daß wir bekannt wurden, daß Herr Hauff ihn einen lieben, sehr interessanten, geistreichen »Freund« nannte, daß jede Stunde, die er nicht in unserer Mitte zubrachte, eine kaum zu erlebende Langeweile war, daß er mich am Arm herumführte und endlich eines schönen stillen Abends unter freiem Sternenhimmel mir seine Liebe in so glühenden Worten ins Herz hineingoß, daß ich meinte, die ganze Liebessonne habe sich mit einem Male in mich hineingesenkt. Werde ich je den Abend vergessen können! Ich war glücklich, ganz unaussprechlich glücklich, und das kleine kindische Herz konnte diese neue volle Seligkeit nicht so ganz fassen, daß nicht die Strahlen überall hervorgeleuchtet und mein süßes Geheimnis verraten hätten.
Meine Reisegefährten, deren Obhut ich ja empfohlen war,

Reise nach Indien

merkten es nun zu spät, und Herr Barns wurde gebeten, sich fernzuhalten. Das war ein Kampf für mich, Pflichtgefühl und die erste heiße Liebe rangen miteinander, und letztere siegte. Briefe, Gedichtlein – die meinigen voll Fehler und falscher Ausdrücke, denn ich konnte noch wenig Englisch –, verstohlene Händedrücke mußten den freien Umgang, den wir bisher genossen, ersetzen. Wenn ich jetzt darauf zurücksehe, ist mir's ein Rätsel, wie der Mann dazukam, mich so zu lieben; ich war ein sehr einfaches Kind mit keinerlei Anspruch auf Schönheit, und ich muß mich gewiß auch schrecklich kindisch benommen haben. Daß er mich aber wirklich liebte, ist mir bis heute noch nicht zweifelhaft geworden, obschon man unbarmherzig über ihn geurteilt und sein Benehmen gegen mich hart und herzlos ausgelegt hat. Nein, was auch Törichtes an der Sache war, es war warme, herzliche Liebe, und ach, dazu meine erste Liebe. So werde ich nie wieder lieben können. Gott, der es für gut fand, dies Band zu zerreißen, er allein weiß ganz den Sachverhalt; er allein weiß, wie ich geliebt und wie ich dafür gelitten habe.

Es war eine harte und doch unwiederbringlich selige Zeit. Wir durften nicht miteinander reden, aber wo ich saß und stand, verfolgte mich das traurige Gesicht, die vielsprechenden Augen Johns. Aber ich war ein törichtes Kind. An bittere Folgen dachte ich nicht, meinte eben, Liebe sei der Himmel auf Erden, und dieses junge, liebliche Eden könne nimmer zerstört werden, hatten wir ja doch einander ewige, unverbrüchliche Treue zugesagt. Wie ich mich freute, ihm einst die trüben, einsamen Abende zu erheitern; denn er hatte mir geklagt, wie arm und leer sein Leben als Junggeselle sei, und ich dachte mir schon so lebhaft aus, wie ich ihn, wenn er müde und erschöpft vom Tagwerk heimkehrte, so freundlich empfangen und ihn mit Liebesbeweisen überschütten wollte.

Die kurzen Reisetage nahten sich ihrem Ende. Konnte uns eine

Trennung bevorstehen? Am 23. Dezember sollten wir in Bombay landen, der 22. war ein Sonntag. Ich ging zum Abendgottesdienst hinab, ohne die andern. Mein Herz war zentnerschwer. Bald kam John herein, bleich und ernst, setzte sich neben mich; wir lasen beide miteinander aus seinem Gebetbuch, sangen aus seinen Liedern und folgten dem Text in seinem eigenen Testament, in welchem vorne sein Name und ein Segenswunsch seiner Mutter stand. Da ging mir das Herz auf, und die Tränen flossen unaufhaltsam, indes er zur Beruhigung meine Hand drückte. Da erst wurde ich selbst inne, welch ungeheure Liebesmacht uns aneinanderkettete, und wie unmöglich es sei, uns zu trennen. Nachher waren wir ein Weilchen mutterseelenallein, konnten aber vor Bewegung kein Wort reden. Er wollte einen Kuß von mir, er bat flehend um einen einzigen. – Ich meinte, es ihm verweigern zu müssen. Es schmerzt mich noch. O, hätte ich ihm doch den einen Kuß gegeben, der Abschied wäre uns beiden leichter geworden! John, John, mein Herz blutet beim Andenken jenes Abends; o denkst Du auch noch daran und beben Deine Lippen wieder vor Bewegung bei der Erinnerung! Über dem Testament legten wir die Hände zusammen, und er flüsterte: »May God bless my own precious Mary and make her mine.« Wie ich in jener Nacht so stürmisch, so leidenschaftlich betete und Gott beschwor, uns zu vereinigen und glücklich zu machen!

Der Morgen graute. Da lag die indische Küste vor unsern Augen – Bombay! Mit gemischten Jubel- und Schmerzgefühlen, mit heißen Tränen und lebendigster Hoffnung begrüßte ich die aus den Fluten auftauchende Morgensonne, die das Land meines künftigen Glücks bestrahlte. Droben und drunten war Lärm und Unruhe; ich hatte meine Koffer in Ordnung und saß stille auf dem Verdeck, übers Geländer gelehnt und starrte in die Wellen hinab. Boote umringten unser Schiff, nackte Gestalten tauchten überall auf, ein allgemeines Schreien und Lärmen verletzte das Ohr, und überdrüssig wollte ich mich eben abwenden, als eine Hand sich auf meinen Arm legte. Es war Herr Hauff, der mich zu sprechen wünschte. Er sagte, Herr Barns habe meiner Eltern Adresse verlangt und begehre nun noch eine Unterredung mit mir. Er – Hauff – brauche mir nicht erst zu sagen, daß ohne meiner Eltern Mitwissen an einen eigentlichen Verspruch gar nicht zu denken sei. Doch erlaube er uns zehn Minuten zusammen und werde dann, sobald Missionar Isenberg aufs Schiff komme, um seine Tochter abzuholen, Herrn Barns an denselben weisen, da er selbst nicht genug Englisch könne, um mit ihm zu verhandeln. Über dem war der Besprochene schon aufs Schiff gekommen, hatte seine Tochter umarmt, und sofort stellte Hauff ihm meinen John vor, der dann ein Weilchen allein mit ihm redete. Hätte ich doch lauschen dürfen!

Dann kam Herr Barns, nahm mich an seinen Arm und führte mich ein wenig beiseits. Doch gleich wurde ich wieder gerufen: man müsse jetzt ans Land fahren, unser Boot sei bereit. John nahm meine beiden Hände in die seinen, blickte mir fest in die Augen, da standen wir einen Augenblick, ohne ein Wort, ohne Tränen, Hand in Hand, Auge in Auge, Herz in Herz. Noch ein Druck, noch ein Blick; ich stieg ins Boot hinunter, nahm wie im Traum meinen Platz ein, blickte dann hinauf, wo er übers Geländer herabgebeugt stand; – das Boot fuhr ab, ich starrte fest nach dem einen Punkt hin – er winkte noch – er war verschwunden – – ach! Und das war unser letzter Liebesblick gewesen. Wir kamen ans Ufer, ich stieg ans Land, fuhr in einem wunderlichen Ochsenwagen durch die neuen fremden Straßen, aber mein Herz war auf der »Bombay« geblieben, noch stand ich vor ihm Hand in Hand, Aug in Aug.

Jubelnde Stimmen weckten mich aus meinen Träumen: Wir waren durch einen netten Garten vors Haus hingefahren, und da stand die alte gute Frau Isenberg mit weit offenen Armen, ihre lang vermißte, heiß ersehnte Tochter ans Herz zu drücken. Die edle Frau erwies auch mir viel Liebe und gewann schon in der ersten Stunde mein Herz. Es wehte ein stiller Friedensgeist durch das Haus, der auf mich überaus wohltuend einwirkte. Briefe von meinem Vater lagen schon da, und mir wurde plötzlich bang vor dem Wiedersehen, auf das ich mich so gefreut hatte. Eine Öde und Leere war im Herzen, die durch nichts gestillt werden konnte, o so sehnsüchtig, so traurig blickte ich hinaus in die Sonnenglut, und meine Seele wollte verschmachten. Einen schattigen, jungen Palmbaum hatte ich hinten im Garten entdeckt, und dort weilte ich abends so gerne und träumte und träumte unaufhörlich immer wieder und wieder den ersten Liebestraum; beim Erwachen wünschte ich mir den Tod. Wir feierten Weihnachten und Neujahr in Bombay, und die lieben Leutlein taten ihr möglichstes, uns recht viel Freude zu bereiten.

Auf einem ärmlichen, dreckigen, übelriechenden Küstenschifflein segelten wir am 2. Januar 1858 von Bombay ab. Unsern Koch, einen braunen Portugiesen, verstanden wir nicht und mieden alles Eindringen in Küchengeheimnisse, um nicht vollends den letzten Rest von Appetit zu verlieren. Er hatte gar nichts an als ein Paar sehr weite, schmutzige Hosen. Als ich zufällig einmal vorbeiging, trocknete er mit einem Zipfel derselben eben eine Platte ab, auf der er uns dann das Fleisch brachte! Auch das Wasser war fast nicht zum Trinken, so trüb und lebendig. Dafür waren wir reichlich mit guten Früchten versehen. Nachts schliefen wir auf Matratzen auf dem Boden und erwachten unzählige Male, wenn gerade eine Ratte über unser Gesicht sprang oder eine cocroach – ein großer wüster Käfer – sich im Haar verwirrt hatte.

Doch hatte das alles einen eigentümlichen Reiz der Neuheit und bot Stoff zu heiterer Laune, auch war's so gemütlich, unter dem von Matten errichteten Zelt zusammenzukauern und von der gemeinsamen fernen Schwabenheimat zu reden. Aber Zeit und Muße zum Träumen gab's für mich nur zu viel, und mit krankhafter Leidenschaft vertiefte ich mich darein.

Wir hatten sehr günstigen Wind, schon am 10. Januar sahen wir Mangalur – oder vielmehr wir sahen nichts als von ferne den Leuchtturm und etliche weiße Häuslein ganz unter Palmen versteckt. Also da sollte ich meinen Vater wiedersehen, wie pochte mein Herz! Er stand aber nicht unter den Erwartenden am Ufer, und ziemlich enttäuscht stieg ich in den Ochsenwagen, um auf den Balmathahügel vors Missionshaus zu fahren.

Unterwegs sah ich von weitem einen ziemlich großen, sehr beleibten Mann in höchst unvorteilhaftem hellen Anzug, mit einem ungeheuren Hut und großem Stock daherschreiten. »Mein Papa!« schrie ich laut. – »Still, Marie, der Mensch kann unmöglich dein Papa sein«, mahnte Frau Hauff. Allein, schon hatte ich zum Fensterlein hinaus meine Arme um ihn geschlungen und ihn so beinahe unter den zweirädrigen Wagen gebracht.

Mein Vater kam mir ziemlich kühl und gemessen vor; das Blut schoß mir in die Wangen, als ich dachte, er habe am Ende schon meine »Bombay«-Erlebnisse mit Unwillen vernommen. Ich erzitterte vor ihm, und all das kindliche Zutrauen, mit dem ich ihn empfangen, erstarrte in mir mit einem Male. Bald traf ich ihn, wie er mit Herrn Hauff allein in tiefem Gespräch begriffen war; also wußte er alles, und ich beschloß, nichts zu sagen, bis er anfangen würde. Doch zu meinem Ärger bemerkte ich bald, daß die Geschichte ausgeschwatzt worden war; mitleidige und neugierige Blicke ruhten auf mir, und öfters meinte ich, unangenehme Anspielungen auf mich zu verstehen. Mein Stolz war erwacht, mein Zorn erregt, von Herzensgrund verachtete ich diese gefühllose Umgebung und weinte im stillen heiße, bittere Tränen.

Gern verließ ich Mangalur und fuhr mit meinem Vater nach Kalikut, wo mich meine Mutter erwartete, der ich mein wildes, unglückliches Herz ausleeren zu können hoffte. Ach, hätte ich es doch getan, wie liebreich und warm hätte sie mich aufgenommen! Allein ich war so erbittert, so unzufrieden mit Gott und Menschen, so stolz und trotzig, daß ich mich von Anfang an kalt von ihr abwandte in der Meinung, sie verstehe mich nicht und sei eben eine strenge, gesetzliche Bußpredigerin. O unselige Zeit! Da war ich hart und trotzig nach außen und doch so zerrissen, so traurig, so friedlos und lebensmüde.

Da war die Mädchenschule, siebenundsechzig braune Kinder von allen Altersstufen und Schattierungen mit funkelnden, schwarzen Augen, rabenschwarzem, langem Haar, schneeigen, glitzernden Zähnen. Sie sprachen mich an, ich bemitleidete sie, wollte ihnen gerne Liebe erweisen – aber wie konnte ich das mit meinem armen, ruhelosen Herzen, in das der Strahl ewiger, seligmachender, Erbarmen schenkender Gottesliebe noch nicht gefallen war?

Stundenlang schloß ich mich in mein Zimmer ein und sann und sann und sehnte mich; denn alle Morgen war mein erstes beim Erwachen, daß ich nach dem Public Bungalow hinüberschaute, ob nicht ein Fremder gekommen sei. Hundertmal des Tags schaute ich hin – ach! Fremde genug, und oft machte schon das Herz einen gewaltigen Sprung beim Anblick irgend eines derselben; aber wenn er sich umdrehte, war's in der Tat ein Fremder – nie kam der Ersehnte. Sooft ich zu Papa gerufen wurde, zitterte meine Seele vor Hoffnung, und immer kehrte ich enttäuscht zurück.

O, wer kann's mitfühlen, diese folternde, verzehrende Sehnsucht und Ungewißheit! Wie ich die Briefe so begierig musterte – aber keiner aus Sindh!

Einmal übermannte mich der Jammer in Gegenwart meiner Mutter. Sie war voll Mitleid und wies mich zu Papa. Da vernahm ich denn, daß mein John schon vor meiner Ankunft in Mangalur meinem Vater geschrieben, um mich förmlich angehalten und einen Brief an mich beigelegt habe. Ich bekam jedoch diese Schreiben nicht in die Hand. Er hatte auch ein Karatschi-Tagblatt geschickt, an mich adressiert, Papa hatte es zurückgesandt und ihm auf immer meine Hand ernst und fest verweigert, als einem impulsiven Mann, einem Weltmann. Ich hörte es, und das Herz wollte stille stehen; ja, ich wünschte mir, es möchte in diesem Nu plötzlich erkalten und sterben, wie meine Hoffnungen und Träume. Papa betete mit mir und war überaus zärtlich, aber ach, ich war ergrimmt im Geist und wollte von keiner Liebe hören, da mir die *eine* versagt war. Ich war ganz unaussprechlich unglücklich und wollte es doch nicht merken lassen. Gott aber, gegen den ich zu murren wagte, hatte Mitleid mit mir.

(Ende der Selbstbiographie)

ALLEIN

Frag mich nicht, warum ich weine! –
Ach, du kannst mich nicht verstehn.
Laß mich lieber ganz alleine
unberührt und ungesehn!

Andrer Menschen kalte Nähe
füllt mit Wehmut meine Brust,
und ihr Trösten tut nur wehe,
fühle nichts von ihrer Lust!

Ist mir ach so wohl alleine,
wähn mich fern von hier,
sitz im Geist im Sternenscheine,
süßes Wesen, still bei dir.

ABENDS

Nach des Tages Schwüle,
ach,. wie wohl ist mir
in des Abends Kühle,

still alleine hier!
Draußen wandeln Sterne
ihren lichten Gang,
Lüfte in die Ferne
tragen meinen Sang.

O! In meiner Seele,
bang von Nacht umhüllt,
strahlt doch immer helle
das geliebte Bild.
Fern vom Menschentreiben
liebend denk ich dein,
kann nicht glücklich bleiben
ohne dich, allein.

Abendlüfte wehen
leise um mich her,
Abendwinde gehen
flüsternd übers Meer,
singen sanfte Lieder
von vergangner Zeit,
und ich fühl mich wieder
ganz in Einsamkeit!

AN DIE VERWANDTEN IN STUTTGART

Kalikut, 28. Februar 1858

Den 21. Februar, sonntagabends, machten wir uns auf unsere kleine Reise. Wir ließen die liebe Mutter in Kalikut zurück und begaben uns an den Fluß, wo wir uns in ein kleines Boot machten, schmal genug, um uns gerade darin liegen zu lassen auf unseren Maträtzelein. Da ich aber nicht gleich zum Schlafen Lust hatte, richtete ich mich etwas in die Höhe, um mit meinem lieben Vater ein wenig zu reden, der die andere Hälfte des Bootes einnahm. So bückte ich mich gerade über seinen Kopf. Diese Gelegenheit benützte der Bootsmann gerne, und ganz klüglich bewies er, sein Boot müsse ein ganz sonderbar gutes sein, denn ein anderes wäre schon lange umgepurzelt. Papale schlief bald, und mir ward's unangenehm zumute, ich konnte nicht recht schlafen, immer wachte ich wieder auf. Die beiden braunen Ruderer sangen nämlich ihren melodischen Wechselchor, der einem das Trommelfell zerspringen macht. So wurden wir eingewiegt und eingesungen. Leise flüsterten die Wellen und der kühle Abendwind strich durch die Palmen am Ufer. Über uns wandelten die Sterne ihre schöne, helle Bahn, und der Mond beschien bleich und traurig die schwarzen, rudernden Gestalten, welche ganz verzweifelt fortsangen.

Endlich schlief ich eben doch, und am Morgen war es wunderschön. Ein prächtiger Morgenhimmel, schon ging die Sonne herauf. Wir kamen in ziemlicher Frühe in Wodagery an, wo wir ins Bungalow gingen und unser Rama, der Knecht, uns kochte. Ihr werdet wissen, daß diese Bungalow nur als Obdach dienen, Essen und Bett und Bedienten muß man mitbringen. Papa hatte die Schule zu visitieren, die ein katholisches Schulmeisterlein aus der halfcaste (Mischling) dirigiert. So blieben wir denn bis zum Nachmittag in Wodagery, dann setzten wir uns auf unsere Pferde und jagten schnell fort, durch heiße, schattenlose Reisfelder, ritten langsamer Berglein auf und Berglein ab . . .

Von Tschombala ritten wir nach Mahe, wo wir einen kleinen Besuch beim französischen Gouverneur machten, dann gingen wir weiter. Wir hatten einen Fluß zu überfahren, am anderen Ufer ritten wir weiter bis ziemlich vor die Stadt Talatscheri. Es war schon halb dunkel und kühl. Man hatte uns bis dorthin ein Gefährt entgegengeschickt, und so erholte ich mich wieder, denn ich war müde von diesem ersten längeren Ritt.

Der Weg zum Missionshause ward mir lang. Also da war ich geboren. Es liegt auf einem Berg ganz prächtig. Als wir an den

Berg kamen, stieg Papa aus der Kutsche. Er hatte seinen Schlafrock angelegt, und so erstieg er den Berg und ich fuhr hinauf. Droben ward ich herzlich empfangen von Irions, und man fragte: »Aber wo ist denn Bruder Gundert?« Natürlich drehte man sich um, um überall hinzublicken, und ein allgemeines Gelächter erscholl, als man den Doktor dastehen sah in Mütze und Schlafrock, eher wie ein Waldgespenst als ein Mann.
Des andern Morgens führte mich Papale überall herum und versuchte alte Erinnerungen in mir aufzufrischen, und es gelang ihm soweit, daß ich des Abends mich erinnerte, Talatscheri's Missionshaus liege auf einem Berge und habe einen hübschen Garten. Meine Kindsmagd Rosine, die ich ehemals Hosianna nannte, sah ich auch mit ihren Kindern, sie hätte nie gedacht, mich wieder zu sehen, und so groß, sagte sie. Sie erkundigte sich auch nach Euch.

Den 24. Februar, also Mittwoch, morgens, ritten wir nach Kannanur hinüber. Dort trafen wir den lieben, lieben Hebich, in seinem Schlafrock, seinem großen, ausgebreiteten Hemdkragen, seinem schönen grauen Bart und seinem ehrwürdigen Gesicht. Seine ganze Erscheinung flößt Ehrfurcht ein, sein Wesen aber ist Liebe und Freundlichkeit. Wir brachten bei ihm einen schönen Tag zu ...
Mit meinem Lernen geht's ordentlich. In zwei Wochen will Mama vielleicht auf einige Tage nach Talatascheri gehen, und dann würde ich einstweilen die Schule übernehmen und allem nachsehen, worauf ich mich gewaltig freue ...

Auf den 24. Februar 1858, den Tag der ersten Begegnung mit Missionar Hebich, der Marie ein weiser und gütiger Beichtvater wurde, verlegte sie selbst in späteren Jahren ihre »Bekehrung«. Dieses viel mißbrauchte Wort bedeutete für Marie nicht mehr und nicht weniger, als daß sie sich von jetzt ab Gott und der Verwirklichung seines Reiches auf Erden zu weihen gelobte. Ihr inneres Schwergewicht begann sich, trotz heftiger Rückschläge, aus dem Persönlichen ins Überpersönliche zu verschieben, sie opferte ihre Liebe und versöhnte sich mit den Eltern in der gemeinsamen Hingabe an den Missionsgedanken. Die Briefe und Tagebücher aus dieser Zeit wurden, soweit sie in englischer Sprache geschrieben sind, von unserer Sammlung ausgeschlossen.

AN EINE TANTE

Kalikut, den 9. Juni 1858

Diesen Abend fanden wir wieder eine lange, magere Schlange nicht weit vor meinem Zimmer. Sie war so schnell auf einem Baum und über die Hofmauer hinunter, daß man sie nicht bekommen konnte, auch war es keine gefährliche; der Regen hat nun für einige Tage dem schönsten Wetter Platz gemacht, doch wird es sich wohl bald wieder ändern.

Die Schulmädchen haben den Monsun sehr gerne, da stecken sie ihre Köpfe unter die Dachrinne und baden ihre braunen Füße in jeder Pfütze! Es mahnt mich an unsere Winterfreude, im Schnee herumzuwaten. Wenn ich eine rechte Zeichnerin wäre, möchte ich Dir gerne gerade mein Zimmer auf Papier geben. Ich sitze bei der Lampe am Tische schreibend. Auf einer Matte sitzen neben mir auf dem Boden zwei der Schulmädchen mit überschlagenen Beinen und einer Schiefertafel darauf und mühen sich ab, die englischen Buchstaben zu schreiben, die ich ihnen vorgeschrieben; es sieht recht hübsch aus!

Ich bin wirklich sehr gern hier, lerne Mama immer besser kennen und lieben, habe jeden Tag mehr Freude, in der Schule zu sein.

TAGEBUCH

Den 1./2. Februar 1859

O, daß ich Ihn, Jesum, lieben könnte, wie ich möchte, heiß und innig! Ach, treuster Heiland, hilf mir, ich glaube an Dich! Ja, ich glaube an Dich und an Dich ganz allein! Du bist meine Festung, meine Hilfe, mein Licht, mein Leben, meine Liebe, mein alles. Der teure Hebich redete lange mit mir, und das aus vollem Herzen und herzerfüllend. Von heute an muß eine Gebetsstunde festgesetzt werden, vielleicht um zwölf bis ein Uhr. Abends Mama so lieb, so herzlich, so freundlich und warm wie noch nie. Ach, gottlob, gottlob, gottlob!!!

Mittwoch, den 13. April 1859

Heute räumte ich Papas Papiere aus und sah eine bekannte Handschrift. Ich las alles – an Papa, an mich, an Hauff und an Barns. O, es war viel zuviel für mich! Wie hart ist doch mein teurer Vater gegen ihn gewesen! Aber hilf, Herr, ich weiß nicht, ob es Sünde ist oder was!! Mein Kopf ist verwirrt und umnebelt, mein Gesicht glüht, und mein Herz tobt. Ach, wie hat er so etwas ertragen können! Nein, ich habe versprochen, und soll ich das brechen? Nein, nun und nimmer nicht! Vielleicht hätte ich es nicht lesen sollen, aber die Versuchung war zu groß.

Donnerstag

Ich bin noch schrecklich aufgeregt und erhitzt. Doch ich überlasse es Dir, Herr, Du kennst ihn, Du kennst mich, besser als ich es tue . . . Ich bitte Dich nicht, uns zu vereinen, aber ich bitte Dich, ein jedes von uns mit Dir zu vereinen. O sprich Ruhe in dieses wilde Herz!

Karfreitag 1859

Gottlob, ich bin versöhnt mit Gott durch das Lamm, das meine Sünden getragen! Ich habe heute einen Vorgeschmack der himmlischen Freuden . . .

Montag

Gott, was bin ich? Eine Heuchlerin durch und durch! Oh, wie liebe ich ihn noch! Oh, wie wenig habe ich ihn vergessen! Es ist stärker als je, ich kann's nicht lassen, es treibt mich beinahe krank. Ich sage es zum ersten Male meiner Mutter. Sie sagt, ich müsse ihn vergessen! Ha! Habe ich nicht schon mehr als ein Jahr lang versucht, ihn zu vergessen? Raten ist leicht, aber –! O Papa, ich möchte dir jetzt alles sagen, dir alles anvertrauen, und jetzt bist du fort! Süßer Papa! Ach Gott, was bin ich? Eine Heuchlerin! Bete und bete mit Tränen, versuche Jesum zu lieben, und doch liebe ich –!! Ach, Jesus, vergib, vergib!! O gib mir Kraft! O nagle Du auch diese Liebe an Dein Kreuz, ich kann's nicht selbst tun, ich bin zu schwach. O tue es, dann will ich Dich preisen! Ach, was bin ich!! Verzweifeln könnte ich – o Jesus, hilf mir, hilf mir, o hilf mir!

Dienstag

... Gott sei Dank! Er hat den Sieg erfochten. Was haben Fleisch und Blut noch zu sagen? Habe ich Jesum nur (und ich habe Ihn schon ein wenig), so ist alles gut ...

AN IHREN BRUDER HERMANN

Kalikut, 23. Juli 1859

Wir haben hier nun den stärksten Regen, den man sich wünschen kann. Der große Teich vor unserem Haus ist übergelaufen, und alles ist mit Wasser bedeckt. Alle Sachen werden schimmelig, feucht, die Bücher ganz besonders; die Nadeln usw. in der Schule rosten. Hier lernt man erst verstehen, was es heißt: Dinge, die der Rost und die Motten fressen und danach Diebe graben. – Motten, Diebe und Rost sind hier recht zu Hause. Oft kommt es mir vor, wenn man in Indien gewesen sei, könne man erst recht verstehen, was einige Ausdrücke in dem Alten Testament meinen. Nun, zum Beispiel: Elia sagte: Ich höre das »Rauschen« eines gewaltigen Regens (1. Kön. 18, 41). Hier hört man das Rauschen eine gute Stunde, ehe der Regen wirklich kommt ...

AN HERMANN

Kalikut, 18. September 1859

... In Indien misse ich den Frühling sehr. Es war mir zu Hause immer die liebste Zeit, und mit den blütenbedeckten Bäumen und frischen Blumen öffnete sich auch mir ein Freudenkelch. Ich fühle noch, wie es mir so wonnig durch alle Glieder fuhr! Dieses Gefühl kriege ich hier nie mehr. Überhaupt scheint einen alles nichts mehr anzugehen, und ich spüre selten das wonnige Jugendglück, das mir zu Hause in Europa so inlebte. Alles bekommt kälter, je mehr man daneben schwitzt, und ein seltsames Gefühl von Einsamkeit zittert durch mich. – Ach! Mensch, was ist Erdenleben!...

AN DEN VATER

Kalikut, 19. Septempber 1859

Herzlieber Papa!... Ach, hätte ich doch nur Glauben, mehr festen Glauben, wäre ich doch los von all dem Zweifeln! Oft kommt es mir vor, meine Bekehrung sei eben doch keine echte gewesen, sonst wäre ich jetzt weiter. Lieber Vater, offen gesagt und in einem Wort: Das Alte hängt mir noch an, das alte Joch drückt mich noch, das Alte ist noch nicht vergessen, so hart ich mir auch antue, es zu verbannen. Gelt, das dachtest Du doch nicht, daß ich damit noch gequält sei? Mama sah auch ganz wie verwundert aus, als ich ihr alles offen gestand.

Vater Gundert mußte im Frühjahr 1859 nach einem Ruhranfall in Europa Erholung suchen. Mutter und Tochter blieben vorläufig in Indien und genossen im Herbst dieses Jahres in Kunnur, in der wundervollen Landschaft der Blauen Berge, die Gastfreundschaft einer feingebildeten englischen Familie; mit der gleichaltrigen Tochter, Luise Scudder, schloß Marie herzliche Freundschaft.

Am 4. Januar 1860 kam die Kunde, daß Gundert die Rückkehr nach Indien vom Arzt verboten worden sei, und daß er Frau und Tochter in Deutschland erwarte. Der Abschied von Indien war für beide sehr schmerzlich, und Marie hat auch in ihren späteren Jahren Indien stets als ihre eigentliche Heimat betrachtet.

Am 10. Mai 1860 trafen sie in Basel ein, wo die Mutter ihre im Missionshaus erzogenen Söhne Hermann und Samuel nach vierzehnjähriger Abwesenheit wieder begrüßen konnte.

Im Auftrag der Basler Mission hatte Doktor Gundert als Gehilfe Doktor Barths die Arbeit am Verlagsverein in Calw übernommen; ein Drittel seiner Zeit sollte er außerdem der Fertigstellung seines Malajalam-Lexikons und anderen indologischen Studien widmen. An diese Arbeit, die ihn dreißig Jahre lang beschäftigte und noch heute für die Forschung unentbehrlich ist, schloß sich noch eine Übersetzung großer Teile der Bibel ins Malajalam. »Die sprachliche Höhenlage dieser Übersetzungen ist die der einheimischen poetischen Literatur und der Umgangssprache der höheren Kasten; es sind Meisterwerke von eleganter, konziser Ausdrucksweise.« (Allgemeine deutsche Biographie.)

Gunderts Schlichtheit und Bescheidenheit ging so weit, daß er seine große Rednergabe bewußt unterdrückte und sich trotz seiner Gelehrsamkeit und seiner weltweiten Beziehungen nach wie vor als einfacher, unscheinbarer pietistischer Bruder gab. Seinem Enkel aber, dem Dichter des Siddhartha, erscheint in seiner Knabenzeit der Großvater »wie ein alter Brahmane« – so tief war er trotz aller christlichen Vorbehalte mit indischem Wesen und Denken verwachsen.

Hugo Ball faßt in seiner glänzend geschriebenen Hermann-Hesse-Biographie Doktor Gunderts Tätigkeit in Calw folgendermaßen zusammen:
»In Calw lernt Doktor Gundert zu seinen drei Weltsprachen (Deutsch, Englisch, Französisch) und den inzwischen an Zahl noch vermehrten indischen Dialekten einige zehn weitere Sprachen hinzu, deren Grammatik ihn in lebendigster Weise beschäftigt. In Calw widmet er sich neben der überseeischen Mission mit ganzer Hingabe auch der einheimischen. Er hält Betstunden, Missionspredigten, besucht Kongresse, redigiert Propagandablätter, empfängt Besuche aus aller Welt: gelehrte, exotische, pietistische Besuche. Er hat eine Audienz beim König, steht mit den bedeutendsten Persönlichkeiten des evangelischen und philologischen Lebens in Austausch, liest hundert Revuen, druckt sehr bedeutsame kirchengeschichtliche, exegetische und Übersetzungswerke, um sich schließlich – von seinem Biographen (Joh. Hesse) mit einem breiten, ruhig fließenden Strome verglichen – nach jener einen Wurzel der Realitäten zu sehnen, die er in allen Sprachen der Welt gesucht und vielleicht schon gefunden hatte.«

TAGEBUCH

Den 24. April 1862

An diesem Tag ging ich nach dem Essen mit Papa auf dem Schafweg spazieren. Da fragt er lachend, ob ich auch wisse, was für einen Eindruck ich auf ein Herz gemacht. – Hab keine Ahnung. – Da sagt Papa, Charles Isenberg (Sohn des Missionars Isenberg, geb. 1840 in London) habe sich in Cannstatt letzten Sommer in mich verliebt.
Wer hätte das geahnt – ich nicht! Ich lachte und legte der Sache keine Wichtigkeit bei; aber zu Haus fängt Mama auch davon an, nicht im Spaß, sondern ernsthaft, lobt ihn und erzählt, er habe an Hermann darüber geschrieben und denke wirklich ans Heiraten. Ich sah deutlich, daß meine Mama eine geheime Freude daran hatte.
Aber ich konnte mich nicht freuen, tief aus dem Herzen stieg

mir das Bild Johns auf, das ich verbannt glaubte. Ich konnte meiner Mutter nicht antworten, mein ganzes Gemüt war in Aufregung. O John, ich bin dir im Herzen doch treu geblieben und fühle jetzt erst, daß dein Name tief, tief eingegraben ist. Was soll ich einen andern lieben? Soll ich Charles Isenberg heiraten? Er ist mir so einerlei, so unwichtig, ich habe keine Neigung zu ihm. Fast hätte ich vergessen, daß er überhaupt damals in Cannstatt war! Ist es nicht schön, die erste glühende Jugendliebe heilig und keusch im Herzen zu bewahren, selbst wenn keine Hoffnung ihr blüht?

Nein, nimmermehr, ich werde mich nie einem Manne geben, den ich nicht ausschließlich und glühend liebe. O John, lieber John! Ich habe dich unaussprechlich geliebt, du warst mir eine Sonne, und deine Liebe brachte einen kurzen Frühling in mein Leben. Aber ich habe ihn Gott geopfert und meinen Willen auch! Nein, ich bin Gottes Kind. Ich darf nicht wählen – ich muß mich fügen und stille schweigen. Ich darf nicht meinen eigenen Weg aussuchen, Gott soll mich führen.

Ich habe lange gebetet und um Licht und Rat gerungen, und dann bin ich ruhig und still geworden und weiß jetzt, daß mir Gott seinen Willen vorgezeigt hat. Ich will nicht widerstreben . . . Siehe, ich bin des Herrn Magd! Das Ziel bleibt das gleiche – ich will nach dem ewigen Leben ringen, nach der Krone streben; was mich dazu bringt, sei willkommen. Charles ist ein frommer Jünger Jesu. Er kann mich wahrscheinlich weiter fördern und mir helfen. Und wenn er mich wirklich sehr lieb hat, dann werde ich es nicht so arg schwer finden, ihn auch wieder zu lieben, wenn ich ihn kennenlerne.

Echterdingen, 23. August 1862

Mein Herz wallt und wogt wie ein Meer – ich meine, ich müsse in Korntal etwas erleben, gerade an diesem Sonntag. So laß ich mich nicht halten und eile trotz Sturm und Windstößen per pedes nach Stuttgart, wo ich recht müde ankomme.

Das Haus des Calwer Verlagsvereins

Sonntag, 24. August 1862

Wollte mit dem ersten Zug nach Korntal, kam zu spät. Adolf (Gundert) und die andern werden fast bös, daß ich nicht bei ihnen bleiben will. – O ihr lieben Leutle! Der Boden brennt mir unter den Füßen! Mußte bis elf Uhr warten, das Geschnader des gnädigen Fräuleins anhören, die Kirche versäumen ... Endlich atme ich im Zug hoch auf, muß fast jauchzen, als ich Zuffenhausen erreichte. Getrost spannte ich meinen Regenschirm gegen die Sonne auf nach indischer Art und lief oder sprang fast nach Korntal. Aber je näher ich kam, desto enger und bänger ward mir's zumut, und mein Herz klopfte gewaltig. Ei, warum denn? Gerade macht Herr Gemeindevorsteher (Daur) seinen Laden auf, sieht mich und ruft mich zum Essen herein. Da werde ich freundlich bewillkommt.

Nach dem Mittagessen schicke ich mich an, in die Pfleiderei zu gehen, und ziehe meine Mantille an; Sophie (Daur) schwatzt mit mir im Nebenzimmer. Da geht im Eßzimmer die Türe auf und wie im Traum sehe ich eine große hohe Gestalt mit festen, wenn auch unschönen Zügen, männlich blondem Bart und treuen, lichten Augen. Ehe ich ihn gesehen, wußte oder fühlte ich, daß *er* es sei, und mit einem Male drang sich mir die Gewißheit auf, daß er mir tief im Herzen liege und ich ihn liebe. Als ich die Stimme hörte, sah ich hinein, und er redete mit Herrn Vorsteher.

Ich war bestürzt, bewegt und ruhig zugleich. Wie im Traum reichte ich ihm die Hand zum Gruß, ich sah und hörte nicht, nur weiß ich gut, daß er mit freudig erstauntem »Ah!« mir die Hand bot und ein verklärtes Lächeln über sein bleiches Antlitz flog. Und jenes Lächeln, ach, es drang wie ein sanfter Tau in meine Seele, wie ein Sonnenstrahl tief hinab – ich war glücklich! In dem Lächeln wähnte ich meine Zukunft sich eröffnen zu sehen wie ein Paradies und ein Garten Gottes, wo die Liebe regiert. Ich grüßte seine Brüder Albert und Theodor, währenddem er das kleine Daurle verküßte, das Sophie auf dem

Arm hielt. Ganz unwillkürlich mußte ich dasselbe tun, als Sophie mich hinausbegleitete, und ich hüpfte um zwei Zentner leichter in die Pfleiderei.

Kurze Zeit vor dieser Begegnung in Korntal, wo Charles Isenberg einst gleichzeitig mit Marie erzogen worden war, hatte sich der Student, der sich im Islington College für den Missionsberuf vorbereitete, in eine anmutige Engländerin verliebt und von ihr einen Korb erhalten. Reuig hatte er sich darauf zu Marie zurückgewandt und sie auf einer fünfwöchigen Vakanz in Württemberg zu treffen gesucht. Er schrieb später darüber an Maries Bruder Hermann in Detroit: »Als ich nach Calw kam, war ich sehr enttäuscht, daß ich sie nicht antraf – sie war in Echterdingen bei Frau Missionar Moerike. Einmal kam sie nach Korntal, aber ich wußte nichts davon. Erst mittags, als ich einen Besuch bei Daurs machte, da ging sie an mir vorüber wie eine Engelserscheinung. Ich war mit Herrn Daur im Gespräch begriffen, da kam sie aus dem Nebenzimmer heraus und nahm Abschied, so kurz, daß ich mich besinnen mußte, ob sie's denn wirklich war. Aber dieser Gruß und diese Blicke! Die machten mir das Herz viel wunder als hundert schöne Worte. Ich konnte ihr abfühlen, daß sie mich liebte, und es war mir nur leid, daß sie von mir nicht mehr denselben Eindruck zurücknehmen konnte, ich war zu bestürzt über ihr Erscheinen, nachdem ich sie vorher in Calw vergeblich gesucht hatte. Nun dürfen wir beide ruhig sein und vertrauensvoll warten, bis Gott unsere Pfade zusammenführt. Noch ein paar harte Jährlein – und dann!!« – Der Brief Hermanns an Vater Gundert, von dem im folgenden die Rede ist, war inzwischen durch das Erlebnis in Korntal überholt. Charles hielt Marie, mit der er aus Gehorsam gegen die Regeln seines Instituts in Islington keinen Briefwechsel begann und auch weiterhin nur auf dem Umweg über Amerika in losester Fühlung stand, von da ab die Treue.

Den 20. Oktober 1862

In der Nacht vom Sonntag auf den Montag träumte mir, ich sitze auf einem Berge und mir schwindelt; Charles stand mit seinen Schwestern daneben, aber half mir nicht, so sehr ich ihn bat. Ich wachte auf, und träumte wieder, Charles komme immer näher auf mich zu, aber wolle mich durchaus nicht ansehen, noch zu mir reden. Mit dem allerdrückendsten Gefühl wachte ich morgens auf. Papa hatte mir mehreres zum Schreiben gegeben, das trug ich um zehn Uhr zu ihm; er bewillkommte mich mit traurigem Lächeln. Ich ahnte, etwas sei vorgefallen, und fragte gleich, was sei. Ich sah einen Brief von Hermann und nahm ihn voll Freude. Da sagt mein teurer Vater: »Ja, es ist nicht so lustig. Sammle dich und lies ihn!« Weiß Gott, ich habe mich gesammelt mit einem stillen Seufzer um Ergebung ins Schrecklichste. – Schrecklicheres hätte auch nicht kommen können. Auf der Treppe blickte ich noch in den Brief und sah nur die Worte: »Charles Isenberg« und »eine andere Liebe«. Dann schwindelte es mir fast. Ich tat den Brief in meine Tasche und ging hinunter. Dort stand R. G. und bat mich, einen Einkauf mit ihr zu machen. Es war schrecklich! Mit dem ungelesenen Brief in einen Kaufladen, statt in mein Zimmer allein! Endlich kam ich los, schloß mich zu Haus ein und las, schon alles wissend.

Den 2. November 1862

Habe heute nacht viel Heimweh nach Kunnur gehabt, jene schönen Tage standen sogar im Traum wie ein Zauberleben vor mir. Schönes, teures Kunnur – auch dich möcht ich vergessen – möchte lieber nie an deine paradiesischen Tage denken – es ist zu viel für das traurige Herz! Oh, sterben und aus der wunderschönen, armen Welt hinaus – das scheint mir das Allerbeste. Aber es ist wohl nicht recht – es ist Sünde! Teure Luise (Scudder)! Sie scheint mich auch vergessen zu haben. Hat denn kein anderer Mensch so ein leidenschaftliches Herz wie ich? Sie können vergessen, was sie einmal geliebt – ich *kann* es nicht – selbst wenn ich es will!

Ach, werde ich je die tausend goldenen Fäden zerreißen können?

Den 15. November 1862

Begräbnistag des teuren Doktor Barth (des bisherigen Vorstands des Calwer Verlagsvereins, dessen Nachfolger nun Doktor Hermann Gundert werden sollte). Auf dem Heimweg (von der Beerdigung in Möttlingen) ist mir's, als ob wir jetzt in dieses enge Schwarzwaldtal hineingebannt wären . . . Ich sehe es aschgrau vor mir – eine enge, trübe Zukunft in dem schmalen, tiefen Tal drin, Papa am Schreibtisch – fern und immer ferner – unerreichbar fern liegt das Land unserer Liebe, das schöne Land unserer lieblichsten Träume!

1863

So still ist's draußen, jeder Ton verklungen,
den Lärm des Tages hat die Nacht bezwungen.
So sanft und friedlich noch im Mondenstrahle
lächeln die Tale.

So auch nach Kämpfen, Leidenschaften, Schmerzen
ist's still geworden in dem lauten Herzen,
dem stürm'schen Geist ist endlich Ruh' beschieden:
Ich habe Frieden.

Horch! Durch die Stille hehre Klänge schallen:
So hell und lieblich Abendglocken hallen.
O so laß Dir auch, Gott, mein Herze klingen
in Dank und Singen!

Den 26. Juli 1863

Wunderbarerweise träumte es mir von Sonntag auf Montag seit undenklich langer Zeit zum ersten Male wieder von Barns.

Ich sah ihn alt und krank – o so verändert. Ich saß wie versteinert und sah ihn immer nur traurig an.

Den 26. September 1863

Morgens kam Doktor Lepsius von Berlin, der mit Papa etwas zu besprechen hatte wegen Standard-Alphabet für Malajalam und kanaresische Bücher. Papa will nichts davon wissen, man könnte es nicht einführen, die Leute würden's nicht lesen, das Geld wäre verloren.
Lepsius ißt bei uns zu Mittag, wobei ein steinhartes, altes Huhn aufgetischt wird, das Mama in der Eile als »eine große Kockele!« gekauft hatte. Sie hatte des Morgens noch gefragt: »Ei, Luise, warum singt dein Kockele nicht?« Worauf Luise erklärte, es sein ein altes Huhn.

Am 9. Oktober 1863 kam ein Brief von Charles' Vater an Doktor Gundert, in dem sich jener mit einer etwaigen Verbindung zwischen Charles und Marie einverstanden erklärte.

Den 16. Oktober 1863

Nachmittags sitze ich bei Mama und flicke. Sie fängt gleich an: »Perhaps you cannot sit with me any more[1].« Ich spreche von vier Jahren, sage, die Eltern Isenberg seien auch vier Jahre versprochen gewesen und ich erwarte, es werde auch so kommen. Mama: »Then rather not engage. I would never accept a man who lets me wait four years; I would never bind myself for such a long time. I shall no more live then and you will be quite an old maid. No, much better refuse him than wait so long!«[2] O Mama!! Mein Wunsch ist's freilich nicht, aber wenn es sein

1 Nun wirst Du wohl nicht mehr oft bei mir sitzen können.

2 Dann lieber keine Verlobung. Ich würde niemals einen Mann nehmen, der mich vier Jahre warten läßt; ich würde mich niemals für so lange Zeit binden. Ich werde dann nicht mehr leben und Du wirst eine richtige alte Jungfer sein. Nein, weit besser, ihn abzuweisen, als so lang zu warten.

muß, werde ich mich drein finden, so sehr es gegen meine Natur geht. Aber vier Jahre Braut sein ist Seligkeit gegen den Gedanken, nicht Braut zu sein. Nein, ich will alles tun und dulden, wenn's sein soll, nur um seinetwillen, aber es wird kein Dulden sein, wenn ich's für ihn tue und er mich liebt. Ich kann Mama nicht verstehen, sie spricht vom Heiraten, als sei das das Große. Lieben will ich, *lieben,* das ist mir wichtiger als heiraten. Freilich wäre mir's lieb, wenn wir bald zusammenkämen. Aber das scheint mir von Mama ein herzloser Gedanke: Nein sagen wegen vier Jährlein Brautzeit. O nein, Mama, du kennst dein Kind noch nicht.

Den 13. November 1863

Hatte einen süßen, wehmütigen Traum heute nacht. Mir war's, als müsse ich von allem Abschied nehmen, und das Herz war mir schwer. Ich wand die alten, verwelkten Kränze von Emmas Hochzeit auf und fand darin noch frische Myrten, die steckte ich an meine Brust und weinte. Da war mir's, als stünde ich vor dem Haus und die Pforzheimer Post komme an. Mein Herz klopfte. Charles springt aus dem Eilwagen auf mich zu, nimmt mich in die Arme, und an seinem Kuß wachte ich auf so stolz und froh, so glücklich – und siehe, ich hatte geträumt und der Tag, da der Traum in Erfüllung geht, kommt wohl nicht so bald – ach Gott! Vielleicht nie . . .

Den 21. November 1863

Schon vierzehn Tage lang harrten wir auf Briefe aus Detroit – vergeblich. Heute morgen nun kam einer. Papa öffnete ihn, ein Bild fiel heraus, ich hob es auf und sah meines lieben Charles' Angesicht! Ein Brief von Hermann an mich sagt: »Aber ich bin so in hurry, daß ich jetzt nur noch einen Auszug aus Charles Isenbergs Brief gebe. Damit soll die Sache nun Euch übertragen sein und ich davon entledigt. Ich bin dankbar, daß noch nichts verdorben ist, was ich so leicht hätte tun können, und

spute mich, die Sache abzugeben, ehe ich sie verderben könnte – trotz dem besten Willen – etwa wie ich ein kleines Kind, das ich gern auf dem Arm hatte, bald der Mutter zustelle, daß ich das Risiko los bin: die Mutter kann's besser besorgen.«
Charles Isenberg schreibt: »Mit meiner Zukunft ist's noch nicht ganz im reinen. Ich muß noch durch eine letzte Krise, ehe ich weiß, was in den nächsten Jahren mein Los sein wird. Meine theologischen Bedenken gegen die Partei der englischen Kirche, der unsere Gesellschaft angehört, kamen im Anfang dieses Jahres nicht bis vor das Komitee. Jetzt aber soll ich bald dem Bischof zur Ordination präsentiert werden. Ich bin daher letzte Woche aufgefordert worden, meine Ansichten bezüglich der Inspiration usw. zu Papier zu bringen, damit sie diskutiert werden können und das Komitee sehe, ob es mich mit gutem Gewissen in den Kreis der Kirche zulassen könne. Ich werde natürlich keinen Dunstkreis um meine Überzeugungen ziehen, sondern offen, wenn auch mit Besonnenheit und Milde sagen, was ich denke. Ich fürchte aber fast – wenn es zu fürchten ist –, daß meine Verbindung mit der Church Mission Society ein Ende nehmen wird. Ich bin äußerst gespannt. Mit meinem Vater habe ich einen langen, traurigen Briefwechsel gehabt; er hat mich für nicht viel weniger als einen Rationalisten gehalten, weil ich im Buch Esther kein Zeichen von Inspiration erblicke oder im Hohen Lied kein Zeichen von einer ursprünglich beabsichtigten höhern Bedeutung. Sollte ich wirklich von der Gesellschaft entlassen werden, so wende ich mich entweder nach Basel, oder gehe ich nach Berlin, um dort auszustudieren und Ordination zu erhalten, um nachher etwa in die Dienste der Basler Gesellschaft einzutreten. Was Deine – und ich hoffe auch meine – liebe Marie betrifft, so bin ich auch in bezug auf die Entwicklung unseres Verhältnisses in gespannter Erwartung der nächsten Zukunft. Ich habe fortwährend mit hoffender Liebe an sie gedacht und werde überhaupt mein Auge nie anderswohin wenden, solange sie frei ist. Aber mit Bezug auf ihre

Wahlfreiheit bin ich ebenso gesinnt, wie *sie* sich über mich gegen Dich aussprach. Denn wer weiß, ob's Gott mir möglich macht, in den nächsten Jahren nur einen Schritt in der Sache zu tun, falls meine zeitlichen Aussichten sich trübe gestalten. Erleidet aber meine Verbindung mit unserer Gesellschaft keinen Bruch, dann werde ich stracks nach der Ordination (die im Dezember ist) zu Deinem Vater gehen und um Maries Hand anfragen.«

Mir gefällt's, daß er seine Meinung fest sagt, auch wenn es unangenehme Folgen hat. Papa glaubt aber nicht, daß die Gesellschaft ihn deswegen losläßt.

Den 28. Januar 1864

Briefe von Samuel und Hermann. Letzterer schreibt von seinen Nöten in der Gemeinde und Ungewißheit, ob er fort soll, dann von seiner lieblichen Christfeier, und zuletzt noch scheint's in Antwort auf Papas Briefe. Papa muß bemerkt haben, Charles Isenberg scheine kühl im Christentum zu sein. Da meint Hermann: »Wir sehen ja nicht ins Herz, und wieviel Not es durchmacht, ehe es davon spricht. Isenberg hat viel durchgemacht und ist von Natur mit seinen Gefühlen arg sparsam. Dagegen will ich sagen, was *ich* dachte bei seinem Brief: nämlich er sei kalt, aber nicht in bezug auf Jesum, sondern auf Marie. Die ganze Stellung der Sache nach hinten, der Ton, der sie gleichsam wiederaufnimmt als etwas, das er nicht vergessen habe, scheint mir nicht von einem glühenden Fokus auszugehen. Doch auch da weiß ich nichts und will auch nichts wissen.«

Du Friedestörer, warum mußt'st du kommen,
als ich vom ersten Weh genesen war?
Hast mir mein junges, heißes Herz genommen
und bietest mir dafür dein kaltes dar!

Kein kühles Herze will ich – müßte zittern
in deiner frostig stillen Winternacht.

Gib Wärme mir, und wär's gleich mit Gewittern –
O wenn mir nur recht warm die Sonne lacht!

O bring ein glühend Herze mir entgegen,
ist's doch der Jugendliebe Feuer noch –
Es fehlt wohl später nicht an Tau und Regen,
der kühlt die Flamme, wenn sie je zu hoch.

Kannst du es nicht, dann gib zurücke
mein Herz, von jedem Band erlöst!
Mich führet Gott zum wahren Glücke
auch ohne dich, das glaub ich fest.

AUS DEN ERINNERUNGEN AN CHARLES ISENBERG

Für seine Kinder niedergeschrieben von ihrer Mutter

BRAUTZEIT

Am 1. August 1864 war im »Kronprinzen« in Calw ein reges Treiben, und Marie hatte alle Hände voll zu tun, denn es war Pfarrkonferenz bei Doktor Gunderts, und im Saal saßen 36 Leute zum Bedienen. Eben trägt Marie den Kaffee herein, da kommt der Postbote und legt ihr etliche Briefe aufs Kaffeebrett, die sie dem Vater bringen soll. Das Mädchen sieht den obersten Brief, erkennt die Handschrift und wird kalt und heiß nacheinander, denn es ist die Handschrift ihres Geliebten, die Adresse aber ist an ihren Vater. Eilig stellt sie den Kaffee hin und übergibt dem Vater die Briefe. Derselbe schwatzt und lacht eben mit seinen Freunden, öffnet ahnungslos so nebenher den ersten Brief und schaut hinein. Ganz plötzlich wird er ernst, entschuldigt sich kurz und geht auf sein Zimmer, Marie ihm sogleich nach. Es ist eine Anfrage um ihre Hand. Der Vater fragt: was schreiben? Die Tochter meint, er solle kommen.

Charles Isenberg 1864

Und so schreibt Papa Gundert kurz, Charles solle kommen, damit man die Sache besprechen könne. Das Mädchen bittet: »O nicht so unfreundlich, er hat ja so lange gewartet!« Und Papa flickt noch »einen Gruß von allen« hinzu.
Am folgenden Tag rüstet Marie mit heißen Tränen das Gastzimmer. Ach! Es ist ihr so bang und schwer ums Herz! Sie möchte ihn zuerst examinieren, ob er sie auch recht warm und innig liebe, oder er es jetzt eben aus Pflichtgefühl noch tue, und sie fühlt, daß heute noch ihr Schicksal sich entscheiden muß. Der jüngste Bruder David sieht sie weinen und hat schon allerlei Andeutungen gehört, ohne die Sache recht zu verstehen. Als Verteidiger seiner Schwester fragt er sie mit blitzenden Augen und ausgereckter Hand: »Will Papa dich zu einer Heirat zwingen?« Ach nein, gewiß nicht. Aber wie konnte das Kind diese dummen heißen Tränen verstehen, weiß sie doch selbst kaum, was sie bedeuten, ob's Freuden- oder Schmerzenstränen sind!«

Es ist Dienstag. O es ist schwer, im Missionsverein heute still zu sitzen, da er doch vielleicht während desselben mit der Post anfahren könnte! Horch! Da kommt jemand die Treppe herauf! Marie will hinaus, denn sie hat sich vorgenommen, ihn in ihr Stüblein zu nehmen und zu examinieren. Aber Kusine Jettle winkt ihr, stille zu bleiben, und geht selbst hinaus. Es ist unerträglich, es kocht in ihr, jeder Nerv streckt sich und möchte durch die Türen hindurch lauschen. Jetzt ist's drei Uhr! Sie geht hinaus – und o wie komisch! – der Kaminfeger ist da und Jettle verhandelt mit ihm. Charles war nicht gekommen, und niemand schien ihn noch zu erwarten. Soll der Tag sich wieder schließen, ohne daß sie ihn gesehen? Soll's nimmer wahr werden? Langsam verstreichen die Stunden. Um sieben Uhr abends gibt Papa dem Töchterlein ein Paketchen ins Kontor hinunterzutragen. Auf der Treppe springt ihr eilig jemand entgegen. Er ist's! Sie reichen sich stumm die Hand. Er sieht die verweinten Augen und alle frohe Hoffnung in seinem Herzen verwandelt sich plötzlich in peinliche Verzagtheit und Betrübnis, denn er meint, sie wolle ihn nicht. Marie aber, auf ihr Stüblein zurückgekehrt, ist so demütig und still und schüchtern geworden. Vom Examinieren ist keine Rede mehr, sie wagt sich nicht einmal hinüber ins Wohnzimmer, wo er jetzt ist. Da springt Mütterlein mit lebhafter Gebärde der Verzweiflung herein: »O Marie! Ich dumme Frau habe so eine große Fehler getan! O ich dummer Frau! Solches Fehler!«

»Was ist's? Was gibt's?«

»Oh, ich habe ihn geküßt. Wie er kam, habe ich ihn geküßt. Ich dumme Frau! Aber er ist so lieb und hat so einen wüsten Hut auf und ist so einfach! Und ich hab ihn so wie einen Sohn lieb und hab ihn geküßt. Aber das war dumme Fehler!«

Ja, ja, es war recht so! Marie war zu beklommen, freundlich zu sein. So hatte ihn doch jemand herzlich begrüßt; es war ihr ein Trost, denn der Vater tat kühl und fremd. Nach einem Weilchen muß sie hinein zum Nachtessen. Da sitzt Charles und hilft Bohnen abfasern! O welche Prosa! – Nach dem Nachtessen aber forderte der Hausvater den Gast auf, mit ihm spazieren zu gehen, und Mama – die sonst nie mit wollte –, ist merkwürdigerweise heute nicht müde und will auch mit. Auf selbigen Gang aber hat der alte Missionar dem jungen heiß gemacht und ein strenges Examen in allen Stücken mit ihm vorgenommen, und dem Armen schwand der Mut vollends ganz. Nachher war die Abendandacht, worauf Charles und Marie allein gelassen wurden, »um sich zu besprechen«. Wie aber der junge Mann so verschüchtert und demütig anfing, brach dem Mädchen schier das Herz, daß sie ihm am liebsten um den Hals gefallen wäre. Er wagte gar nimmer zu fragen; er sagte nur, er habe schon so lange geliebt und gehofft, sei aber ihrer nicht wert und wisse ja nicht, ob sie ihn nehmen wolle. Da rief sie »ja« und gab ihm die Hand, daß er ganz erstaunt und freudig überrascht sie an sein Herz drückte. Dann beteten die zwei zusammen und baten die

Eltern um ihren Segen. Der Vater war überrascht; er hatte so schnellen Schluß nicht erwartet. Aber der Segen wurde gegeben, und der Jüngling wurde bald allen lieb.

O Tage unendlicher Wonne, da zwei Herzen sich einander erschließen und finden, daß sie füreinander geschaffen waren, daß eins ins andere hineinpaßt! O Stunden reiner, überströmender Freude, da zwei junge Seelen ineinander hineinschauen, sich ineinander hineinleben, daß nur *ein* Gedanke, *ein* Gefühl beide erfüllt! O selige, himmlische Momente, da zwei im Gebet in *eins* zerfließen und wissen, daß Gott der Dritte in ihrem Bunde ist! Auf welche Höhe der Wonne kann ein junges Herz sich schwingen, welche Fülle, welcher Reichtum von Seligkeit ist in solcher Gott geheiligten, reinen Liebe!

In diese Fröhlichkeit herein kam ganz plötzlich die Nachricht, die Eltern Isenberg seien auf dem Wege nach Europa, der Vater schwer krank. Charles bat sein Komitee um Urlaub, die Eltern abzuwarten; allein es hieß, die Passage sei genommen, und man dürfe ja hoffen, daß Eltern und Sohn sich – nach Erholung des Vaters in gesundem Klima – einst in Indien wieder treffen würden. So reiste Charles schweren Herzens am 23. August von Stuttgart ab; schon in Barmen erreichte ihn ein nachgeschicktes Telegramm, daß die Eltern in Triest angekommen seien. In der Hoffnung, sie doch noch grüßen zu dürfen, reiste er flugs nach Stuttgart zurück, wohin auch seine Braut eilte.

Täglich marschierten nun die Isenbergschen Kinder zusammen auf den Bahnhof, sooft ein Zug von jener Richtung kam, aber die Ersehnten kamen nicht. So mußte Charles denn doch wieder unverrichteter Dinge abreisen am siebenundzwanzigsten. Kaum war er etliche Stunden fort, so kam aus England ein Brief an ihn mit der Erlaubnis, in Deutschland zu bleiben, da man höre, der Vater sei in gefährlichem Zustand. Indessen aber war der Sohn nach England gereist, wo er denn seine Sachen alle besorgte und sich von dem Komitee und den Freunden für immer verabschiedete, da er Erlaubnis hatte, zuerst seinen todkranken Vater zu verpflegen und dann direkt über Marseille die kürzeste Route nach Indien zu reisen. So fuhr am 1. September der »Walmer Castle« ohne ihn ab, und er kam am dritten nach Stuttgart zurück. Die müden Pilger aber lagen krank noch in Triest, und endlich am 5. September erst langten sie in Stuttgart an, ganz matt und erschöpft, von (ihrer Tochter) Elisabeth begleitet und verpflegt.

MARIE AN IHRE ELTERN

Stuttgart, 6. September 1864

Gestern um 11.40 Uhr kamen die Langersehnten endlich hier an. Ach! welch ein Anblick! Solche Jammerbilder habe ich mein Leben lang nie gesehen. Es war herzergreifend, die armen Leutlein waren im Eisenbahnwagen mit Herrn Ch. zusammengetroffen, der ihnen sagte, Charles sei hier gewesen, habe sich verlobt, vergebens gewartet und sei nun schon von England abgereist! Herr Ch. war nämlich schon länger auf Reisen und wußte nichts von den letzten Änderungen. Da haben die alten Eltern angefangen zu weinen, bis der Vater sich ermannte und sagte, über das dürften sie jetzt nicht weinen, sie hätten zu viel Grund zu Lob und Dank, da ihr Sohn nun doch in die Mission komme. Als sie nun hier ankamen, sprang Charles in den Wagen seinem Vater in die Arme! Das war ein Wiedersehen! Mit Mühe brachte man die armen Invaliden in eine Kutsche, daß sie heimfuhren.

Tante Emma, die gute Seele, war ganz erschüttert vom Anblick dieser Leidensgestalten und warnte sofort meinen lieben Charles, wir sollten einmal nicht so lang – zu lang – in Indien bleiben, daß Erholung unmöglich werde. Ich denke, das ist aber die geringste Sorge. Solche dreißig Jahre treuer Arbeitszeit – o wie schön! So alle Kraft in Jesu Dienst verzehren, das ist etwas Großes.

Eben hat mein lieber Schwiegervater überaus herzlich mit Charles gesprochen und mich gerufen, daß er uns segne. Er läßt

Euch herzlichst grüßen und sagen, daß er Gott danke für diese Verbindung und sich freue, nun mit Euch noch inniger, auch äußerlich, verbunden zu sein.

Am 10. Oktober 1864 starb der alte Missionar Charles Isenberg. Über das Leben dieses kühnen und sprachbegabten Missionars unterrichtet eine Biographie Hermann Gunderts im Missionsmagazin. Er hinterließ eine Grammatik und ein Wörterbuch der amharischen Sprache (Abessinien).

HAIDERABAD

AUS MARIES ERINNERUNGEN AN CHARLES ISENBERG

Am 12. Oktober beim Begräbnis (des Vaters Isenberg) in Korntal sahen Charles und Marie sich wieder. Charles kam nachher nach Calw und brachte dort noch einige schöne Wochen zu ... Am 30. November reiste er über Basel, Marseille, Ägypten nach Indien ab. Jetzt begann ein reger Briefwechsel zwischen dem Brautpaar. Charles hatte eine glückliche Reise, war zwischenhinein seekrank, aber er erholte sich bald und knüpfte mit etlichen Deutschen auf dem Schiff (die meist Zweite Klasse reisten) Bekanntschaft an, was ihn bei seinen Mitpassagieren Erster Klasse etwas in Mißkredit brachte. Ganz possierlich schreibt er über seine Predigtvorbereitung, wie es kaum möglich gewesen sei, einen Gedanken zu fassen, während alles um ihn her spaßte und schwatzte, einer sich ihm gegenüber setzte, ihn abzeichnete und hörbar genug flüsterte: »He is in the agonies of composition!« – Aber wie er einmal im Kirchenrock der anglikanischen Kirche aufgetreten und den Gottesdienst auf dem Schiff gehalten, wandelten sich alle Gefühle. Leute, die ihn vorher nie gegrüßt, fingen jetzt trauliche Gespräche mit ihm an, so daß er von dort an plötzlich allgemein bekannt und geachtet war ...
Am 30. Mai (nach einem längeren Studienaufenthalt in der Gegend von Bombay) kam Charles nach Karatschi und betrat den Boden des Wüstenlandes Sindh, das sein besonderes Arbeitsgebiet werden sollte. Nach seiner Ankunft in Haiderabad beschreibt er der Braut die Gegend, das Haus und anderes genau, auch den Oberknecht Muhammed Khan, der schon acht Jahre im Missionshaus gedient hat und den er »erstens der Tradition und zweitens der gerühmten Treue wegen beibehält; ein kurio-

ser Mensch, äußerst wohlmeinend, auch verständig, aber sogar für mich Langsamen peinlich langsam. Sein Äußeres ist tadellos sauber und schmuck, und die langsame Würde seines Schrittes grenzenlos, wie auch die Bewegungen seiner Hand.« So führt der junge Mann seine Junggesellenwirtschaft, kauft allerlei ein und richtet nach und nach das ganze Haus nett und behaglich ein zum Empfang seiner Geliebten; er lernt mit dem pfiffigen Sprachlehrer Abdurahim fleißig Sindhi und eröffnet in aller Morgenfrühe die gegenüberliegende große Knabenschule, in welcher etwa hundertunddreißig junge Sindhis – hauptsächlich von der Amil-Kaste (Schreiber) –, doch auch anderer Kasten Kinder, und sogar etliche Mohammedaner und Indobriten in aller nützlichen Wissenschaft unterrichtet werden; die einleborenen Lehrer hat natürlich der Missionar zu beaufsichtigen und selber noch weiter zu lehren. Daneben galt es die englischen Residenten der Stadt kennenzulernen und sie zur Teilnahme am Missionswerk zu ermuntern . . .
Am 12. September 1865 reiste Marie von Calw ab, traf in Basel mit ihrer Reisegesellschaft zusammen, gelangte am 16. Oktober nach Madras und reiste mit ihrem ihr entgegengekommenen Bruder Samuel per Eisenbahn nach der Westküste Indiens. Charles aber fuhr am 10. Oktober von Karatschi ab und wohnte am dreiundzwanzigsten noch der Missionskonferenz in Scharanpur bei. Seine Braut erwartete ihn mit unendlicher Sehnsucht und konnte nicht verstehen, daß er nicht eiliger zu ihr flog. Allein Charles war sehr unwohl und mußte deshalb ein Dampfschiff abfahren lassen und auf das nächst warten, das nach Süden fuhr.

AUS MARIES REISEBRIEFEN AN DIE ELTERN

»Möris«, Messageries Imperiales, 21. Sept. 1865

Schon zwei Tage auf dem Meer! Gottlob, daß wir noch alle munter sind, essen, singen und schwatzen können! Das Wetter

ist herrlich, die See ruhig. Die »Möris« ist ein schönes großes Schiff, behaglicher als alle, die ich seither sah. Wir sind dreihundert Passagiere, meist Franzosen und Engländer. Mit einer Hindukinderfrau bei einer englischen Familie konnte ich schon Malajalim sprechen.
Wir sechs Mädchen sind nebeneinander in zwei Kabinen. Unsere Herren haben sich jedenfalls gleich als Schwaben zu erkennen gegeben, es ist ihnen alles so neu und sie sind so unbeholfen. Bruder K. macht sich fast lächerlich mit seiner Pflichttreue, wenn er uns sogar in der Kabine noch behüten will. Ja, behüten und beaufsichtigen, nicht etwa bedienen! Ich will aber kein Geschwätz machen, die Brüder sind so gut und besorgt um uns. Wir denken viel an daheim und freuen uns des festen Bandes, das uns trotz aller Entfernung verbindet.
... Nun ist's Nacht geworden. O, welch eine Nacht! Da hätte Eichendorff auch geseufzt: »O, wer da mitreisen könnte in der herrlichen Sommernacht!« Wenn ich ans Beschreiben gehen will, so fällt mir Geibels »Nacht am Meer« ein: »O was in solcher stillen Nacht durch eine Menschenseele zieht, bei Tag hat's keiner nachgedacht und spricht es aus kein irdisch Lied.« Ja, bei Tag hat's keiner nachgedacht! Wie wäre es möglich zu malen, wie die dunkeln Bergabrisse am Sternenhimmel so ernst emporragten, wie die Fluten ringsum flimmerten und flammten, wie die roten und grünen Lichter der Schiffe und des Leuchtturms auf den Wellen tanzten, wie Messina im tiefsten Frieden vor uns lag, nichts als ein Heer von Lichtlein im Hafen schlummernd. Nie werde ich den zauberhaften Eindruck jener Nacht auf dem Meer vergessen.

Kairo, 25. September 1865

Ich meine, die Pause – von Messina bis Kairo – sei viel länger gewesen als bloß vier Tage. Welchen Wechsel haben wir erlebt! Gleich am Morgen selbiger gerühmten Messina-Nacht erhob sich ein starker Wind, also daß das Schiff wie eine Nußschale

hin und hergeworfen und die meisten Passagiere auf ein Schmerzenslager hingestreckt wurden. Sie haben mich – die einzige ganz gesund Gebliebene – unendlich gedauert. Oben auf dem Verdeck lagen die halb Gesunden in den Stühlen, immer wieder durch einen heftigen Stoß zu Boden geschleudert. Hinauf und hinunter zu gehen war eine Anstrengung, unsere ganze schöne große »Möris« schaukelte wie eine Kinderwiege. Unten in der Stickluft war's fast nicht auszuhalten, ich konnte ja auch den anderen nichts helfen, so war ich meist oben.
Da hörte ich eines Tages zwei Engländern zu, wie sie über unsere Brüder lachten. Auch die Frauenzimmer, meinten sie, seien doch gar zu bescheiden und zu auffallend einfach in ihrer Kleidung. Der Ältere, dem man den alten Indier ansah, ein schöner, hochgewachsener Mensch, meinte dann: »Nun ja, lachen kannst du, aber verachten darf man diese Deutschen nicht.« Er sagte, daß er in Deutschland gewesen sei und das deutsche Volk gern habe. Ich war in meinem Herzen ganz kochend gegen diese Spötter, und als der Jüngere bei Tisch unsere armen Brüder mit ihren aufgestützten Armen und ungeschickt mit den Hühnlesknochen beschäftigten Fingern so spöttisch ins Auge faßte, mußte ich mir immer vorsagen: »Liebet eure Feinde«, so wütend war ich. Bei Nacht schämte ich mich aber und nahm mir vor, keinen Zorn mehr zu kriegen. Und siehe da, als ich zum Frühstück kam, machte mir der ältere der Herren freundlich Platz und fragte: »Sie sind nicht krank?« In meinem Erstaunen antwortete ich englisch, und darüber war mein guter Freund – denn das ist er jetzt – so verdutzt, und hintendrein so erfreut, daß er sich in ein langes Gespräch mit mir einließ und sich dann anbot, wir sollten ihn nur benützen, er sei bereit, uns mit Rat und Tat beizustehen. Den langen, langen Sonntag, den ich mit der einsilbigen G. allein auf dem Verdeck zubrachte, hat er mir angenehm verkürzt.
Schon am Montag um elf Uhr kamen wir nach Alexandrien. Bis aber das kleine Boot zum Abholen kam und die Vorstel-

lung vor dem Arzt – der Cholera wegen – vorbei war, wurde es drei Uhr und erst um vier Uhr hatten wir der »Möris« und dem Mittelmeer den Rücken geboten und saßen in der Eisenbahn. Es gab so viel Neues zu sehen, daß die Leiden der Seefahrt bald vergessen waren. Wir guckten hinaus, bis wir zu müde waren und endlich alle schliefen. Plötzlich wachte ich auf an schrillem Pfeifen und Schreien, steckte den Kopf zum Fenster hinaus und fragte in aller Unschuld: »Quelle station?« – »Le Caire, Cairo«, hallte es, und eilig rieben wir die Augen wach, stiegen aus und schleppten unsere Masse Handgepäck dahin, wo die Omnibusse standen, Lastträger einander prügelten, Esel schrieen und Fackeln die wirre Szene grell beleuchteten.
An unserer Seite sprach jemand Deutsch und lud uns ins Hotel de l'Orient ein. Ich glaube, die Brüder hätten noch eine Stunde lang beraten und den letzten Bus vollends abfahren lassen, allein, wir bestanden darauf, wir müßten jetzt fort. Marie meinte: »Bhütis, wie ging's dene Brüeder, wenn wir nit derbi wäre!« Es ist jedenfalls leichter, allein zu reisen. Es war ein Uhr vorbei, als uns im Hotel unsere ganz orientalischen Zimmer ohne Sessel mit hohen Jalousiefenstern und Moskitovorhängen um die Betten angewiesen wurden, und wir den schlechten Tee geschlürft und kurze Andacht gehalten hatten. Heute um ein Uhr geht's weiter nach Suez.

Suez, 26. September 1865, an Bord der »Impératrice«

Die Fahrt durch die Wüste ging gut und ohne allzu große Hitze vorbei.

»Impératrice«, 28. September 1865

Heute sind wir an einem kräftigen Platsch aufgewacht, das Seewasser hatte schon unsere ganze kleine Habe durchnäßt. Es tobt wieder, und der Kapitän meinte, es werde so bleiben. Hoffentlich werden die Mädchen nicht wieder seekrank! Mr. Hyde hat uns auf dem ganzen Schiff herumgeführt, es ist eine ganze

Ökonomie auf dem Hinterdeck, auch eine Metzgerei, alles sehr schön eingerichtet, und die wirklich kohlschwarzen Knechte tragen viel zum Reiz des Ganzen bei. Zum Servieren haben wir lauter höfliche Weißgesichter, zum Fächerziehen langbezopfte Chinesenburschen. Mit den Mitreisenden stehen wir jetzt auf gutem Fuß, nach unserem Gesang gestern scharten sie sich um uns und lobten die deutsche Musik. Heute hat uns Mr. Hyde englische Stunde gegeben, so possierlich, daß Vorübergehende nicht wußten, ob er deutsche oder wir englische Stunde haben.

Den 1. Oktober 1865

Wir schwitzen drauf los, die Hitze ist schrecklich. Ich hatte wirklich schon ganz vergessen, *wie* heiß es hier ist! Mr. Hyde sagte, Aden sei so heiß, er glaube, der Teufel wohne dort. Die Fahrt geht doch schneller, als man meinte, schon sehen wir auf einer Seite Land und es heißt, morgen früh werden wir in Aden sein. Der Wind hat uns heute nacht recht erquickt nach dem unerträglich schwülen Tag. Das Schlechteste auf dem Schiff ist das Wasser, das man fast nicht trinken kann. Ich habe mich schon ganz ans Zitronensaugen gewöhnt, das ist das beste gegen den Durst. Appetit hat man wenig, nur Reis und Curry schmecken mir jeden Tag zweimal ausgezeichnet. Ich werde in Aden nicht an Land gehen, hab's ja schon zweimal besucht, das trostlose Gestade!

Den 16. Oktober 1865

Heute nacht sind wir in Pondicherry angekommen. Ich schlief erst gegen Morgen und wachte auf, als die Sonne herrlich aus dem Meer aufstieg. Die Wonne dieses Anblicks zugleich mit dem eigentümlich indischen Geruch, der zum Fenster hereindrang, sagten mir zum ersten Male recht deutlich, daß ich im Osten, nah beim schönen Indien sei! Es war ein halb wehmütiges Gefühl, und doch pries ich mich glücklich. Während des Ankleidens stieg ein Hindu dicht vor meinem Fensterchen am

Seil aufs Verdeck, guckte beherzt herein und schrie lustig: »Madame!« Der Anblick heimelte mich so an, daß ich beinahe geschrien hätte: Hindu, Hindu! Als ich aufs Verdeck kam, saß es voll von wunderlichen Gestalten: Zauberer trieben ihre Künste, Körbe voll Waren standen zum Verkauf bereit. Herr Hyde fuhr an Land und kam mit Schätzen beladen zurück, jeder von uns sechs Bräuten hat er einen Fächer mitgebracht!

AUS MARIES ERINNERUNGEN AN CHARLES ISENBERG HOCHZEIT UND EINTRITT INS EHELEBEN

Am 1. November 1865 stand Marie früh auf und genoß ein köstliches Bad im Badezimmer des Missionshauses in Kannanur. Da rief Frau H. an der Türe: »Ei, so mach doch, daß du einmal fertig wirst!« Wozu diese Eile, da doch sonst das Frühstück nie so früh stattfand? Es durchzuckte Marie, da sei ein besonderer Grund. In aller Eile war sie fertig und guckte durchs Schlüsselloch in das Eßzimmer hinein. Richtig! Da war ein Gedeck mehr als gewöhnlich. »Mein Charles ist da!« rief sie jubelnd. Aber die andern taten befremdet und geheimnisvoll. Ein Sprung in Samuels Zimmer hinein und – o! Da stand der Heißersehnte, und die Braut lag wieder an seinem Halse. Matt sah er aus, mager und zart, sonnverbrannt von der Reise; ein schöner Bart schmückte das männliche, intelligente Gesicht, und die Augen, ach ja, die schönen, großen, blauen, tiefen Augen, die strahlten liebevoll wie einst! . . .
Am 6. November reiste das Brautpaar in einem Ochsenwagen nach Talatscheri auf den schönen Netturhügel, wo die treue Frau Müller-Lämmlin sie mit offenen Armen, wie ein Mütterlein, empfing. Ja, im Hause, wo vor dreiundzwanzig Jahren Marie das Licht dieser Welt erblickt, wo ihr Vater sie in unruhigen Nächten herumgetragen und ihr in allerlei Sprachen vorgesungen hatte, in diesem Hause verursachte sie nun wieder

durch ihr Erscheinen große Aufregung, denn hier sollte ja die Hochzeit stattfinden, und Papa Gunderts alter Knecht, den die Tochter von anno 1859 her ja wohl kannte, leitete die Vorbereitungen zum Festmahl mit der wichtigsten Miene von der Welt! Von nah und fern kamen freundliche braune Gesichter herbei, die ihnen Bekannte und doch Fremde zu begrüßen, und diese reiche, warme Teilnahme von allen Seiten tat so wohl.
Aber über die Seele der bisher so fröhlichen Braut zogen hin und wieder finstere Schatten; es ergriff sie eine Angst vor dem, was ihr bevorstand, eine unsägliche Bangigkeit vor der ganzen Zukunft, die ihr um so unerklärlicher war, je mehr sie fühlte, daß sie ohne ihren Charles fast nimmer leben könnte. Aus diesen dunklen Ahnungen heraus wählte sie sich zum Hochzeitstext den Spruch: »In der Welt habt ihr Angst, aber seid getrost: ich habe die Welt überwunden.« Charles war erstaunt über die Wahl, aber er stimmte von Herzen bei.

Am 10. November war der Hochzeitstag. Samuel predigte im Missionskirchlein über den gewählten Text und segnete das Paar ein. Die Seminaristen sangen den prächtigen Halleluja-Chor von Händel recht schön; das Kirchlein war voll teilnehmender weißer und brauner Freunde. Die Mädchen freuten sich am Kranz und Schleier der Braut, und die Augen der Waisenknaben leuchteten schon hell und lüstern auf in Erwartung des verheißenden Festschmauses. Dem jungen Paar selbst aber war zumute, als stünden sie vor Gottes Thron.

Aus der Kirche eilte das Paar zuerst in ein stilles Zimmer; dann begrüßten sie die Gäste weiß und farbig. Von Kannanur, Talatscheri, Tschombala und Tschowa waren die Missionsgeschwister da . . . Nun führte man das junge Ehepaar vor ein Tischlein voll von Hochzeitsgeschenken, schönen und nützlichen Gaben treuer Liebe. Zwei alte Katechisten[1] (Abraham Mulil und Paul

1 Eingeborene Hilfslehrer an Missionsschulen

Tschandren) waren zu Fuß weit hergelaufen, um sich mitzufreuen; sie weinten helle Tränen der Rührung und segneten die jungen Leute. Zu jedem Fenster, zu jeder Türspalte guckten fröhliche, teilnehmende braune Gesichter herein. Mama Müller und der alte Knecht Rama hatten sich gewaltig angestrengt; es gab ein feines Essen, und sogar ein Goliath von einem Truthahn machte seine willkommene Erscheinung. Rama, im nagelneuen rauschenden Gewand mit goldverbrämtem Turban, spielte seine Rolle meisterlich. Drüben im Waisenhaus frohlockten auch die Kinder beim Schmause, die wurden besucht, und sofort erscholl aus allen Kehlen lautes Jauchzen. Man sang, man saß in der Abendkühle im Garten und war fröhlich. – Charles hatte von Bombay Feuerwerk und magnetischen Feuerdraht mitgebracht, was nun losgelassen wurde zum endlosen Jubel aller Kinder und wohl auch der Alten weithinaus, denn das Missionshaus steht frei auf dem Hügel, und der Garten darum her. Wundersam leuchtete der Widerschein der Lichter unten im Fluß; die lauen balsamischen Lüfte waren belebt von Leuchtkäfern und sumsendem Insektenvolk.

Am Montagabend, 13. November, nahmen sie Abschied von all den Lieben auf der Station, von denen sie so viel Güte und Freundschaft hatten erfahren dürfen, und Samuel begleitete sie bis aufs Dampfschiff »Lord Clyde«. Nun mußte auch ihm Lebewohl gesagt werden. In zwölf Stunden war schon Mangalur erreicht. Wie gedachte Marie da der Zeit vor acht Jahren, da sie den Vater dort wiedergegrüßt hatte!

Am 18. November fuhr das junge Paar auf der »Cashmere« von Mangalur ab und erreichte am einundzwanzigsten das große, heiße, lärmende Bombay (von wo aus sie nach ein paar Tagen Aufenthalt Anfang Dezember nach Karatschi weiterfuhren).

IM SINDHLANDE

Ja, im Sindhlande! Mein Auge füllt sich mit Tränen, indes ich dies schreibe. O hoffnungsvolles, entzückendes Ankommen in der neuen Heimat, das Herz voll Liebe, voll süßer Hoffnung, voll frohen Glaubens, der Ausblick heiter und wolkenlos – ach, eine Zeit des Glückes, wie es wohl nicht viele Menschen auf Erden gekostet haben! Wie ein Garten Gottes, wie ein liebliches Eden liegt es hinter mir, das keusche, immer neue, überfließende Glück jener schönen, gottgeschenkten, kurzen Jahre! Des Paradieses Pforten sind mir nun geschlossen, aber die Seele lechzt nach der Zeit, da Gott sie führen wird in die Stadt der reinen, reichen Liebe, davon selbst jenes wonnereiche Leben nur ein schwaches, armes, beflecktes Vorbild war.
Vor uns lag sie, die wüstenartige, öde Fläche von Sindh, aber das glückliche Herz schlug hoch und ich wußte nun, daß ich sogar im Wüstensande reich und glücklich sein müßte an meines Charles' Seite. Es war Adventmorgen; wir nahmen es so gerne als schönes Anzeichen, daß auch diesem Heidenlande ein Advent anbreche, ja, daß wir vielleicht etwas sehen dürften von den ersten Strahlen des Morgenrots, das das Kommen des Reiches Gottes in dieser Gegend verkünden würde.

AN DIE ELTERN

Haiderabad, 8. Dezember 1865

In Karatschi trafen wir unseren Butler (Oberknecht) Muhammed Khan, der nun für das Gepäck sorgte. Er ist ein großer bärtiger Mann mit seidenem Turban, weißem Anzug, untadeligem Benehmen und vollkommenster Würde, dabei treu und gutmütig. Er spricht so feierlich sein Hindustani und guckt mich dabei so ernsthaft an, als ob ich alles verstände, so daß ich ihm oft grad ins Gesicht lachen muß, was ihn keineswegs aus der Fassung bringt.
Am Montag machten wir einen Ausflug im Boot, und in der

Nacht begaben wir uns zur Eisenbahn. Die ist einmal geschickt eingerichtet! Je drei Personen gingen in einen Wagen, legten sich auf die breiten Ruhebetten, das Gepäck stellte man in die Mitte des Wagens; und nun schlief man, wenn auch der Mond noch so mild auf die sandige Einöde schien. Ja, nichts als Wüste sah man, so oft man hinauslugte, bis man endlich morgens in dem oasengleichen, gartenreichen Kotri anlangte. In dem kleinen Dampfer kam uns Freund Bardsley entgegen. Es war ein kalter Morgen, ich hüllte mich dicht in Tuchjacke und Schal. Lieblich war die Fahrt über den Indus; wie im Traum ging's dann dem Ufer entlang an des Emirs Landgut, an alten und neuen Forts vorbei, vorbei an den erbärmlichen, echt ägyptischen Lehmhütten, vor denen Esel wiehern und Kamele auf den Knien ausruhen, vorbei an den grauen, flachdachigen Gebäuden bis ans Missionshaus, vor dem ein paar Rosen freundlich blühen, Fremdlinge im Wüstenland.

AN DIE ELTERN

Haiderabad, 20. Dezember 1865

Am Montag fing ich meine Sindhi-Lektionen an und treibe es nun regelmäßig. Von der Frau und den Kindern unseres Butlers habe ich einen feierlichen Besuch erhalten, nachdem ich ihr einen in ihrem netten Logis neben der Küche abgestattet hatte. Sie kam schön gekleidet, mit Schmuck behangen. Wir mußten lachen, weil wir uns eben gar nicht verstehen konnten, und als ich deshalb meinen Mann zu Hilfe rief, tat sie schrecklich verlegen, so daß ich merkte, es gehe gegen ihr Anstandsgefühl, ihn da zu sehen. Sie sagte, ihre Kinder sollen nähen lernen, das sei aber genug; mehr zu lernen sei gegen die Landessitte, und das Englische sei keine gute Sprache! Die Leute hier sind keck und sagen, was sie denken; ihr Auftreten, besonders die schöne Tracht, ist sehr verschieden von unseren Malabarleuten. Ein stolzes, schönes Volk!

MARIE AN IHREN BRUDER FRIEDRICH

Haiderabad, 8. Januar 1866

Es ist mir ganz wunderbar zumut, wenn ich mich so geschwind aus Haidrabad hinaus in eine Straße Stuttgarts versetze – welcher Unterschied! Daß wir hier sehr glücklich sind und mir der Ort je länger je lieber wird, hast Du schon merken können. Wir haben kalte Zeit und sitzen gern am Feuer, und doch haben wir den prächtigsten Rosenstrauß auf dem Tisch stehen und frisches Gemüse zum Essen, beides von englischen Freunden geschickt. Freund Anderson von Kotri war wieder unser Gast, er kommt nur so geschwind und bleibt gern über Nacht, so daß ich jetzt immer ein Bett für ihn bereit halte. Das ist ein wunderbarer Mensch, sag ich Dir, voll Leben, voll Musik, voll Poesie, er mahnt mich oft und viel an unseren lieben Hermann. Anderson ist aber dabei erfahren – einunddreißig Jahre alt, hat Menschenkenntnis, und allerlei gelernt. Er wirtschaftet allein im Garten und Haus, spielt gut Harmonium, kennt fast alle größeren deutschen Musikstücke, besonders die Oratorien, aus denen er uns plötzlich etwas aus vollem Herzen vorsingt; dann deklamiert er wieder aus Shakespeare oder lehrt unsren dicken, faulen Haushund Dan ein Kunststücklein . . .

ERINNERUNGEN AN CHARLES ISENBERG

Charles hatte nicht nur Missionsarbeit, sondern mußte sehr oft seinem fieberkranken Freund in Kotri aushelfen. Dieser drollige Mann konnte oft noch am Samstagabend einen Boten abschicken mit einem fast unleserlichen Wisch: »Dear Isenberg, this is a pinch! I am done up! Come and help!« Kein Wunder, daß Anderson oft krank war, denn je nachdem ihn die Laune ankam, konnte er nachts stundenlang im Nachthemd im Garten herumwandeln, oder beim fallenden Tau im Freien – ge-

Haiderabad am Indus

wöhnlich oben auf dem Kirchendach – schlafen. In seiner Junggesellenwirtschaft sah es über die Maßen erquicklich aus: Im Wohnzimmer hausten seine Lieblinge, zwei kleine Nagetiere, Mungos, auf dem schönen Teppich; im Schlafzimmer lag in jeder Ecke ein Schuh oder Stiefel, zu dem sich kein Kamerad fand, und Anderson klagte ganz stehend: »Oh dear! My boots always lose one half, so, of course, I have to give the other half away too!« Die Knechte bestahlen ihn auf die schändlichste Weise, trugen sogar Tische und Sessel fort, und in jeder Auktion, die gehalten wurde, kaufte der wunderliche Kaplan zu enormen Preisen wieder Möbel, um sie nach einem Halbjahr verschwinden zu sehen

Am 25. Februar 1866 besuchten uns zwei deutsche Soldaten und berichteten, daß eine größe Anzahl von Deutschen aus der Fremdenlegion am Ort sei. Diese Kunde bewegte uns tief; wir sahen nun die Garnison schon mit ganz andern Augen an, und unser Sinnen und Sehnen ging dahin, diesen armen Leuten etwas zu werden. Charles besuchte die Männer, lud sie zu uns ein und versprach, ihnen deutsche Bücher zu leihen. Es war bei uns ein ganze neues Leben, Schaffen und Beten eingekehrt, so lagen uns diese armen Landsleute am Herzen. Mehrere Preußen, Sachsen und auch ein Württemberger besuchten uns nun häufig; was wir von passenden deutschen Büchern hatten, gaben wir zu einer kleinen Bibliothek, die in einem Zimmer der Missionsschule eingerichtet wurde. Da konnten sie ungeniert kommen und fanden gute und belehrende Unterhaltung. – Deutsche Frauen waren keine da; die einzige war kurz zuvor gestorben. Ihr Mann hatte sie – gegen das ausdrückliche Verbot der englischen Regierung, die durchaus bloß Unverheiratete wollte – verkleidet und in einem Faß versteckt am Kap aufs Schiff gebracht; sie starb im ersten Wochenbett . . .

AN DIE ELTERN

Den 9. März 1866

Ich habe jetzt den ersten Schritt getan, um eine Mädchenschule in Gang zu bringen, und sehe nun mehr und mehr die Schwierigkeiten. Ich hatte unseres Butlers Frau von meinem Plan gesagt, so kam sie am bestimmten Tag und führte den Zug von sechs Mädchen und zwei winzigen Kindlein feierlich an. Ich staunte nur, daß ihr schmuckes Töchterlein und die Schwägerin in Gesellschaft so schmutziger armer Mädchen kommen mochten – es sind halt Mohammedaner und keine Kastenleute! Daß es mir an etlichen meiner Schülerinnen herzlich geekelt hat, will ich gar nicht leugnen. Ich hatte ein altes Hemd in Stücke gerissen und ließ sie daran ihre Kunst probieren, staunte aber über ihre völlige Unwissenheit, nachdem doch einige schon über ein Jahr in der früheren Nähschule gewesen waren. Bald erzählten sie, wie man ihnen da immer buntes Zeug und allerlei Sachen geschenkt habe. Als ich ungerührt blieb, fingen sie an zu gähnen, und als ich aufs Arbeiten drang, warfen mir zu meinem unbeschreiblichen Erstaunen alle die Fremden urplötzlich ihre Arbeiten in den Schoß und liefen mit lautem: »Salaam, Madam Sahib!« davon, und ich saß allein da mit dem Knechtsweib, das mir erklärte, die Mädchen wollten bloß kommen, wenn ich ihnen Kleider schenke! Ich war schrecklich mutlos und niedergeschlagen, das kann ich Euch sagen. Siehe da, am andern Tag kommen mehrere der Mädchen ganz fröhlich und gingen erst, als ich sie fortschickte. Gestern kamen bloß zwei, aber gerade die ordentlichen, und es ging gut. Eine von ihnen hat ihr Säcklein fertig genäht, und als ich nun ein Schnürlein in den Zug machte und es ihr an den Arm hing, machte das arme Kind so ein beschämtes, dankbares Gesichtlein, daß ich sah, sie hatte auf nichts mehr gehofft.

Neulich besuchten wir bei blendender Glut die Moscheen, welche eigentlich bloß Grabmale sind, von außen und innen bemalt, mit Nischen und prachtvollen Kuppeln versehen. In ihrem kühlen Halbdunkel verrichtet der gläubige Mohammedaner sein Gebet am Marmorsarg eines Mir Mohammed und seiner Zwillingssöhne. Es heißt, nachdem der eine Bruder gestorben sei, habe sich der andere hier auf den Grabstein gesetzt, ohne Speise und Trank, bis er nach vierzehn Tagen auch starb, erst sieben Jahre alt!

AN DEN VATER

Den 8. April 1866

Mein Herzenspapa! Vielen Dank für Dein Letztes! Seit ich verheiratet bin, habe ich noch kein Verslein gedichtet, wir haben aber viel reelle Poesie im Alltagsleben. Will an Deinen Wunsch denken, vielleicht ist's aber eingerostet bei mir. Ich muß Dir etwas schreiben, was Dich vielleicht freuen wird. Ich fragte neulich Frau Lidbetter, ob sie von einem Engländer Barns in Karatschi wisse[1]. In ihrer lebhaften Weise rief sie gleich: »Was, meinen lieben Barns? Das ist ja mein besonderer Freund, er ist ganz daheim in unserem Haus und hat manchen glücklichen Abend hier zugebracht.« – Ja, wenn ich bei meinem letzten Besuch in Kartaschi bei Lidbetters logiert hätte, hätte ich ihn öfters gesehen! Sie erzählte von seiner leidenschaftlichen Liebe zur Musik, seinem Gitarrespiel, seiner Freundlichkeit gegen die Kinder, seiner großen Begabung für Sprachen, wie er fließend Sindhi und Hindustani rede, und es so gut mit den Eingeborenen könne. Sie konnte nicht genug sagen, wie männlich und zuverlässig er sei, besonders rühmte sie seine zärtliche Liebe zu seiner Mutter.

Ich fragte, ob er verheiratet sei? – Nein, aber er habe einmal geliebt, ihr habe er sein Geheimnis anvertraut, er habe jahrelang auf ein deutsches Mädchen gewartet und immer gespart und vorgesorgt für einen Haushalt, aber dann sei alles vergeblich gewesen. Als er nach fünf Jahren wieder angefragt habe, sei

1 Marie Hesse erzählte später, sie habe in einem Photographiealbum bei Frau Lidbetter ein Bild von Barns entdeckt und daraufhin nach ihm gefragt.

ihm gesagt worden, das Mädchen sei im Begriff, sich zu verloben! Dann sei ihm allmählich alles gleichgültig geworden, er sei immer einsamer und hoffnungsloser geworden, und jetzt sei er zu seiner Mutter nach England zurückgekehrt. Frau Lidbetter hofft zuversichtlich, daß er sich dort ganz erholen und doch vielleicht glücklich verheiraten werde.
Wie erstaunte sie, als ich ihr, der treuen, mütterlichen Freundin, sagte, wie ich ihn kenne! Mir hat's großen Eindruck gemacht; ich freue mich, daß der Mann, den ich liebte, ein so edler Mensch ist; es tut mir weh, daß seine Treue keinen Lohn fand; bitter weh, daß er so viel Schweres hatte. Ich hoffe und bete, Gott wolle ihn reichlich segnen. Frau Lidbetter sagte, er sei in seinem Wandel jedenfalls ein Christ, viel davon reden sei freilich nicht seine Sache.

ERINNERUNGEN AN CHARLES ISENBERG

Jetzt kam die heiße Zeit, Tage voll Schweiß und Stickluft, Nächte voll Moskitos und Sandfliegen! Wollte ich ungeduldig und widerwärtig werden, so durfte ich aber nur meinen kostbaren Mann mit seinen friedevollen, freundlichen Augen anblicken, und ich hätte mit niemand in der Welt tauschen mögen. Die Geduld, Sanftmut, zarte Aufmerksamkeit, die er mir jederzeit bewies, wandelten mir das öde Wüstenland zu einem Gottesgarten um, und oft, oft meinten wir, wir seien doch gar zu glücklich für diese Welt, es sei ja wahrhaftig der reine Himmelsvorschmack. Der sonst so einsilbige, früher »mockig« genannte Mann hat mit mir jeden Gedanken seines Herzens besprochen; wir, die so ganz und gar Verschiedenen, waren im tiefsten und umfassendsten Sinne des Wortes *ein* Herz und *eine* Seele.

AN DIE ELTERN

Den 16. August 1866

Wir sind plötzlich von der Welt abgeschieden. Wenn zu Euch keine Sindh-Post kommt, so müßt Ihr bloß denken: »Gottlob, so haben unsere Kinder in der Wüste doch Regen bekommen!« Ja, der heiß ersehnte Regen ist an allem schuld. Noch im letzten Brief sprach ich unseren Durst darnach aus, und in selbiger Nacht wurde derselbe reichlich gestillt. Die Fenster des Himmels öffneten sich aber so sehr, daß über sechzig Meilen Eisenbahnlinie weggeschwemmt, mehrere Brücken zertrümmert, viele Häuser umgerissen, in Karatschi englische Familien nachts auf die Straße geschwemmt wurden und bei Freunden Obdach suchen mußten.

Am Sonntag regnete es so, daß gar kein Gottesdienst gehalten werden konnte. Herrlich war's, abends an einem trockenen Fleck der Veranda zu sitzen und den Regenduft in vollen Zügen einzuatmen, und dann gab's noch im Westen den großartigsten Sonnenuntergang und im Osten aus finstern Nachtwolken ein fortwährendes Blitzen über den ganzen, seltsam vielfarbigen Himmel hin.

Bei uns ist nur der Kamin in der Küche eingefallen, sonst nichts. Jetzt wollen wir unser liebes Gärtlein, das uns seit dem Regen täglich einen Rosenstrauß liefert, recht nett einsäen; ich habe von Kotri Samen bekommen für Reseden, Levkoien usw. Zum Glück ist das Gärtchen bis jetzt von den gefräßigen Heuschrecken, die wie Wolken einherschwärmen, verschont geblieben, da es so unter dem Schutz des Hauses steht.

ERINNERUNGEN AN CHARLES ISENBERG

Am 9. September 1866, Sonntag, nach schweren, bangen Stunden, da der Arzt schon mein Leben aufgegeben hatte – schenkte uns Gott unser Söhnlein Theodor. Charles pflegte

Mutter Marie mit ihrem ersten Kind

mich mit der rührendsten Zartheit und Selbstaufopferung und konnte sich an dem Kleinen nie satt sehen; dem Burschen wurde auch großartig gehuldigt, es kamen alle Freunde und Bekannte mit Liebesgaben und Erfrischungen jeder Art; viele Eingeborene kamen zu gratulieren und freuten sich mit uns. Das Kind gedieh; zwar mußte es zu meinem großen Leidwesen nach acht Tagen eine Amme haben, doch war das für uns beide das beste. Mit dieser Amme – der jungen, schönen Sahbkhattu – ward wieder eine Seele uns aufs Herz gebunden. O, wie sehnten wir uns, mit himmlischer Speise und Stärkung dem unwissenden Weiblein zu dienen, wie sie unserem Kinde mit irdischer! – Ich selbst aber war müde und schwach, ich hatte am 9. September gleichsam in die Hölle hinabgeschaut und konnte das Leben schwer wieder aufnehmen.

MARIE AN IHRE BRÜDER

Haiderabad, 19. September 1866

Meine lieben, teuren Brüder! Möchte Euch allen drei nur kurz gratulieren zu Eurem herzigen Neffen Theodor Isenberg, dem einzigen ganz deutschen Kind in Haiderabad. Ihr dürft stolz auf ihn sein, soweit das überhaupt erlaubt ist; denn allgemein wird der prächtige, große, dicke, schwere, kräftige Bube mit seinem Köpflein voll nettem, dunkelblondem Haar bewundert. Ach, Ihr hättet wohl eine Freude, wen Ihr ihn ein Weilchen herumtragen und alle seine seltsamen Arten von Gesichtlein sehen könntet, er gähnt nach Herzenslust und scheint einen oft anzulächeln. Am ersten Tag sah er seinem Papa ganz lächerlich ähnlich: Nase, Stirn, Kopfform, insgesamt. Seither, meine ich, seien die Züge weniger klar: er ist eben ein köstliches *Kind* mit zarter, feiner Haut – rosa-weiß, und wenn er im Bad (wobei er jämmerlich schreit) seine fetten roten Beinlein herumschlenkert und sein hohes, prächtiges Brüstlein (Gundertisch – hoffe, er singt einst gut) hebt, ist's eine wahre Lust. Das stark ausgeprägte runde Kinn hat er auch von seinem Großpapa Gundert.

Die Augen – anfangs dunkelblau – scheinen immer mehr ins Braune überzugehen. Er schaut oft ganz klug in die Welt hinaus . . .
Ich werde eine unverbesserliche Schwätzerin mit dem Kind; sobald ich's auf dem Arm habe, muß ich mit ihm reden, und er hat's gern. Ich bin jetzt auch recht dankbar für die Amme, ich hätte sonst nicht so schnell erstarken können, und das Kind gedeiht prächtig. Sie liebt ihn zärtlich, heißt ihn ihren kleinen Herrn, ihre Perle.

ERINNERUNGEN
AN CHARLES ISENBERG

Und nun kam Order, Charles solle sich am 18. November 1866 vom Bischof die zweite (Priest's) Ordination geben lassen, zugleich mit Anderson und zwei andern jungen Geistlichen. So reisten wir alle zusammen am 7. November nach Karatschi, denn ich sollte diese Zeit bei Bardsley's zubringen, da ich ohnehin eine Erholung brauchte und die Trennung von meinem Liebsten mir schwer fiel. An unserem Hochzeitstag (10.) reiste Charles mit dem Dampfer ab, von Anderson begleitet, für dessen anständige und klerikale Erscheinung der immer pünktliche Freund mütterliche Sorge trug.
Die ersten acht Tage waren heiter und schön; es kamen liebe Briefe von Bombay, mein Kleiner war wohl, und mit Bardsley's war gut leben. Aber bald wurde die Amme krank und dann das Kind, und vor lauter Anstrengung, Unruhe und Sorge bei Tag und Nacht wurde ich sehr elend und angegriffen. Am schwersten war's, daß von Charles nichts kam und endlich verlautete, Anderson habe jemand geschrieben, Isenberg liege schwer krank bei Deimlers (in Bombay).
In Bombay hatte er am 16. November das Examen beim Bischof bestanden, am achtzehnten fand die Ordination statt, und tags darauf fühlte sich Charles unwohl. Er war aber unbesorgt,

bis das Fieber in solchem Grad stieg, daß er die Besinnung verlor. Der Arzt erklärte, er sei in großer Gefahr, und die treue Adelheid Deimler pflegte ihn Tag und Nacht aufs sorgsamste, mußte beständig Eisumschläge, Wicklungen und dergleichen vornehmen. Sie glaubte nicht, daß er wieder genesen würde ... Von jenem schrecklichen Fieberanfall her datieren sich all die heftigen, beständig wiederkehrenden Krankheiten, die die junge Kraft in drei Jahren verzehrten. Von dort an war Charles nie mehr gesund, wenn auch zwischenhinein heitere Tage und Wochen kamen und sein dankbarer, fröhlicher Geist sich keineswegs beugen und hinabdrücken ließ von der doch immer langsam zunehmenden Schwäche und Hinfälligkeit des zarten Leibes.

So war das erste, unbeschreiblich schöne Jahr unserer Ehe vorüber, und schon stiegen von ferne die Schatten herauf, die oft meine Seele erzittern machten, die uns aber nur mächtiger, fester zusammenketteten.

ZWEITES EHEJAHR

Wiederum am ersten Adventmorgen kam der Dampfer nach Karatschi – wie vor einem Jahre – und mein lieber Mann kam an mit Anderson – aber, o welcher Anblick! Er war bleich, zum Gerippe abgezehrt, noch schrecklich schwach. Doch gottlob, ich hatte ihn wieder. O wie froh war ich an ihm, ich wollte ihn keine Minute mehr aus den Augen oder von meiner Seite weglassen, mir war's, als könnte er mir genommen werden. Und er! Ach, wie labte er sich dran, Weib und Kind wiederzusehen, nachdem er an des Todes Pforten gelegen und uns im Geiste schon Lebewohl gesagt hatte.

Von Bombay aus kam nun der freundliche Rat, Erholung zu suchen. So zogen wir am 5. Februar 1867 mit Sack und Pack auf dem Militär-Sanatorium Ghizri auf, unweit Karatschi. Es waren dort gerade einige Offiziershäuschen leer, und eins dersel-

ben mit drei Zimmern, Küche und Speisekammer fiel uns zu. Mit der kühlen, stärkenden Seeluft kam auch in mich wieder der Trieb zum Leben; schon nach einigen Tagen konnten wir zusammen Spaziergänge machen, die immer länger und köstlicher wurden; dann wateten wir durch den tiefen, tiefen Sand ohne Weg und Steg direkt dem Ufer zu, sammelten Muscheln, freuten uns kindisch an Flut und Ebbe, an den Krebsen und Krabben und Meervögeln und suchten mit frohem deutschen Lobgesang den lauten Wellenschlag zu übertönen.
Am 13. Februar reisten wir in die liebe traute Heimat zurück. Mir hatte diese Luftveränderung sehr gut getan, bei meinem Liebsten blieb die Wirkung nicht nachhaltig; ein Fieber löste das andre ab, jede Arbeit nahm ihn mit, jeder Gang ermüdete ihn, und doch war es ihm so tief demütigend, nicht recht schaffen zu können. Gut, daß er doch so heiter blieb und immer wieder vergaß, daß er krank gewesen, so daß der Arzt oft lachte, wenn er in allem Ernst behaupten konnte, er sei eigentlich ein gesunder, kräftiger Mann, nur hie und da komme so ein Fieberlein über ihn.

MARIE AN IHREN BRUDER PAUL

Haiderabad, 13. Januar 1867

... Du fragst, warum wir so viel Dienerschaft brauchen? Wir haben weniger als die allermeisten Leute hier und suchen uns hierin so viel als möglich einzuschränken[1]. Allein der Koch will eben nichts als kochen; der Butler nichts als das Nötige auf dem Markt täglich einkaufen, am Tisch aufwarten und die andern beherrschen. Der unsre trägt aber dazu noch unsren Kleinen recht gern herum. Dann braucht man Menschen, um alles zu reinigen und die Zimmer in Ordnung zu halten, kleine Geschäfte aller Art zu besorgen: das ist das Amt des Hammal. Ein Wasserträger muß uns täglich das Wasser bringen für Garten

1 Bei dem heißen Klima in Indien und den dortigen Sitten darf die Europäerin nur wenig Hausarbeit verrichten.

und Haus und Küchenbedarf. Ein Weib der niedersten Kaste besorgt die Badezimmer und putzt den Boden. Kurz, jeder will sein eigenes Geschäftlein tun und weiter nichts – und da hilft nichts, man ergibt sich drein. Hätten wir ein Pferd, so müßte noch ein Knecht dazu her. Für die Schule haben wir einen sogenannten Pattiwala, der diese in Ordnung halten und auch uns verschiedene Ausgänge besorgen muß, da wir weit vom Camp entfernt sind. – Mit all den Knechtlein gibt's alleweil Grund zum Erzürnen, sie wissen einen recht zu reizen und in der Geduld zu üben. Man wird auch leicht zu mißtrauisch, weil sie so lügen . . .

AN FRIEDRICH

Haiderabad, 3. Juni 1867

Unser Theodor ist nun alle Tage lieber, lustiger und interessanter. Er weiß oft nicht, wie er seine Lebenslust genug hinausgiegsen und ausstrabeln kann. Oft ist er wie toll vor Vergnügen, kugelt sich auf dem Bett neben Papa, zupft, reißt und beißt ihn aus lauter Liebe, und macht eine ganze Ausstellung von drolligen Gesichtern.

AN DIE MUTTER

Den 16. Juli 1867

Liebe Mama! Ich schreibe Dir etwas aus einem Brief von Frau Lidbetter. Sie sagt: »Am gleichen Tag, als Ihr Brief kam, erhielt ich merkwürdigerweise auch einen von Herrn Barns, der mir seine Vermählung mit einer englischen Pfarrerstochter anzeigt. Ich hatte ihm geschrieben, daß ich mit Ihnen bekannt sei, da sagt er nun: ›Wie sehr merkwürdig, daß Sie die Dame kennengelernt haben, von der ich Ihnen erzählt hatte! Ich wünsche ihr nur, daß sie in ihrer Ehe so viel Glück findet wie es mir die meine gebracht hat.‹ Nun werden Sie sich freuen, Sie hatten doch nur den einen Wunsch, Herrn Barns glücklich zu wissen.«
Mein Charles ist von seiner anstrengenden Kamelreise gesund

heimgekommen, Bubele kannte ihn noch, und der Jubel und Dank war groß, daß wir unser Haupt, das süße Licht unserer Augen, wieder daheim hatten. Charles selbst ist voll Dank, weil es ihm – wie noch nie – gegeben wurde, mit frohem Auftun seines Mundes jeden Tag vielen zu predigen.

AN FRIEDRICH

Haiderabad, 17. August 1867

. . . Während ich da schreibe, regnet's ganz köstlich, und die herrlichste Luft strömt zu den offenen Fenstern herein. Gott Lob und Dank, die Zeit der Dürre ist vorbei, und die armen Leute freuen sich hoch, daß die teuren Lebensmittel nun wieder billiger werden. Wir kriegen dies Jahr mehr Regen als letztes; aber dabei keinen solchen Sturmwind, so daß viel weniger Schaden angerichtet wird als vor einem Jahr. Theodorle winkt als dem Regen, er solle kommen, und lacht, wenn's recht plätschert. Blitz und Donner beobachtet er mit erstauntem, fragendem Gesicht. Wie hättet Ihr zwei eine Freude aneinander, er würde Dir sein Brotle mit Gewalt in den Mund stopfen, Dich anschnalzen (statt des Küssens) und endlosen Mißhandlungen der Liebe aussetzen!
Ei, Du Musikus, Dich interessiert gewiß unser Kirchenchor (die hiesigen Damen und etliche Soldaten) unter Leitung des Organisten C. Isenberg. Du müßtest wohl manchmal lachen; es geht nicht flotter, als bei den Gesangsstunden im Institut, und doch sind wir Erwachsene und singen bloß die einfachsten Psalmen und Hymnen, sowie etliche leichte Chants – Übungsstunden: Donnerstags und Samstags von sechs bis sieben Uhr abends.

ERINNERUNGEN AN CHARLES ISENBERG

Wir waren beide dieses Jahr so oft und viel krank gewesen, daß ernste Todesgedanken uns oft beschäftigten. Seltsame Träu-

me, die ich mehrmals hintereinander hatte, und die mich ordentlich quälten, erklärte mein Charles als Prophezeiungen, wie es mir nach seinem Tod gehen werde. »Ach Charles, du denkst doch nicht ans Sterben?« – »O, warum denn nicht? Habe schon als Kind oft Heimweh nach dem Himmel gehabt, und ich glaube nicht, daß ich alt werde.« – »O, dann sterbe ich gern im nächsten Wochenbett; nur nicht ohne dich leben müssen!« Und dann herzten wir uns und erklärten – dumme Kinder, die wir waren! –, es sei unmöglich, daß eins von uns am Leben bleibe, wenn das andere stürbe, die zwei Herzen müßten zugleich brechen – und doch, o wie glücklich waren wir, und wie schnell vergaßen wir immer wieder die drohenden Wolken!
Der Juni war fürchterlich heiß; es starben viele Soldaten am Sonnenstich; die Spitäler lagen voll; großartige Sandstürme tobten und verdunkelten die Luft mitten am Tage, aber kein kühlender Regen kam. Charles aber war von Gott gestärkt, predigte auf Markt und Straßen mit großem Eifer, erfuhr heftigen Widerstand von fanatischen Mohammedanern, deren einer drohte, er zünde uns das Haus überm Kopf an. Von den jungen Leuten aus der Schule, auch sonst Heiden aus der Stadt, kamen immer mehr zu religiösen Unterredungen und wohnten auch gerne unseren Andachten bei. Es schien, als nahe endlich für Sindh die Zeit, da doch zum mindesten etliche Garben reif zum Einheimsen würden. Am 30. Juli endlich kam ein Tröpflein Regen. Unser (am 7. März geborenes) jüngstes Herzenskind (Hermann) war fieberisch und unwohl, es zahnte, der Arzt machte nichts daraus. Es war ein köstliches, schönes rundes Bürschlein geworden, seines Vaters Wonne. Wie konnte er es herumtragen und ihm in fünf bis sechs verschiedenen Sprachen vorsingen und sich so herzlich ergötzen an dem Lachen des kleinen, hilflosen Geschöpfleins! Er schreibt einmal: »Weiß nicht, wie es ist, aber ich meine, ich habe noch viel mehr Freude an Hermännle, als ich an Theodor hatte. Ob's ist, weil die Mut-

ter ihn stillt und er um so mehr uns eigen angehört, oder ob ich überhaupt das Kinderwesen mehr schätzen gelernt?« Der heiße Wind heult ordentlich ums Haus herum, Theodor in seiner Schaukel (die Charles selbst ihm zum Geburtstag verfertigt hatte) singt sich gerade in den Schlaf, ich glaube nach der Melodie des Windes und der Brunnenräder, die die Eingeborenen unbewußt in ihren Gesängen nachahmen. Eine bessere Darstellung von Native-Hochzeitsmusik, als Thodo sie gibt, könnte man kaum haben. Da klettert er als auf den Tisch, nimmt zwei blecherne Becher und trommelt damit einen guten Takt zu seinem eifrigen Gesang. – Ja, es war eine fröhliche Zeit, da wir beide wieder Kinder wurden mit unseren Kindern!

MARIE AN FRIEDRICH

Haiderabad, 16. Juni 1868

Mein teurer Friedel! Dein Letztes freute mich recht, besonders auch, daß Du so vielerlei über Dein Patchen zu fragen weißt. Derselbe liegt noch etwas blaß und mager da in süßem Schlaf, und um die lieben Augen ist ein dunkler Reif: Zeichen der Angegriffenheit nach dem schweren Impffieber, das er zu bestehen hatte. Dasselbe ist zwar, gottlob, schon vor drei Tagen ganz gewichen, und heute fallen die Narben von den Pöckchen herunter; aber so recht munter ist er doch noch nicht und hat gar keinen Appetit, woran es ihm sonst wahrhaftig nicht fehlte. Es war gewagt, diese Sache in der allerfürchterlichsten Hitze vorzunehmen, allein der Arzt hatte geraten, es gleich zu tun, nachdem die Kindsmagd etwas wie unechte Pocken gehabt hatte. Hermännle ist ein liebes braves Kind und lächelt bei allem Jammer, so oft er irgend kann. Seit seiner Geburt ist er unbestritten »in die Schöne gewachsen«, sein Näslein ist gar nimmer zu groß, und überhaupt ist er ein allerliebstes Stücklein Menschheit. Charles behauptet, er habe ihn lieber als Theodor, weil letzterer so ein Schlingel geworden sei. Da nehme ich aber – trotz aller Liebe für Hermännle – stark Partei für meinen erstgeborenen Sohn, der ein gar unschuldiger Schlingel ist. Es ist wohl wahr: wo etwas zerbrochen oder zerrissen oder verschüttet oder verschmiert ist, da ist die ganze Erklärung: »das ist wieder der Theo«. Sieht man aber den kleinen Missetäter mit seinen klaren, schuldlosen großen Augen, da vergeht der Zorn. Freilich hat er nun für seinen Schaffeifer schon manches Tätzlein bekommen, daher fällt's ihm zuweilen, wenn er was gebosget hat, ein, sich selbst mit dem Ausdruck tiefster Entrüstung auf die Finger zu klopfen und zu uns zu springen, um mit vielsagenden Gebärden und halben Worten das Vorgefallene zu erzählen. Beim Beobachten dieses Bürschleins kann mir keine Langeweile kommen, selbst wenn ich sonst nichts zu tun hätte, denn sein strebsamer Geist findet stets neue Beschäftigung. Ein gar komisches Vergnügen bringt in dieser heißen Zeit das liebe Wasser mit sich. Theodor kann sich nie satt baden, und da das seiner Gesundheit sehr förderlich ist und ihn dazu so gut unterhält, muß ich ihm wohl die Freude lassen. Man macht hier natürlich die Kinderkleidchen recht weit; da hat Theo schlau gelernt, mit einem Mal alle Bekleidung herunterfallen zu lassen. Er zieht die Ärmlein heraus, strabelt ein bißchen, und plumps – liegt der Anzug drunten. Nun springt er mit seinem kleinen Blechbecher in den Zuber und gießt sich Wasser über Kopf und Leib. In den heißesten Tagen brachte er die meiste Zeit im Wasser zu, und ich bin gewiß, das hat ihn so frisch und lebhaft erhalten.

Sieht er die Henne mit den Küchlein zur offenen Tür hereinspazieren, hui! Jagd auf sie gemacht, obschon sie ihm schon dreimal das Gesicht verkratzt hat, weil er die Kleinen fangen wollte. Die Henne trippelt fort, und der Jäger sitzt wieder im Zuber. Kommt Aesa mit einer gelben, saftigen Mango. Die muß er haben. Nach jedem Bissen wird sie wieder ins Wasser getunkt und gequetscht, bis Gesicht, Hände, der ganze Leib goldgelb gefärbt sind. So geht's oft toll her, und des Kindes volles, frohes Lachen tut mir bis ins Innerste hinein wohl.

Er ist auch bei aller Wildheit so liebevoll und zärtlich gegen mich, so freundlich gegen jedermann. Natürlich hat er ein Heer Freunde; jeden Hausierer, den Schneider, den Verzinner, die Knechte, die Nachbarn, kurz alle, die er sieht, redet er vertraut in seinem wunderlichen Kauderwelsch an. Er lernt jetzt aber ordentlich Sindhi reden. Hermännle wird wohl frühe von ihm lernen, denn dem Kleinen fehlt's auch nicht an Leben, und er strabelt und wuselt, daß es eine Lust ist.

AN DIE ELTERN

Haiderabad, 26. Juli 1868

Gestern früh machte ich den versprochenen Besuch bei Bibi Milka, der Witwe des Mir Abasali. Ich fühlte mich sehr unwohl und hätte die Fahrt nicht unternommen, wenn ich die Strapazen des Weges gekannt hätte. Sie wohnt drei Meilen von hier, aber der Weg ist eigentlich unbefahrbar, wir kamen nur sehr mühsam voran, manchmal fast im Sand versinkend. Unterwegs zerbrach der Wind meinen Schirm, und mit dem dünnen kleinen Strohhut im unbedeckten Wagen in der furchtbaren Hitze und die Augen voll Sand, fühlte ich mich erbärmlich. In der langen, zerbröckelnden Mauer des Hauses fanden wir endlich die Pforte, wo der Bibi Bruder meinen Mann zurückhielt, während ich in den Raum eintrat, den kein männlicher Fuß je betreten darf. Arme Bibi, in dieser Wüste – ein ganz verwilderter früherer Garten mit verfallenen Mauern statt Häuslein drin – da muß sie ihr Leben fristen und ist erst fünfundzwanzig Jahre alt, schön und liebenswürdig und gefühlvoll! In ihrem eigenen Haus, das ein höchst einfaches, aber hohes, reinliches Parterre ist, kam sie mir entgegen und drückte mir herzlich die Hand. Sie war von Kopf zu Fuß in weißen Musselin eingehüllt, und der einzige Schmuck war ihr anmutiges Gesicht und feines Benehmen. Bald füllte sich das Gemach mit Frauen, die Bedeutendsten wurden mir vorgestellt, der Bibi Mutter setzte sich neben mich. Es schwindelte mir im

Kopf, ich war nahe daran, in Ohnmacht zu fallen. Mit einem stillen Seufzer zu Gott suchte ich mich zusammenzuraffen und mit den Frauen zu sprechen. Die Bibi sagte, daß sie ein Hindostani-Evangelium besitze, es aber ohne Erklärung nicht lesen könne. Ich versprach, ihr das nächstemal Sindhi vorzulesen, was sie freute. »O, was wird die Sindhi lesen können«, sagte eine der andern Frauen verächtlich lächelnd. Mir wurde immer elender, ich mußte der Bibi sagen, daß ich mich krank fühle und heim müsse. Sie begleitete mich vors Haus und bat mich, bald wieder zu kommen und meine Kleinen zu bringen. Mehrere Frauen gingen mit bis zu der Pforte, die für sie ewig geschlossen bleibt und sie von aller Lebensfreude trennt. Dort stand ein Knecht und führte mich an den Wagen. In der Luft wurde mir's bald besser.

ERINNERUNGEN AN CHARLES ISENBERG

Anfangs August steigerte sich des Kleinen Unwohlsein. Abweichen und Fieber traten ein, und mir ward das Herz schwer, denn ich ahnte, Gott hole unser Blümlein. Am 4. August war's doch so ordentlich, daß ich es mitnahm zu Bibi Milka, die immer große Freude an den Kindern hatte. Zwei Tage darauf war es recht krank, und jetzt war mir's gewiß, daß Gott das Opfer fordere. Den Tag über war's ruhig und lieb, streckte die Händlein nach mir aus, wo es mich sah, lag meist lächelnd auf meinem Schoß und jauchzte sogar noch etliche Male, wenn Papa Harmonium spielte oder Thodo das Brüderlein durch allerlei Kunststücke zu belustigen suchte. Sonntag, 9. August, saß ich abends mit ihm im Schlafzimmer, indes im Wohnzimmer daneben Sindhi-Andacht war. Sie sangen das von Charles übersetzte »Laß mich gehen«, und als sie den letzten Vers sangen, drang mir das »E firdosa! e firdosa!« (Paradies!) durch die Seele, daß ich laut aufweinte und mein Herzlein mich erstaunt anblickte. »Ja, Kind, du darfst ins Paradies«, sagte ich ihm, und es blickte mich süß an, als freue es sich. In jener Nacht und der folgenden wimmerte es fortwährend. Sahbkhattu schlief bei Theodorchen. Hermännle hatte ich neben mir und sang ihm die ganze Nacht, so gut ich vor Weinen konnte. Unverrückt sah mich das Kindlein an, und sobald ich mit Singen aufhörte, wimmerte und stöhnte es wieder.

Als am elften morgens der Arzt kam, lachte er mich aus, daß ich vom Sterben spreche, und sagte, es sei das schönste, stärkste Kind auf der ganzen Station, es reiße sich durch.

Charles stand auch am Bettchen und versuchte alle Linderungs- und Tröstungsmittel. Das Kindlein stöhnte nur, seine Glieder wurden kalt und nichts konnte es mehr wärmen. Um zehn Uhr fünfzig Minuten vormittags, den 11. August, schloß es die holden, blauen Augen, deren Strahl so unaussprechlich viel Glück in unser Haus gebracht ... Ich wusch mein Kindlein als Leiche zum letzten Male, ach – wie anders, als das frühere lustige Baden! In seinem langen weißen Hemdlein lag es da, und ich streute ihm aus meinem Brautkranz heraus weiße Blumen auf. Es war ein Anblick, an dem ich mich nicht sattsehen konnte, dieses blasse, tote Blümelein, so unbeschreiblich lieblich. Dann hatte ich es die letzte Nacht in seinem Wiegle neben meinem Bett stehen. Morgens halb fünf Uhr kam der Soldat, der den kleinen Sarg gemacht hatte, und nun mußten wir uns auch von der lieben kleinen Leiche trennen. Morgens um sechs Uhr schon wurde unser köstliches Samenkorn in die Erde versenkt. Der Kirchhof liegt wie ein Garten Gottes blühend und grünend mitten im öden, dürren Wüstenlande. Es war nichts Leichtes, einen Stein zu bekommen; Charles gab sich endlose Mühe damit, schrieb die Inschrift selbst darauf für den Steinhauer und hatte große Arbeit, bis alles recht gemacht war. Dann pflanzten wir vier Myrtenbäumchen und Immergrün aufs Gräblein, und die Vögel des Himmels sangen darauf, und ringsum war Friede. Aber o wie weh war uns! Die Wiege leer, kein Baby da!

Heimweh, Heimweh, o wie schneidest du ins Herz und ziehst es nach oben!

MARIE AN IHREN BRUDER FRIEDRICH

Haiderabad, 29. September 1868

Mein herzlieber Friedel! Hier ein Bild von Thodo ... Wir nehmen ihn oft abends mit auf den Kirchhof; da springt er dann so lustig auf den Gräbern herum und klettert jauchzend an den Grabsteinen hinauf, so hoch er kann. »Eman Baby ute mate khush khush«, sagt er (Hermann dort oben fröhlich, fröhlich). Ja, unser holdes Kind ist dort und genießt die reine, volle Freude, für deren Vollgenuß er schon hier so köstliche Anlage zeigte. Wir können uns ihn fast bloß lachend vorstellen, denn er war ein solch heiteres Freudenkind, wie ich sonst noch keines gesehen habe.

ERINNERUNGEN AN CHARLES ISENBERG
1868/1869
ERNSTE ERFAHRUNGEN

Mit dem Dezember stellten sich bei Charles Fieber und Diarrhöe und sehr große Schwäche ein. Wir folgten deshalb gern der dringenden Einladung unserer neuen Kotri-Freunde, Captain Roß, und gingen nach Weihnachten auf zwölf Tage dahin. Leider aber verschlimmerte sich meines Liebsten Zustand dort sehr, so daß der Arzt bedenklich dreinsah. Eine starke Erkältung kam dazu, und jetzt zeigte sich hie und da Blut im Auswurf. Was da durch meine Seele zog! Wer beschreibt's! Eine leise Stimme im Herzen warnte mich, ich werde mein Teuerstes nimmer lange haben. Erschrocken bat ich Doktor Williams, Charles genau zu untersuchen. Er sprach dann von kranker Leber und allgemeiner Schwäche und wie nötig es sei, beizeit Erholung in Europa zu suchen. Er wollte mir durchaus nicht gestehen, daß die Lunge auch schon krankte, doch ahnte

ich es wohl und manche schwere, bange Stunde rang ich mit Gott. Daß der Arzt es wußte und sich gegen andere etwas aussprach, merkte ich an der zarten Teilnahme unserer Umgebung. Nur mein Charles schien nichts zu ahnen, er war freundlicher, zärtlicher, köstlicher als je, voll Friede, voll Freude, voll stiller, seliger Herzensruhe und Fassung. Nächtelang mußte er mit bösem Husten aufsitzen, aber keine Klage kam über seine Lippen, nur um mich war er besorgt und bekümmert, daß mir damit der Schlaf geraubt war. Ja, in einer Nacht stand er, als ich schlief, leise auf und legte sich ins Gastzimmer, damit sein Husten mich nicht wecke. Er war sonst ein herzhafter Raucher, aber jetzt konnte er keine Zigarre mehr sehen, ein sicheres Zeichen, daß er sich krank fühlte.
Indessen hatte Freund Shirt über Charles Zustand nach Bombay geschrieben und sofort kam von dort die dringende Bitte des Sekretärs Weatherhead, unverzüglich eine kleine Seefahrt zu unternehmen. Der Kosten wegen wollte Charles allein reisen, allein der Arzt gab mir einen bedeutsamen Wink, und so wurde mir dieser bittere Kelch erspart, und ich durfte meinen lieben Gatten begleiten; natürlich mußte Theodorchen auch mit und ein Knecht . . .
Am 9. Februar erreichten wir Bombay. Die kurze Seefahrt hatte meinem Liebsten wunderbar gut getan, und jetzt unter den Freunden und Missionsleuten allen lebte er plötzlich wie neu auf und schien die Krankheit nach zwei Wochen wie überwunden zu haben. Er hielt es fast nimmer aus ohne seine Arbeit und schämte sich, so herumzuliegen. Eine mächtige, tiefe Sehnsucht zog ihn nach Sindh zurück, und so eilten wir wieder dahin. Am 22. Februar 1869 verließen wir das heiße, staubige Bombay und kamen nach schöner, rascher Fahrt drei Tage darauf in Karatschi an. Dort war die erste Neuigkeit, daß wir hörten, unsere arme Sahbkhattu habe in Kotri einen Muselmanen geheiratet! Wie froh und dankbar waren wir, am 26sten wieder heimzukommen, von all unseren weißen und braunen Freun-

den – besonders auch meinen Schülerinnen – mit Jubel begrüßt. Auch Theodorchen jauchzte laut auf und rannte wie närrisch in Haus und Hof und Stall und Küche umher!
Und jetzt begann eine Zeit der regsten Tätigkeit in Charles' Missionsleben. Wohl ahnte er nicht, daß ihm nur noch vier kurze Monate Frist dazu gelassen war, aber doch fühlte er, die Zeit sei kurz und kostbar, und es lag ihm daran, alles früher etwa Versäumte nachzuholen. All sein Sinnen und Trachten ging auf die Seelen um ihn her; heiß und brünstig flehte er um eine Bekehrung, und mit denen, die ihn besuchten, redete er mit einem Eifer und einer Überzeugungskraft, wie er sie sich selbst wohl nie zugetraut hätte. Man sah es schon in seinen klaren, strahlenden Augen, daß sein Herz flammte, wie nie zuvor. Über seinem ganzen Wesen lag Licht und Liebe ausgebreitet, so daß ich ihn oft staunend ansah und erbebte, denn ich ahnte, daß Gott ihn schnell reifen wollte für sein Reich. Ein Teil der Sindhi-Evangelien war nun endlich gedruckt von England gekommen, und Charles arbeitete an der Übersetzung der Episteln mit Lust und Eifer. Ein junger Mohammedaner kam regelmäßig zum Unterricht und schien heilsbegierig. Charles taufte ihn. Leider erlebte man später wenig Freude an ihm. Doch damals wurden unsere Herzen mächtig gestärkt, und wir faßten neue Hoffnung, neuen Glaube für die Sindhis. Zu den Andachten und Sindhi-Gottesdiensten kamen immer mehr Zuhörer, und besonders dienten unsere Lieder mit den schönen deutschen Choralmelodien dazu, viele anzuziehen. Oft konnten sie sich der Tränen oder Rufen der Bewunderung wie »Wah! wah! mitto!« (O, o! süß!) nicht enthalten beim Zuhören. Charles hatte allmählich etwa vierundzwanzig deutsche Kirchenlieder ins Sindhi übersetzt.

MARIE AN FRIEDRICH

Haiderabad, 31. März 1869

Gestern besuchte ich mit Margeret (Ward, Maries Gehilfin)

eine Munschi-(Hindu-)Familie, deren Sohn früher in unserer Missionsschule Schüler und Lehrer gewesen, jetzt in Nord-Sindh an einer Regierungsschule angestellt ist. Er hatte uns früher gebeten, seine Frau zu besuchen, und als ich in Bombay war, gingen Mrs. Shirt und Margaret zweimal hin. Leider war die junge Frau gestern nicht zu Hause, und die Schwiegermutter und Schwestern waren sehr eingeschüchtert und ängstlich, mit uns bekannt zu tun, da eine ganze Herde Weiber hergeströmt kam, bis das Gedränge, Geschnader und der Dampf im Zimmer kaum zum Aushalten war. Während sie früher, als sie allein waren, ganz bereit schienen, sich vorlesen zu lassen und uns baten, sie zu lehren, waren sie gestern so kühl und zurückhaltend, wiederholten: »Weiber lernen nicht, Weiber sollen nicht lernen« und dergleichen, daß es uns peinlich war und wir uns bald verabschiedeten. Vor dem Hofraum wurden wir mit lautem Jubel von unseren lieben Schulmädchen aus der Nachbarschaft begrüßt und in wahrem Triumphzug durch die engen Gäßlein bis in die offene Straße, wo unsere Kutsche wartete, gedrückt; Theodor natürlich hoch hergetragen wie ein Festgötze! Es war eine lustige Szene, freute uns aber doch, wie die Kinder so anhänglich sind. Sie hatten über die Karwoche Vakanz gehabt und baten nun stürmisch, wir sollen die Schule wieder öffnen.
Mein teurer Mann schreibt mir (von einer Predigtreise) getreulich jeden Tag. Ein alter Banyah in Allahyarajotando, den er schon vor einem Jahr dort kennenlernte, kam wie Nikodemus und trank das Wort des Lebens gierig ein. Mein Charles hatte eine große Freude an ihm und hofft, daß der gute Same noch Frucht bringen wird. Auf dem Bazar drängte das Volk sich zu ihm und horchte gern und stille zu. Bücher hat er aber sehr wenige verkaufen können, da viele nicht lesen oder doch bloß in Gurmukhi-Lettern lesen können, andere geradezu eine Angst davor haben und sagen: »Wer dies liest, verliert den Verstand.«

Inzwischen aber kam am 25. Mai das liebe Maiblümchen, auf das wir uns schon so lange gefreut: mein Karlchen! Ein prächtiger, blauäugiger, rotwangiger Junge! So lag ich leider am 30. Mai im Bett, dem großen Festtag, da der allererste eigentliche Sindhi getauft wurde. Charles predigte über die Wiedergeburt. Während der Predigt schien Dschangimall, der starke, große Mann, tiefbewegt und weinte wie ein Kind. Solange aber das Amen gesprochen war, stand er mutig auf, trat vor und bat um die Taufe. Aber ach! Der arme Thanverdaß, der neben ihm gesessen (und ebenfalls getauft werden sollte), verlor plötzlich allen Mut, versteckte sich hinter eine Säule und schlüpfte zur Türe hinaus. Nun wurde Dschangimall auf den Namen des dreieinigen Gottes getauft und legte sein Zeugnis für Christum vor der Versammlung ab. Wie ein Lauffeuer lief die Kunde durch die Stadt. Andreas – so hieß Dschangimall jetzt – kam mit den Zeugen und meinem Lieben zu uns zum Tee herüber, aber noch ehe er sich setzen konnte, stürzte schon sein alter Vater in ungeheurer Aufregung ins Zimmer herein, warf seine Kopfbedeckung vor des Sohnes Füße (das Zeichen tiefster Schmach und Erniedrigung, denn kein Sindhi läßt sein Haupt unbedeckt sehen) und schrie mit herzzerreißender Stimme: »Sohn meines Leibes! Es ist nicht Gottes Wille, daß du mich ins Grab bringst und meine grauen Haare schändest. Nein! Nein! Dieser Schritt ist nicht Gottes Wille.« Nun befahl ihm der Alte, seiner Kindespflicht zu gedenken und mit ihm heimzukommen. Einen Augenblick schwankte Andreas, dann sprach er: »Ja, Vater, ich gehorche dir, soweit mein Gewissen es mir erlaubt«, verabschiedete sich und begleitete seinen Vater nach Hause.

Indessen hatte diese Taufe in der Stadt einen wahren Aufruhr heraufbeschworen. In jenen Tagen war der Bibelladen auf dem

Markt die ganze Zeit vollbelagert von Leuten, so daß Charles selbst hinging, dem Kolporteur zu helfen und Gelegenheit zu haben, mit dem neugierigen Volk zu reden. Mehrere Tage lang war dort ein solches Gedräng und Getu, bis kein Kreuzertraktat mehr übrig war. Freilich mußte man dann auch erleben, daß von den gekaufte Schriften viele in Fetzen zerrissen mit einer Flut von Schimpfreden wieder in den Laden hereingeworfen wurden; das focht aber meinen glücklichen Mann wenig an. Der lobpreiste Gott, daß die lange Stille, die totenartige Apathie endlich einmal unterbrochen worden, und sein Herz jubelte in ihm, auch als ihm bei der Straßenpredigt grimmige Gesichter mit Hausanzünden und dergleichen drohten und manch fanatischer Mohammedaner fluchend ihm die Faust ballte.

Der Pandschajat oder Stadtrat (die fünfzehn angesehensten Bürger) hatte feierlich beschlossen, der Missionsschule den Garaus zu machen, und hatte bei allen Familien der Amilkaste herumgeschickt, mit einem Papier Unterschriften gesammelt, daß keiner seine Kinder, weder Knaben noch Mädchen, wieder in die Missionsschule schicken werde. Wer es dennoch tat, mußte fünf Rupien Strafe zahlen. Zugleich wurden an den Straßenecken Wächter aufgestellt, um etwaige Schulgänger aufzuhalten. Nach zwei Tagen kamen dennoch etliche, ihre Namen wurden mit List und Gewalt aufgespürt und den Eltern die Hölle heiß gemacht. Insgeheim aber kamen außerhalb der Schulstunden viele der Knaben zu uns ins Haus und versicherten, sie würden alles aufbieten, um wieder zu kommen, denn die Schule sei ihnen ihr Höchstes und Liebstes . . .

Nach drei Wochen war die Schule voller als je. Doch die Opposition regte sich überall in der Stadt; nicht nur Hindus, sondern auch Mohammedaner begannen jetzt Straßenpredigten zu halten. Den Leuten war plötzlich angst geworden, und sie ermannten sich, bis aufs Blut zu kämpfen für ihre alte Sitte und Religion.

Im Missionshaus aber waltete Gottes süßer Friede, trotz der

bangen Furcht, die oft mein Herz peinigte. Charles war so heiter, so glücklich, sagte immer, er fühle sich wohl und war so zärtlich, so liebevoll, so mild gegen alle um ihn her. An seinem kleinen Karlchen freute er sich innigst und sagte lachend: »Den gefräßigen Dickerle da darfst du mir nimmer Maiblümchen heißen, das ist ein nimmersatter Maikäfer!«

MARIE AN FRIEDRICH

Haiderabad, 1. Juni 1869

Hast Dich gewiß mit uns herzlich gefreut über unseren kleinen Karl! Er liegt süß schlafend neben mir unter seinem Musselin-Käfigle, und über uns schwingt der Pankah (Fächer), der das Bettliegen im heißen, heißen Mai ganz erträglich macht. Könntest Du ihn doch sehen, den allerliebsten Schlucker, wie er mit seinen jetzt noch dunkelblauen Äuglein herumgiggelt, das rosenrote Mäulchen aufreißt und auf alle Arten verzieht, Ärmle und Beinle ausstreckt und eben uns Alten in aller Unschuld so viel Stoff zum Lachen und Staunen gibt! O, es ist etwas Unbeschreibliches um so ein kleines Wesen! Uns ist's doppelt kostbar, ist's uns doch oft, als wäre unser süßes Märzenveilchen wieder zu uns zurückgekehrt, Karl gleicht ihm so in Gesicht und Stimme.
Mir geht's gottlob ganz erstaunlich gut, und ich fühle mich so wohl, als es sein kann. Karl ist heut eine Woche alt, hat sich in derseelben musterhaft aufgeführt, viel besser als seine älteren Brüder in ihrer ersten Lebenswoche. Er tut nichts als schlafen und trinken, und trinken und schlafen, und ein bißchen wach herumgiggeln; schreien tut er sehr wenig, hat auch offenbar keine Ursache dazu, denn er ist ein rosiges, kugelrundes, starkes Bürschle, dem nichts abgeht.

Hie und da spuckte Charles beim Husten etwas Blut aus, er beachtete es kaum. Die geistliche Arbeit und Erfrischung hatte ihn so ganz von allem andern abgezogen, und er meinte, jener Besuch in Bombay habe ihn ganz restauriert. Am 21. Juni 1869, nach dem Essen, legte er sich zu einem Schläfchen auf den Sofa, da er sich morgens mit einem Gang in die Stadt sehr ermüdet hatte. Ich saß im Nebenzimmer und stillte meinen Kleinen, die Türe stand offen. Mit einem Mal höre ich Charles auffahren, husten und stöhnen, und wie ich erschrocken zu ihm stürze, sehe ich einen Strom Blut seinem Munde entquellen, der Boden ringsum war davon gefärbt. Ach Gott, damals konnte ich bloß schreien: »Herr, alle deine Wasserwogen gehen über mich!« Der Arzt kam und erklärte, die linke Lunge sei krank, und in Indien sei keine Rettung, er müsse sofort nach Europa, ehe der Herbst komme; ein volles Jahr gänzlicher Ruhe und Pflege in gutem Klima könne der Krankheit noch steuern. In vierzehn Tagen verkauften, rüsteten und verpackten wir alles. Charles mußte meist liegen. Gott gab mir große Kraft. Charles wollte alles liegen und stehen lassen, um »übers Jahr« es wieder so zu finden! Die treue Milchziege gab er einer befreundeten Frau mit den Worten: »Wenn wir übers Jahr wieder kommen, nehmen wir sie zurück.« Ja, er pflanzte in sein geliebtes, treugepflegtes Gärtchen noch einen seltenen Rosenstock und sprach lächelnd: »Der soll uns zum Willkomm übers Jahr schön blühen!« Oh, das schnitt mir in die Seele!
Mein Kindlein war just sechs Wochen alt, als wir das liebe Sindhland verließen. Wir genossen noch viel reiche Liebe von allen Freunden, sogar von fast Unbekannten. Am 8. Juli verließen wir Haiderabad, am 9. Karatschi, wieder auf der »Martaban«, mit der wir im Februar nach Bombay gefahren. Kapitän und Offiziere kannten uns noch und taten uns viel Liebes und

Gutes; Charles und die Kinder waren sehr seekrank, da konnte ich die freundliche Hilfe wohl brauchen.
Schon am zwölften kamen wir bei strömendem Regen in Bombay an. Kein Mensch erwartete uns; mit Not und Mühe konnten wir nach langem Herumpatschen und Suchen einen elenden Wagen für unser Gepäck kriegen, das dann durch und durch naß, wie wir selbst auch, endlich ans Missionshaus kam. Ich war so völlig drunten, daß ich in den nassen Kleidern, mein Baby im Arm, auf eine Kiste hinsaß und mich ausweinte. Da kam Charles, mein guter Engel, zu mir und sagte: »Ei, Weible, schäm dich doch! Es wird noch alles recht werden.« Ja, da schämte ich mich vor dem kranken Mann, der alles so still und gelassen aus Gottes Hand nahm.
Und es wurde auch noch alles recht, die guten Doktorsleute waren sehr teilnehmend und gütig, auch Herr Weatherhead[1], nachdem er vom Arzt den Ausspruch gehört: »Lung, liver & Co. not limited« (Lunge und Leber und alles sei krank), war außerordentlich liebevoll und fürsorgend. Das Haus war mit Wellblech flach gedeckt. Der schreckliche Sturm, der in jenen Tagen wütete, riß ein Stück des Daches gerade über unserem Zimmer weg, so daß wir in einer schönen Nacht vom Regen fast weggeschwemmt wurden. Es flossen ganze Bäche, ja zuletzt ein reißender Strom durch unser Gemach. Das war ein tragisches Erwachen. In den drei folgenden Tagen mußten dann fortwährend Kohlenfeuer erhalten werden, um mühsam und langsam unsere vielen Sachen zu trocknen, und doch mußten wir noch manches naß aufs Dampfschiff nehmen.
Am 21. Juli fuhren wir auf der »Magdala« von Bombay ab. Auf dem Indischen Ozean war es so stürmisch, kalt und rauh, daß wir, in Teppiche eingehüllt, schnatternd dasaßen. Am 31. Juli plötzlich war es ganz windstill und glühend heiß; wir fuhren der brennenden afrikanischen Küste entlang, und von da an war es so heiß, daß beständig Waschungen mit Eiswasser und

1 Sekretär der Church Mission Society.

Eisumschlägen auf den Kopf angewendet werden mußten, um sich vor Sonnenstich zu schützen. Am 8. August erreichten wir Suez, wo wir einen Tag im schlechten französischen Gasthof rasteten. Die Reise durch die Wüste, nach jenen plötzlichen Witterungswechseln und Strapazen, machte fast alle Passagiere krank; Charles hustete wieder Blut, während er zur See wohl und munter gewesen war. Mit einem italienischen Dampfer ging's von Alexandrien ab. Charles war wieder wohler, labte sich in den folgenden Tagen sehr an der schönen Aussicht auf die lieblichen Jonischen Inseln und schämte sich zwischenein immer wieder, daß er jetzt schon nach Europa zurückkehre, dazu sei er doch nicht krank genug!

Am 20. August erreichten wir Triest und fuhren noch am gleichen Abend mit der Bahn weiter. Am 22. August 1869 waren wir in der alten Heimat angelangt, und am Stuttgarter Bahnhof standen Albert, David und Jettchen zum Empfang bereit. Bei Mama Isenberg stand schon der Badzuber und alles für meine Kleinen bereit. O wie wohl tat das Ausruhen!

Am 2. September reisten wir nach Calw. Die lieben Eltern waren uns schon am 23. August nach Stuttgart entgegengeeilt. Anfangs ging es ganz ordentlich, doch bald machte sich die rauhe Kälte empfindlich spürbar, damit stellte sich auch der Husten und die Beengung auf der Brust wieder ein. Charles meinte, eine Traubenkur könnte ihm gut tun, und der Arzt stimmte bei. So beschlossen wir, nach Untertürkheim zu gehen. Die zwei letzten Tage in Calw waren sehr schlimm; da sagte mein Liebster zu mir: »Es geht jetzt scheint's doch bergab mit mir. Sieh, es ist mir, als stünde ich an einer Spalte der Zwischenwand, so daß ich schon in die Ewigkeit hinüberschauen kann.« Theodorchen blieb in Calw, während wir am 29. September nach Stuttgart reisten und am 1. Oktober im »Hirsch« zu Untertürkheim unsere Zimmer bezogen. Leider war es trübes, feuchtes Wetter, und Charles' Zustand verschlimmerte sich. Die Traubenkur ertrug er nicht, im Gasthaus behagte es

ihm auch nicht sonderlich, und so zogen wir am neunten schon wieder ab in unser Winterquartier bei Mama Isenberg.
Am 18. November kam der liebe, fromme Doktor Sick und untersuchte den Kranken genau. Ganz aufrichtig sagte er: »Helfen kann ich Ihnen nimmer, und überhaupt kein Arzt. Aber mit Gottes Hilfe können wir's noch ein Weilchen hinausziehen und lindern.« Er gab homöopathische Mittel, empfahl das Trinken kuhwarmer Milch und die allergrößte Ruhe. – Da saß der Kranke nach manch schwerer, todesbanger Nacht fröstelnd, warm eingehüllt im Lehnsessel, mit dem tiefen Leidenszug auf dem fahlen, schrecklich abgezehrten und doch, o so friedereichen Antlitz! Es war köstlich, bei ihm sitzen und seine Hand in meiner halten zu dürfen. Ich dankte für jede Stunde, da ich ihn noch hatte, und oft, oft sagte er schmerzlich lächelnd zu mir: »O Weible, wir sind doch glücklich zusammen!«
Manchmal siegte auch die Wehmut, und er konnte weinen wie ein Kind, wenn er an mich und seine Kleinen dachte. Im ganzen aber richtete er den Blick immer klarer und freudiger auf das Ziel und sehnte sich heim. Sein ganzes Herz war oft ein Lobpsalm, er konnte nicht genug preisen, wie selig ihn Gott geführt, was er für ein schönes, glückliches Leben gehabt habe, »mit Barmherzigkeit gekrönt«.
Am 22. November sah er von seinem Bett aus den kleinen Karl lächeln; da winkte er ihm herzlich zu und seufzte dann: »Hast deinen Papa nimmer lang, arm's Tröpfle!« Nachts mußte er sich erbrechen; ich saß bei ihm am Bett. Er war aufgeregt und erzählte, es habe ihm geträumt, ein Doktor ziehe ein langes, schwertähnliches Messer aus seiner Lunge heraus und mache ihm eine Verbeugung, als wollte er sagen: »Fertig mit dir!« Nach kurzem Schlaf fuhr er wieder auf und sagte: »Mir träumte, wir zwei waren zusammen auf einer Reise. Dann bin ich an einer Station plötzlich ausgestiegen, man zwang mich dazu, ich wollte nicht, und ich sah dich allein weiterreisen. O Herz! Wenn wir doch zusammen heimreisen dürften!«

Sehr wehmütig war's, wenn er fast jeden Tag merkte, daß seine Kraft abnahm und sagte: »Sieh, gestern konnte ich so weit gehen, heute reicht's nur bis hieher.« Immer war er besorgt, mich ein wenig hinauszuschicken an die frische Luft oder zu geistiger Erholung zu lieben Freunden, obwohl er dann mein baldiges Heimkommen kaum erwarten konnte und mich innig umarmend äußerte: »O Fraule, habe ich dich wieder! Guck, ich kann's nimmer ohne dich!« Ja, mitten im Leiden, an des Todes Tür, waren wir reich und selig in unserer Liebe.
Den 18. Februar 1870 brachte er ganz im Bett zu. Abends um neun Uhr, als alle im Hause uns Gutenacht gesagt hatten und ich allein bei ihm saß, zog ein Schatten über sein Gesicht. Kalter Schweiß stand auf seiner Stirne, der Atem versagte ihm beinahe, er schauderte vor Frost, und doch war es im Zimmer sehr warm. »Jetzt kommt der Tod!« rief er. »Das ist meine letzte Nacht, das ist des Todes Bangigkeit! Drücke mir fest die Hand! Laß nicht los! Es ist der Tod!« Ich hielt ihn fest in meinen Armen, er lehnte sein teures Haupt an meine Brust, und ich wischte ihm den kalten, reichlich fließenden Todesschweiß ab. Er flüsterte einige Sprüche auf Sindhi. »Bete, bete!« bat er. Ich betete, wie man bloß in solchen Stunden beten kann – »aus der Tiefe schreie ich, Herr, zu Dir!« In jener Nacht mußte ich ihm fünfmal das Lied vorsagen: »Aus tiefer Not schrei ich zu Dir.« Ich sagte ihm eine Bibelstelle um die andere, und immer wieder flüsterte er: »O weiter, weiter! Das gibt Kraft!«
In seiner bängsten Atemnot fragte ich ihn, ob ihm auch innerlich bang sei. Da wandte er sein klares Auge auf mich mit unbeschreiblich seligem Ausdruck und sagte: »O nein! Ich habe vollen Frieden: Er ist da!«
Die Nacht war schrecklich lang, und gegen meinen Willen fielen mir mehrmals die schweren Augen zu; da streichelte er mir die Wange und sagte mitleidig: »Armes Kind! 's ist zuviel für dich!« Er sehnte sich nach dem Morgenlicht, aber als es endlich anbrach, sprach er wehmütig: »Ach, ich hoffte, das nimmer auf

Erden zu erleben!« Mit dem Morgen wurde er still und ruhig, atmete etwas freier und verlangte noch ein wenig aufzustehen. Mit großer Mühe konnte ich ihm in den Lehnstuhl helfen, dann rief ich Mama. Jettchen und Albert (Charles' Geschwister) kamen, die Magd rannte zum Arzt und Seelsorger. Doktor Sick, auf dessen Besuch mein Charles jeden Tag so sehnsüchtig gewartet hatte, weil er den Mann liebte und schätzte und schon sein Anblick etwas Wohltuendes für den Kranken hatte, kam und verordnete noch Champagner. Charles sah ihn fragend an: da sagte er mit weicher Stimme und feuchten Augen: »Sie dürfen heim!«

»Ja, heim!« wiederholte der Sterbende mit süßem Lächeln und drückte dem Doktor mit herzlichem Dank die Hand. Nun kam Helfer Schmidt und gab uns allen miteinander das heilige Nachtmahl, nach dem sich der Sterbende gesehnt hatte, und das er nun mit klarem Bewußtsein und offenbarer Freude genoß. Nachher war er eine Weile stille; dann bat er, wir sollten ihm das Lied singen: »Tod, mein Hüttlein kannst du brechen«, wie er es einst mit den Geschwistern seinem Vater beim Sterben gesungen. Aber ehe wir noch anstimmten, merkte ich eine große Veränderung auf seinem Antlitz. Wir legten ihn im Schlafrock aufs Bett, ich hielt sein Haupt in meinen Armen. Er schaute mir voll ins Auge, dankte mir für alle Liebe und sagte: »O mein Thodo!« (derselbe war in Calw.) Man brachte ihm Karlchen; er küßte ihn noch und nahm Abschied von allen. Mama sagte: »Du mußt dir keine Sorgen machen um Weib und Kinderchen, Gott wird für sie sorgen.« Da lächelte er mich selig an und sagte mit freudigster Gewißheit: »O, ich habe gar keine Sorge um euch, gar keine!« Dann hauchte er noch: »Komm mir nach mit den Kleinen!« Klar und liebevoll hing sein Auge noch an meinem, das Haupt sank schwer auf meine Brust, die Lippen bebten, er röchelte ein wenig und verschied sanft und stille. Sein Herr hatte ihn heimgeholt, wohl ihm!

WITWENZEIT

Marie zog nun mit den Kindern wieder zu ihrem Vater in das alte, graue, dicht an den Berg gebaute Haus des Calwer Verlagsvereins, das ehemalige Gasthaus »zum Kronprinzen«. Von dem großen, nunmehr als Bibliothek dienenden Saal, an dessen einstige Bestimmung noch die Galerie für die Tanzkapelle erinnerte, gelangte man ebenen Weges aus dem zweiten Stock in den Garten.
Marie arbeitete weiterhin im Dienste der Mission und verdiente sich daneben ihr Brot mit englischen Stunden. Zu ihren Schülern gehörte damals auch der spätere Missionspinspektor Johannes Frohnmeyer, der unermüdliche Spielkamerad ihrer Kinder, mit dem sie auch nach seinem Wegzug nach Basel brieflich in Verbindung blieb.

MARIE AN JOHANNES FROHNMEYER

Calw, 10. August 1872

Was Dein Freund Sch. schreibt, mahnt mich an die letztsonntägliche Abendstunde bei Müller, wo von der »allgemeinen« Liebe geredet wurde, und wie man die Türen nicht schließen dürfe vor sogenannten Weltleuten. Müller meinte, es wäre freilich nett, wenn man's dürfte, aber Papa sagte: »Nein, da würden alle die Extra-Heiligen einander so heiß machen, daß es manchem schier zur Hölle würde!« Du weißt den Ausspruch der alten Frau Pfarrer M.: »D' Pietisten? Nein, die mag ich nit, die habe kei allgemeine Menschenliebe.« Leider ist's oft wahr. Bei mir ist aber eher das Gegenteil der Fehler: ich kann oft die Brüder noch nicht recht lieben, bloß deshalb, weil sie Brüder sind. Sie sind oft so schrecklich widerwärtig, daß mir fast jedes Weltkind lieber ist; doch ist das eben die Individualität, und ich muß mir sagen: »Ohne das Christentum wäre der und der erst recht unausstehlich.« Man bleibt eben doch die Person.

AN HERMANN IN AMERIKA

Calw, 21. Oktober 1872

Du, lieber Bruder, hast mir am 1. Oktober schon gleichsam auf meinen Geburtstag geschrieben. Ich erhielt den Brief tags darauf, und danke Dir nun bestens. Für Dich habe ich einen herzlichen Wunsch, und der ist, daß Dir auch bald ein »Bethel« werde, eine Gottesstätte, da Du Seine Nähe so recht erfahren dürfest. Im stillen Kämmerlein, nach heißem Ringen, mögest Du wie Jakob träumen – und doch nicht träumen, sondern erleben und erfahren das, was allein das ganze arme Leben heiligt. Ja, wenn die Himmelsleiter nicht wäre, die enge Verbindung von dieser und jener Welt, wenn Gottes Liebe nicht zu uns herab und unsere Gebete und Tränen nicht zu Ihm hinaufstiegen, o, was wäre dann dieses arme Leben als ein Sorgen und Sich-Abmühen, ein vergebliches Streben und Ringen, eine Nacht, ein Tod.

Ich gestehe Dir offen, lieber Hermann, ich bin oft schon dieses Lebens gar müde geworden; aber weil ich erfahren habe, daß Christus Gebet erhört, daß Er sich den Mühseligen wirklich fühlbar nähert, darum allein kann ich mich im Gebet immer wieder aufraffen und weiß, Er hilft vollends durch zum Ziel. Gewiß, Du wirst noch spüren, daß Er die Liebe ist, nicht eine ideale, erträumte Liebe, die die Sinne geschwind berauschen und das Gefühl anregen, aber sonst nichts nützen kann, sondern eine im Wesen und Sein geoffenbarte Liebe, stärker als der Tod, darauf sich das müde Herz stützen kann, daraus es immer wieder Lebenskraft und Mut zieht.

AN JOHANNES FROHNMEYER

Calw, 1. Dezember 1872

... Hie und da, wenn ich von meinem lieben Mann träume, weiß ich erst wieder, was mir fehlt, wie gar viel ich mit ihm vermisse; im täglichen Leben und Treiben wird man oft so stumpf. Es ist mir oft unbegreiflich, daß das Herz immer jung bleibt trotz all den Todesstößen, die es schon bekommen, und an denen es brechen zu müssen wähnte. Es ist unbeschreiblich zäh. Ja, wer kann es ergründen?

AN JOHANNES FROHNMEYER

Calw, 10. Dezember 1872

... Ich habe Pascal kürzlich mit großem Genuß gelesen und denke, Du gewinnst ihn auch lieb, diesen edlen, großen Denker und warmen Christen. Eines tiefen Mitleids kann man sich für ihn nicht erwehren, daß er nicht ganz zur Freiheit durchdrang; aber wie ganz, wie ungeteilt ergab er sich Gott, wie hat er gerungen und gelitten und sich gekreuzigt, was hat er sich's kosten lassen!

AN JOHANNES FROHNMEYER
[*nach Friedrich Gunderts Verlobung*]

Calw, 14. April 1873

Wir haben in diesen Tagen nicht sehr viel von Friedrich gehabt, da er mit seiner Braut viele Besuche zu machen hatte und sonst die meiste Zeit im Steinhaus (s. Abb.) war; desto gemütlicher waren dann die Abende dort oder bei uns zusammen. Die ganze Familie Heermann ist überaus lieb und herzlich; es ist für uns etwas ganz Neues, mit einer echten und gerechten Calwer Familie so innig zu verkehren. Das Haus an und für sich mit seinen seltsamen Gewölben, geheimen Gängen, Kellern und Höhlen ist überaus interessant und könnte einen tagelang unterhalten. Wenn ich da als Kind gewohnt hätte, ich wäre gewiß die meiste Zeit in den gruseligen Winkeln herumgestöbert und hätte nach Räubern, Geistern und dergleichen gefahndet, und mir ganze Romane von Ahnen, die dort hausten, in den Kopf gesetzt.
Wir unternahmen mit Frieder eine recht abenteuerliche Untersuchungsreise in die unteren gewölbten Räume, und in einem dunklen Loch, halb Keller, halb Felsenhöhle, krebselte Fried-

rich mit dem Licht verwegen herum und suchte verborgene Schätze! Darüber hätte er schier seinen allerneuesten Schatz – den feinen Hochzeitsanzug, den er zum Besuchemachen angezogen hatte – beschädigt, denn überall tropft das Wasser von den Felsen.

AN JOHANNES FROHNMEYER

Calw, 28. Juli 1873

Am Donnerstag saß ich viel bei Großmama und Hermann (der auf Besuch von Amerika da war), und letzterer erzählte sehr interessant und lustig vieles aus seinem Leben. Es ist merkwürdig, daß der Bursch immer gleich bleibt, trotz all den vielen, oft seltsamen Erlebnissen – nur einen reichen Schatz von Menschenkenntnis hat er gesammelt und durchschaut im ganzen die Leute prächtig. Nett ist dabei, daß er so viel Menschenliebe und Verträglichkeit hat, doch fürchte ich, es kommt viel auch davon her, daß er die Sünde für gar kein so gefährliches Übel ansieht und meint, der Unterschied sei nirgends groß, es hapere bei jedem da oder dort, und das könne nicht anders sein.

AN JOHANNES FROHNMEYER

Calw, 17. September 1873

... Allerdings wird man anhänglich an den anglikanischen Gottesdienst, wenn man daran gewöhnt ist; die Gebete sind schön, und am meisten zieht mich eben das an, daß die Gemeine mittut; die Responsen, das Sǹdenbekenntnis, das von allen gesprochene Vaterunser, die gefallen mir, wiewohl ich weiß, daß die Sache zur toten Form geworden bei den meisten der Kirchenglieder. Das Knien beim Gebet, überhaupt das Abwechselnde, kommt mir auch zweckmäßiger vor als unser schläfriges Langsitzen. Mit der Predigt brauchen sich die Geistlichen dann wenig anzustrengen, da sie so kurz ist. Unserem lieben Dekan würde aber das wohl schwerer als eine zweistündige Predigt.

Das Steinhaus in Calw

AN JOHANNES FROHNMEYER

Stuttgart, 3. Oktober 1873

... Frau Werkmeister Sch. lud uns auf Dienstagmittag in ihren Weinberg. Das war ein Glück! All die Weiß'schen, Schwarz'schen, Gundert'schen und Pfisterer'schen Kinder und noch andre waren da beisammen, spielten, vesperten, feuerwerkelten und aßen Trauben nach Herzenslust. Es ist ein sehr nettes Gut, hoch oben, mit prachtvoller Aussicht weithin; wir waren seelenvergnügt und mußten recht über Karlchen lachen, der ganz beharrlich fortwährend in den Mund stopfte, oder in Geschirrlein Trauben stampfte und dann rief: »Ich mach mir Wein und der ist gut!« Nachts mußte sich Thodo – der sehr mäßig gewesen war – brechen, indes der kleine Freßsack den Schlaf des Gerechten nach treuer Arbeit genoß. Der Stadtgarten, das Naturalienkabinett, die Pferdebahn, die Parade, ein heiterer Mittag auf dem Jägerhaus und dergleichen haben aber die Kinder ziemlich aus der Fassung gebracht, so daß ich Not mit ihnen habe und denke, es ist gut, sie kommen heim.

Als Doktor Hermann Gundert im Sommer 1873 nach einem Gehilfen für die Arbeit am Missionsmagazin suchte, empfahl ihm Frohnmeyer in einem Brief an Marie den Deutschbalten Johannes Hesse: »Er ist sehr begabt und geistreich, ungemein anziehend im Umgang, glaube auch, daß Du große Freude an ihm hättest: ich habe noch kein übereiltes dummes Wort von ihm gehört, deshalb kann ihm niemand leicht beikommen . . . Daß er gerade Sprachen so gern treibt und etymologische Studien macht, ist nett wegen der Unterhaltung mit Deinem Vater.«

AN JOHANNES FROHNMEYER

Calw, 2. Dezember 1873

Es wäre viel zu erzählen. Kaum hatte ich vor acht Tagen meinen Brief zur Post getan, als unser neuer Hausgenosse (Johannes Hesse, der als Gehilfe Doktor Gunderts erwartet wurde) ganz unerwartet eintrat, bleich und elend. Doch geht's ihm scheint's seither ordentlich. Deine Beschreibung von ihm war sehr gut, man muß ihn achten und lieben, diesen feinen, frommen, intellektuellen Mann. Aber mir hat sein Anblick immer etwas Wehmütiges, er sieht aus, als ob er für eine bessere Welt geschaffen wäre. Er hat – im grauen Rock! – schon letzten Sonntag eine Missionsstunde, und dienstags unseren Verein gehalten, sehr interessant und schön. Gegen die Kinder ist er auch lieb und stiefelte gestern auf dem Markt herum und brachte ihnen etwas mit heim. Den Calwern ist er in seinem fremdländischen Aufzug sehr wichtig.

AN HERMANN IN AMERIKA

Calw, 6. Februar 1874

Der Besuch der lieben Frau Staatsrätin Hesse (Johannes Hesses Stiefmutter) war für mich ein großer Genuß, denn es ist etwas äußerst Anregendes und Wohltuendes im Verkehr mit einer so liebevollen, frommen, vielseitig gebildeten, künstlerisch begabten (sie dichtet, musiziert und malt), feinen Frau, und sie hat mir sehr viel Güte erwiesen, so daß ich hintendrein ordentlich Heimweh nach ihr bekam. Sie wußte auch immer viel Interessantes zu erzählen aus ihrem eigenen Leben, aus ihrer Familie und über die Verhältnisse in Estland. Sie ist Doktor Hesses dritte Frau und trat fünf Kinder an, war von hohem Adel und in Petersburg erzogen, wo sie mit unserer Königin Olga Spiele machte; sie hatte aber einen schlechten Vater, der sich von ihrer Mutter schied. Die Leutchen müssen ein allerliebstes Familienleben führen, und der alte Doktor muß ein prächtiger Mensch sein. Papa erinnerte sie in sehr vielem an ihn. Durch Frau Hesse hörte ich wieder viel von meiner Olga Bunsen (jetzt Oppert), deren Schwester den Pastor in Weißenstein (Estland), Doktor Hesses Vetter, geheiratet hat. So war Olga selbst auch lange in Weißenstein und sehr innig befreundet mit dem Hesse'schen Haus. Als Frau Hesse von hier aus an Olga schrieb, legte ich einen Brief an sie ein, und erhielt nun gestern ein langes Schreiben, ihre ganze Lebensbeschreibung ...

KINDERGESCHICHTEN AUS MARIES BRIEFEN

1872

Theodor ist ein begeisterter Schüler, und er schwärmt für Herrn K. Er sagt, er wolle jetzt mein Freund und Tröster sein, weil ich keinen Papa mehr habe, und er ist viel gehorsamer und zärtlicher, wie wenn mit der Schule in ihm ein Ehrgefühl und etwas von Mannesbewußtsein erwacht wäre.
Soeben betet Baby (Karl) auf den Knien mit seinen Tierchen, und vorher hat er sie auf dem Schoß gewiegt und ihnen »Breit aus die Flügel beide« gesungen.

1873

Baby unterhielt mich eben stundenlang mit Gesang und Erzählen; malte auch »den lieben Heiland und seine Jünglinger« auf die Tafel und machte dem Petrus fünf lange Finger hin, und dem Johannes ein sehr großes, sichtbares »Herz ins Bäuchle«; stellte das Wasserkessele auf den Ofen und sagte: »So, jetzt tust du nur sieden, bis du Kaffee wirst.«

1874

Meine Buben sind gottlob wohl und munter. Karlchen ist arg lieb und drollig und erzählt mir allerlei, was er in der Kinderschule hört, oft ungemein possierlich in seinem großen Ernst. Manchmal, wenn er morgens betet, sagt er: »Ha, jetzt betet mer lieber gleich für den Mittag«, und sagt schnell noch ein Verslein, um das zu erledigen. Denn die Schwester habe gesagt, fromme Kinder beten tags dreimal!
Karlchen hat ein Büchlein voll wunderbarer Zeichnungen, und da muß man ihm auch drunter schreiben, was es sein soll. Unter eine Schmiererei bat er mich zu schreiben: »Geheimnis«. Ich

glaube, daß dieses Geheimnis von niemand wird entziffert werden können.
Gestern hatten die Buben Besuch von einem blondlockigen Nagolder Kindlein; das entzückte Karlchen sehr, so daß er in die Worte ausbrach: »O, wenn ich nur so schön wär wie das Mädele!« Und beim Kämmen schärfte er mir ein: »Mach mich so schön, als man kann!«

NEUE EHE

Johannes Hesse (geb. 1847, mit dem sich Marie am 22. November 1874 vermählte, war der Sohn eines deutschbaltischen Arztes in Weißenstein (Estland). Als achtzehnjähriger Abiturient trat er ins Basler Missionshaus ein, um Christus, als dessen »Dienst- und Lehensmann« er sich fühlte, auch praktisch zu dienen, wurde – nach einer harten Schule des Gehorsams – 1869 an die Malabarküste geschickt, und war von dort, mit einem unheilbaren Kopf- und Darmleiden behaftet, im Jahr 1873 zurückgekehrt. Die Sehnsucht nach der überseeischen Missionsarbeit und die Liebe zu Indien verband ihn sehr bald mit Vater Gundert und mit Marie, die sich ebenfalls in der Heimat nicht am rechten Fleck fühlten. Noch nicht lange vorher hatte Marie aus Haiderabad die Aufforderung bekommen, Medizin zu studieren und Missionarin für die Zenanas (Frauengemächer) zu werden, und nur um ihrer Kinder willen hatte sie verzichtet.

Johannes war Marie an weltmännischer Erziehung, an Gedankenzucht, an Weite der Bildung und an literarischem Geschmack um vieles überlegen. Er war ein großer Freund der klassischen Sprachen und Literatur, so daß er lateinische Sprichwörter wie Bibelsprüche zu zitieren pflegte, und auch Goethe stand ihm nicht fern. Der mittelalterliche Brauch, »heidnische Meister«, zum Beispiel Plato, zum Verständnis des Christentums heranzuziehen, war ihm ganz geläufig, ja in seinem Alter versuchte er dasselbe noch mit dem chinesischen Mystiker Laotse (»Laotse, ein vorchristlicher Wahrheitszeuge«). Von den Vertretern eines allzu eng gefaßten christlichen Absolutheitsanspruches wurde ihm deshalb gerne der Vorwurf des »Eklektizismus« gemacht.

So weitherzig Hesse als Theologe (auch in Fragen der Bibelkritik) war, so streng und feinfühlig urteilte er in ethischen Dingen, wodurch er sich die Kindererziehung nicht erleichterte. Auch Hesse war Pietist; aber während Maries Frömmigkeit der Bilder und Gleichnisse bedurfte und sich von ihrer ungewöhnlichen Liebesfähigkeit nährte, empfing die seine ihre Kraft von Geist und Gewissen. So ergänzten sich die beiden gerade als religiöse Menschen in wunderbarer Weise und fanden sich auf diesem Boden immer wieder in inniger Gemeinschaft zusammen, auch wo sie aneinander zu leiden hatten[1].

AN JOHANNES FROHNMEYER

Calw, 1. September 1874

Ich habe mich gestern nachmittag mit Johannes Hesse verlobt und weiß, es ist der Herr, der uns zusammengeführt hat. Die Kinder sind überglücklich; sie lieben ja den neuen Papa schon lang. Karlchen fragte gestern gleich: »Weiß mein Papa im Himmel schon, daß der Herr Hesse mein Papa wird?« – Ja, mein sel'ger Charles freut sich gewiß.

TAGEBUCH

Den 15. Oktober 1874

Thodo: »Au, ich hab jetzt drei Väter, den Herrn Isenberg, den Herrn Hesse und den Herrn Zebaoth!«

Als man nach einer Wohnung für das neue Paar suchte, träumte Marie eines Nachts, sie stehe in einem schönen, freundlichen Zimmer und messe die Wände ab für ihre Möbel. Aus dem Fenster blickend schaute sie gerade hinab auf den Marktbrunnen und auf das Rathaus gegenüber. Andern Morgens begab sie sich sogleich auf den Marktplatz und fand die im Traum erblickte Wohnung, die sie vorher nie betreten hatte, zum Vermieten ausgeschrieben. Ja selbst die im Traum genommenen Maße stimmten, und sie konnte nachher beim Einzug in diese Wohnung die Möbel gerade so stellen, wie sie sich's nachts ausgerechnet hatte. – Über diese gelegentlich bei ihr auftretende Gabe des Hellsehens und Fernfühlens schweigt Marie in ihren Tagebüchern vollständig.

1 Weiteres über Johannes Hesse in dem Buch von Hermann und Adele Hesse: Zum Gedächtnis unsres Vaters (Rainer Wunderlich Verlag, Tübingen).

AN HERMANN IN AMERIKA UND DESSEN FRAU

Calw, 7. Dezember 1874

Gewiß seid Ihr im Geiste auch bei uns gewesen in letzter Zeit und hättet am zweiundzwanzigsten (November) auch gern die Hochzeit mitgefeiert.

So bin ich denn wieder eine glückliche Gattin, an der Seite eines treuen Mannes, der mir helfen will auf dem Weg zur obern Heimat, und mir besonders eine große Stütze ist in der Erziehung meiner Knaben. Mein Johannes ist so liebevoll gegen sie, gibt sich in Freistunden so nett und lebhaft mit ihnen ab, spielt und lacht mit ihnen, lehrt Theodor Latein und ist zugleich so sicher im Auftreten, so fest und konsequent, ohne je böse oder gereizt zu scheinen, daß die Kleinen Respekt und Liebe kriegen müssen. Theodor hält auch alles auf seinen neuen Papa, Karlchen probiert, wo er kann, etwas Opposition, allein so nach und nach merkt er, daß es nichts fruchtet, daß er doch immer den kürzeren zieht und daß es keine Schande ist, den neuen Papa zu lieben und das zu zeigen. Gegenwärtig brummt und schreit er immer vor sich hin etliche lateinische Sätze, die Theodor von Papa gelernt hat. Die Kinder sind sehr froh an unsrem großen, hellen Logis und dem trockenen, kinderwuselnden Marktplatz vor den Fenstern. Karlchen meint: »Der liebe Gott muß uns doch arg lieb haben, daß er uns so ein schönes Haus schenkt!«

Dem lieben Johannes geht's über Erwarten gut; er arbeitet den ganzen Tag, hat mit mir eine Reihe von Danksagungsbesuchen machen müssen und ist frisch und munter. Natürlich ist täglicher Verkehr zwischen dem Elternhaus und unsrem. Samstagabend waren die Lieben da, Papa spielte auf dem Harmonium und wir sangen. Gesungen wird bei uns sehr viel, nach dem Essen, beim Aufstehen, während der Arbeit oder abends; denn Johannes hat seine größte Freude am Gesang, wiewohl er selbst kaum eine Melodie allein singen kann, d. h. nach seiner eigenen

Melodie singt er allerlei Lieder, Psalmen und Herzensgedanken! Theodor errät ganz nett die zweite Stimme zu fast allem, was ich singe.
In einem komischen Briefe, der Johannes sehr gaudierte, schreibst Du, lieber Hermann, von uns als außerordentlichen Leuten. Wenn Du mich aber fast den ganzen Vormittag mit Zimmerreinigen und Kochen beschäftigt sähest, würdest Du am Ende doch noch an eine ordentliche Hausfrau glauben. Ich habe bloß ein unwissendes, aber williges, braves vierzehnjähriges Mägdlein; da muß ich überall vor- und mitmachen. Das macht mir aber viel Freude und ich merke, daß ich da noch was lernen kann, und so geht's gut. Wir kochen jetzt natürlich selbst und ich habe von meiner neuen russischen Kusine, die am Tag vor der Hochzeit bei mir war, etliche russische Speisen kochen gelernt, die Johannes sehr munden. Auch mein außerordentlicher Eheherr ist ein sehr ordentlicher Vater, der Buben ankleiden hilft und mich bei einem vorübergehenden Unwohlsein aufs allertreuste pflegte, sogar im Wohnzimmer den Teppich putzte und den Staub abwischte, damit ich ruhig liegen bleibe!

AN JOHANNES HESSE

Calw, 21 Juni 1875

Mein Herzens-Johnny! Gott sei Lob und Dank, daß ich endlich, endlich Nachricht von Dir habe. Nimm's nicht als Tadel auf, Herzblatt, Du hast so lieb und lang und interessant geschrieben, und ich bin jetzt so reich, so froh, so getröstet mit Deinem lieben Brief! Hättest Du mich heute morgen insgeheim sehen können, Du würdest nimmer zweifeln, daß ich Dich liebe als mein eigen Herz. Ach, ich war gestern abend so umgetrieben um Dich, ob Du wo krank liegest? Und nachts, ich weiß nicht, ob schlafend oder wachend, war mir's, als käme ein Telegramm und beriefe mich nach England zum kranken Mann. Diesen Morgen ergriff mich solche tiefe Wehmut und solches Heimweh nach Dir, daß ich mich in Dein Zimmer einschloß

und mich dort sattweinte und für Dich betete. Gott allein sah und hörte es, und vielleicht lächelte er freundlich über das dumme Kind, denn während ich mich noch grämte, brachte der Postmann Deinen Brief und einen von den lieben Eltern in Weißenstein, rührend lieb und nett. Verlier mir's nicht, ich will die Briefe aufheben, denn sie sind mir wie Gottes Gnadenbrünnlein hergequollen, als ich mich eben so einsam und gedrückt fühlte. Nun Gott sei Dank! Du bist also nicht krank und genießest Gutes und Segen. Aber hast doch viel durchgemacht auf der Reise, mein treues, liebes Herz!
Denke Dir! Wie wir am Frühstück saßen, springt mit einem Mal der Boden des Käfigs los und der erschreckte Distelfink, der dieser Tage noch so nett gesungen, fliegt pfeilschnell zum offenen Fenster hinaus. Es kam so in meine besorgten Gedanken herein, und da mußte ich so denken, wie's doch einer armen Seele sein mag, wenn sie plötzlich los und frei sich in Gottes Luft im Himmelsschein hinaus- und emporschwingen kann, ohne jegliches Hindernis, und zugleich erinnerte ich mich, wie Du oft geseufzt über den Leib der Sünde und Schwachheit, und mit Sehnsucht von der herrlichen Gottesheimat gesprochen, und o da brach mir das Herz fast vor Wehmut! Aber, gottlob, Du lebst und bist froh, hier schon die Freiheit und Seligkeit der Kinder Gottes schmecken zu dürfen, hier schon Dich aufschwingen zu können zu dem, der den zerbrochenen Herzen nahe ist, ob Er gleich in der Höhe wohnt[1].

Das wichtigste Ereignis des Jahres 1876 war die langgeplante Reise zu den Eltern Hesse in Estland. Nach einem dreitägigen Besuch bei der wiedergefundenen Jugendfreundin Olga Opert (Bunsen) in Hamburg bestiegen Johannes und Marie am ersten Juli das Schiff in Lübeck. Ihr im vorigen Jahr geborenes Töchterlein Adele nahmen sie mit, während die Buben den Großeltern in Calw übergeben wurden.

1 Auf Johannes Hesses Grabstein steht nach seinem eigenen Wunsch das Psalmwort: »Der Strick ist zerrissen, der Vogel ist frei.«

Am Bischoff in Calw

AN DIE ELTERN

Weißenstein, 8. Juli 1876

Teure Eltern! Johannes hat vom Schiff aus sein Blatt voll geschrieben, nun mach ich von der neuen Heimat aus weiter. Ja, Gott sei Dank, wir sind da, und es ist alles so viel schöner und lieblicher geworden, als ich je gedacht! Ich will suchen, der Reihe nach zu erzählen. Also in Lübeck aufs Schiff, etwa zwei Stunden lang auf der Trave, dann ins schöne Meer hinaus, köstliche Luft, prächtiger Sonnenuntergang nach neun Uhr erst – um zehn noch heller Tag und schon um zwei Uhr morgens lacht die Sonne wieder zur Kajüte herein und weckt Adelchen, die nun bloß spielen und trinken wollte. Die Milch war sauer, wir kochten Nestles Kindermehlbrei, und zwar – da der Spiritus ausging – mit Kölnisch Wasser!

Dienstagmorgen neun Uhr Ankunft in Reval, das allerliebst daliegt. Eine Langweilerei mit Zollbeamten usw., ehe man ans Land konnte, wo am Ufer die drolligsten Figuren standen: Weiber mit herrlichen Hauben und nackten Füßen, Kutscher in langen Schlafröcken, miserable Beamte in schmierigen Uniformen, estnische Bauern mit wallendem Haar usw. Inwendig ist Reval nicht so schön wie von ferne, das Pflaster unter aller Kritik schlecht, schmutzig, eng, wimmelnd von den wunderlichsten Fuhrwerken und Karren; Tag und Nacht hört das Rasseln nicht auf; die Leute leben abends alle erst recht auf, die Kutschen fahren bis nach Mitternacht, und dann schon vor dem frühen Morgen fahren die Bauern vom Land scharenweise herein.

In einem unbeschreiblich komischen Dröschklein fuhren wir an das schöne Wohnhaus des Baron Stackelberg, wo alle Türen weit offen standen, aber zuerst kein Mensch zu erspähen war. Endlich stöberte Johnny den alten Baron bei seiner Toilette auf, und wir wurden aufs liebenswürdigste und herzlichste von demselben bewillkommt. Tante Catty war ausgegangen, da sie uns erst abends erwartet hatte, kam aber bald und war sehr sehr lieb. Wir haben viel Güte und Freundlichkeit von den beiden erfahren dürfen; auch um die Kleine war alles rührend besorgt, und die Kleine sah recht heiter an den schönen Gemälden, vielen Spiegeln, Kronleuchtern usw. herum, und es schien ihr zu gefallen, besonders auf dem Balkon. Später wurde Baby recht unruhig und war sehr unzufrieden, wenn man sie mir abnahm; bei Nacht ließ die Helle und der entsetzliche Straßenlärm uns nicht viel schlafen.

Mit Baron Unger-Sternberg fuhren wir dann in der Eisenbahn von Reval fort am Donnerstagmorgenı Etwa zwei Stunden ging's per Bahn, dann stiegen wir aus, tranken einen Tee und bestiegen einen nicht leicht zu beschreibenden Kasten, vor den drei Pferde gespannt waren. Das Fahren gefiel Adelchen sehr, sie war herzig lieb, schlief, sang, lachte und trank abwechselnd. Unser Gefährt rumpelte merkwürdig und man konnte sich nirgends anlehnen, dazu drohte der Regen. So baten wir auf der nächsten Station (zwanzig Werst von der ersten entfernt) um einen bedeckten Wagen und erhielten nach langem Warten ein etwas zivilisierteres, immerhin noch drollig genug aussehendes Gefährt, dessen Deckel uns von drei Seiten vor dem Regen schützte. Wir waren übrigens sehr guter Dinge, sangen auch, und langten gegen halb fünf Uhr in Kaltenbrunn an, wo Johanna mit ihrem Vetter Reinhold Stackelberg und dessen Frau schon lange auf die Glocken unserer Postchaise gewartet hatten mit einem guten Essen. Es war dort wundernett, dieser herzliche Willkomn, diese freie, ungekünstelte Gastfreundschaft war überaus wohltuend. Johanna hatte von Weißenstein gehört, daß wir an diesem Tag vorbeikämen, und so winkte sie uns gleich von weitem zu. Adelchen freute sich am Knaben Wolter und nagte mit Behagen ein Beinchen Geflügel ab. Nach kurzer Rast fuhren wir weiter, bis endlich der Kirchturm und die russische Kuppel samt Schloßturm von Weißenstein zu sehen waren.

Abends nach sieben Uhr war der glückliche schöne Moment,

wo vor der Haustüre der Eltern Hesse alle Kinder vereint waren. Hermann half mir herunter, nachdem er schon die Kleine von Johnnys Arm herab dem Großvaterle in den Arm gelegt hatte. Mir war, als kennte ich alle schon; es bedurfte keiner Vorstellung, man lag sich am Hals und freute sich inniglich. Papa Hesse[1] war ganz rührend, lobte laut seinen guten Herrn, nahm mich in die Arme und führte mich durchs ganze Haus und durch den Garten in hellem Jubel. Dann kam der Tee, von der alten, buckligen Anna gemacht und von der jungen Greta serviert. Die junge Anni kocht und die herzige Liny ist Adelchens treue Dienerin und hat sich schon lange gefreut gehabt und immer gefragt: »Wann kommt denn mein Herr und mein Fräulein?« Adelchen hat sich schnell an Liny gewöhnt, aber die alte Anna mit dem runzligen Gesicht und der hohen estnischen Mütze, die wie ein Turm auf dem Kopf sitzt, fürchtet sie geradezu und schreit, sobald sie in die Nähe kommt.
Georg (Johannes' jünster Bruder) ist noch etwas gewachsen; Gustav ungeheuer groß und dick, treuherzig und voll Witz und Humor, mit großem Schauspielertalent; Hermann, ein allerliebster, anspruchsloser, netter, freundlicher Mensch, hat mit Adelchen gleich die zärtlichste Freundschaft geschlossen, und sie ist gern bei ihm. Jenny sieht sehr schlecht aus, ist aber immer heiter und für alle treu besorgt . . .
Die erste Nacht schliefen wir im Gastzimmer, aber am folgenden Tag zogen wir herüber in zwei nette Zimmer vis-à-vis von den Eltern, da es im Hause doch sehr voll und nie still ist; diese Zimmer waren den lieben Eltern für ihre Gäste angeboten worden, und es ist so nett und traulich da; wir können uns zurückziehen, wenn wir wollen, wie jetzt zum Schreiben, und sind doch ganz daheim, sehen dem Papa direkt in sein Zimmer hinein und können aus und ein gehen mit eigenem Schlüssel. Natürlich sind wir eigentlich immer drüben, meist im Garten, der gar lieblich und schön und gut ist, mit lachenden Blumen-

1 Vgl. M. Hunnius, Mein Onkel Hermann (Verlag E. Salzer, Heilbronn).

beeten, schönen Wegen, von den Brüdern sinnreich benamst, mit schattigen Plätzen und frischem grünem Rasen. Jedes Blümchen, jedes Salat- und Gemüsestöckchen kennt und liebt Papa, sie sind alle wie seine Kinder! Man lebt im Garten, frühstückt dort, ißt dort zu Nacht, schläft nach dem Essen im Gras, spielt, studiert, arbeitet und singt dort, ein frisches, frohes Ferienleben, gesund und köstlich.
Heute sind wir aber auch alle vor die Stadt hinaus auf die Wiese, haben das Heu zusammengerecht, uns dreingelegt und gesungen, daß es eine Lust war. Der alte Papa Staatsrat hat in Hemdärmeln geschafft um die Wette mit seinem mächtigen Sohne Gustav, der ein Herkules an Körperkraft ist. Johannes hat auch heuen helfen und war so glücklich und wohl dabei, überhaupt ist er voll Leben und Heiterkeit, spielt und ißt alles mit.
Noch habe ich kein Wörtlein von Mama gesagt, – die gute liebe Mama, immer so voll Güte und Aufmerksamkeit gegen alle! Sie hat recht die Gabe, dem Hause vorzustehen, alles kriegt eine Art und Geschmack, was sie anrührt, und sie selbst kommt mir schöner, jünger vor als damals in Calw. Wie eine Königin schreitet sie einher unter ihren Söhnen, von allen geliebt und geehrt. Die Bilder an der Wand, die schönen illustrierten Sprüche usw. sind fast alle von ihrer Hand, Papa sagt, sie sei sein Kopf beim Gärteln, er bloß die Hand, alles ist schön um sie her. Ich habe nun auch das Handküssen und -küssenlassen gelernt, ohne das kommt man hier nicht durch . . . Eine alte Freundin von Papa, Frau von Dittmar, schickte ein prächtiges großes Kalb und einen ganzen Kübel voll Butter zu Johannes' Willkomm.

AN DEN VATER

Weißenstein, 14. Juli 1876

Montagabend waren wir bei Pastors eingeladen mit großer Gesellschaft zu der Pastorin Geburtstag. Man war im Garten bis nachts elf und sang viel. Bei diesen hellen, langen Tagen ver-

gißt man die Uhr und Zeit oft ganz. Papa Hesse war fröhlich mit den Fröhlichen, hieß die jungen Leute auf dem ganzen Heimweg durch die Stadt ein Lied ums andere singen, und schließlich sagt er: »Nun bringen wir unserem Missionar ein Ständchen, aber delikat!« Und so wurde vor Johnnys Fenster – er hatte sich früher unbemerkt fortgeschlichen – ein Lied gesungen, das Adelchen aus süßem Schlummer zu Geschrei weckte!
Am Dienstag kamen morgens Baron Stackelberg mit seiner Schwester Welly aus Röal angeritten und schleppten mit wahrer Selbstverleugnung zwei gesattelte Pferde und Reitkleid mit. Wir ritten nun auf ihren Hof mit ihnen und hatten dort einen netten Tag trotz des Regens, konnten abends im Wald spazieren und fuhren in ihrer Kutsche heim. Johnny war am nächsten Tag steif vom Reiten, ich spürte es gar nicht und freue mich schon auf den nächsten Ritt.
Der Pastor ist sehr freundlich, bringt mir Rosen aus seinem Garten und hat Johannes aufgefordert, zu predigen. Es sind hier viele Freunde, wir genießen sehr viel Liebe. Um Papa Hesse scharen sich die Gläubigen der Gegend, er ist so recht der Patriarch – ein köstlicher Mann.

TAGEBUCH

Den 17. Juli 1876

Vaterchen erzählt mir von seiner ersten Frau (Johannes Hesses Mutter), die nicht gläubig war, wie er sie nahm; mit ihm viel Kämpfe hatte, nicht nach Weißenstein wollte, sich dort im religiös-lebendigen Kreise unglücklich fühlte usw. Später fand sie Jesum und war bereit zum plötzlichen Tod. Am Teetisch sitzend ruft sie plötzlich: »Oh, mein Herz! Wie wird mir!« und fällt tot zu Boden, vom Schlag gerührt, gerade im Begriff, ihr siebtes Kind zu gebären. Eine kluge, stille, fleißige Frau, mit schrecklichen Kopfschmerzen viel geplagt und von melancholischer Gemütsanlage.

AN DIE ELTERN

Weißenstein, 20. Juli 1876

... Am Sonntag hat Johannes über Petri Fischzug gepredigt, und die sonst halb leere Kirche war sehr voll, und alle möglichen Kutschen und Equipagen hielten davor. Von den Stackelbergs allein waren achtzehn hergefahren von vier verschiedenen Gütern, teils ziemlich weit weg. Es kamen endlose Besuche nach der Predigt, aber mein Johnny bekam sein schreckliches Kopfweh und lag recht elend auf seinem Bett und konnte sich von niemand sehen lassen als von der teuren Johanna und Tante Catty. Es kamen aber nicht bloß Gäste ins Haus, sondern auch Vorräte an Butter und Brot, Gurken und Beeren. Nachmittags kam obendrein eine kleine Kiste aus Reval, die uns allen viel Freude und wahre Erbauung verschaffte, obschon sie sehr materiellen Inhalts war. Da kam Wein und Champagner, Käse, Sardinen, Bonbons heraus. Abgeschickt hatte sie ein Friedrich Starck, Delikatessenhändler in Reval, mit nettem Brief. Dieser Friedrich Starck aber war einst ein armer Estenbube gewesen, den Papa von der Gasse aufgelesen, allerlei lernen lassen und dann als Hausknecht angestellt hatte. Ein ganz armer, aber sehr begabter strebsamer Knabe, hier geschult, immer für sich weiter lernend. Später kam er mit einem griechischen Heiligen zusammen, las mit ihm nächtelang Legenden, wollte heilig werden, wollte sonntags nicht für Papa anspannen usw. Papa steckt ihn gegen jedes Recht einen Tag ins Zuchthaus, um ihn zum Verstand zu bringen, entläßt ihn dann im Frieden und der Bursche tritt anderswo in Dienst. Später wird er Schneider und lebt hier. Plötzlich wird er vollends wahnsinnig, rennt nackt durch die Straßen, schlägt Scheiben ein, zerstört alles. Papa wird gerufen, der Wahnsinnige folgt ihm wie ein Lamm, zieht einen Schlafrock und Stiefel an und wird von ihm am Arm in seine Wohnung geführt, aufs Bett gelegt und festgebunden; nun speit der Unglückliche ihn an, stößt ihm Schere, Bügeleisen, Elle an Gesicht und Kopf, droht ihn zu ermorden und wütet entsetzlich. Papa mutterseelenallein bei ihm. Endlich kommt jemand; Papa gebietet, acht Soldaten zu bringen. Nun wird der Unsinnige geknebelt, in eine Kutsche gesteckt und nach Reval ins Narrenhaus befördert, allwo man ihn nach längerer Zeit als unheilbar entließ.

Papa behandelte ihn dann, während er die schauerlichsten epileptischen Anfälle hatte, und siehe da: Gott tat ein Wunder und heilte den Armen vom Wahnsinn und von der Epilepsie, und gab ihm ein neues Herz und frommen Sinn. Nun wurde er Schneider und schaffte sich immer mehr empor. Neuerdings hat er eine Handlung und schreibt, er schicke hier seinem Wohltäter ein Opfer seiner Erstlinge! Er hat schon zwei Töchter, die als Lehrerinnen ihr Brot verdienen, und läßt die Kleinen gut erziehen, schreibt, die eine nehme sogar Violinstunden. Ihr könnt Euch denken, wie es Vaterchen freute.

Am Montag war Johannes wieder wohl, und wir spazierten allesamt nach Müntenhoff, einem schönen Gut mit viel Wald und romantischen Schluchten, früherem Steinbruch usw. Dort rüstete Vaterle mit unermüdlicher Energie einen schönen Stoß von dürren Ästen, Klötzen und Tannenreisern, und nun ging ein herrliches Feuer los. Ich dachte an mein Vaterle daheim, der auch so gerne Feuerlein machte. Hier kann man darin so frei handeln wie in Indien.

Abends hielt Papa Hesse wieder seine Bibelstunde, und zwar über Psalm 76, ergreifend kindlich, klar und voll Gebet. Seit wir hier sind, ist er zweimal gerufen worden zu Sektionen, das eine Mal zu einem totgeprügelten Esten. Solches wird ihm jetzt im Alter schwer. Im übrigen praktiziert er auf seinem Zimmer ganz frisch und heiter, und die Bauern laufen herzu. Er sagte mir neulich, als wir in seinem Zimmer saßen: »Das ist mein köstliches Zimmer, das hat mir mein Gott so wunderbar geschenkt, es gibt doch nirgends eine geschicktere Doktorsstube. Mag im Salon vor sich gehen was will, die Kranken kommen ungesehen da herein; ich schließe zu und nun geht's los. Ja, dies

Zimmer ist geweiht.« – Ich sagte: »Durch Gebet.« Aber er lächelte freundlich und sagte jovial: »Ha nun, das versteht sich ja am Rand, aber nein, ich meine, durch Hundearbeit ist sie geweiht. Treue Arbeit und unerbittlicher Gehorsam, das ist's, was die rechte Weihe gibt. Hu! Und Gott sei Dank, gearbeitet habe ich diese fünfundvierzig Jahre wie toll!« – Auch heute noch ist's so: schreibt und praktiziert er nicht gerade, so arbeitet er im herrlichsten Aufzug mit hohen Stiefeln und uraltem Hut und abgeschabtem Schlafrock im Garten wie ein Knecht und kommt schweißtriefend, aber voll Dank und Freude über seine lieben Pflanzen wieder heim, macht Toilette und erscheint beim Essen. Nachmittags schläft er immer zwei Stunden, was in diesem Land des Sommerlichts, wo man im Schlafen nachts zu kurz kommt, für alte Leute notwendig ist. Ich lege mich auch oft ein Stündchen hin nach dem Essen, da ich mit Adelchen unruhige Nächte habe und auch ganz unwillkürlich immer spät zu Bett komme, denn das Nachtessen ist erst um neun Uhr, und dann fängt das gemütliche Springspielen im Garten, oder das Musizieren usw. erst an.
Gestern hielt Johannes in der Kirche von sechs bis siebeneinviertel Uhr Bibelstunde, und darauf spazierten wir auf den zwei Werst entfernten Gottesacker hinaus und kamen erst um halb zehn Uhr zum Abendessen heim.
Auf dem Kirchhof war's schön. Die fünf Hesse'schen Gräber beieinander, daneben eine Bank zum Ausruhen unter drei großen Bäumen, die Vaterchen einst selbst gepflanzt hat. Auf dem Heimweg hatten wir das prachtvollste Abendrot rings am Horizont, und Weißenstein mit seiner grünen russischen Kirche, dem weißen lutherischen Kirchturm, den schönen Ruinen und dem Wall, sah in der seltsamen Beleuchtung reizend aus. Wir sangen auf dem ganzen Heimweg Lieder, und Vaterle, der kleine zwischen der großen Mama und dem noch größeren Gustav, schritt so stillfroh dahin, frohbereit zum Sterben und doch auch froh zu leben . . .

Am Dienstag besahen wir das von Vater gegründete Armenhaus, an dem der dicke gute Malz, ein gebildeter Este, ein warmer Christ und Missionsfreund, Hausvater ist. Die freundliche Frau machte uns gleich einen trefflichen Kaffee. Das Töchterlein kam barfuß hereingesprungen, entfernte sich dann aber etwas verlegen. Man sieht beständig barfüßige Esten mit Schuhen in der Hand, denn zum weiteren Gehen ist's ihnen so bequemer. Die Bettler, die herumziehen mit langen Haaren, barfuß, in braunen Kutten mit einem großen Bettelsack, stehen vor die Küche hin und singen in seltsam eintöniger Weise ein Lied oder das Vaterunser und weichen nicht, bis sie abgefüttert werden oder doch etwas in ihren Sack bekommen haben . . .

AN HERMANN IN AMERIKA

Weißenstein, 29. Juli 1876

. . . Johannes ist hier ganz ungemein geliebt und verehrt, sein Eintritt in die Mission war seiner Zeit ein Furore machender Schritt, den die meisten gar nicht begreifen und genug bewundern konnten. Mein Johnny sagt, er habe sich's damals leicht gemacht, denn es sei leichter, nach dem Gewissen leben in neuen Verhältnissen, als in den altgewohnten, wo alles drauf aus ist, Welt und Christentum zu vermengen . . .
Vor allem aber möchte ich Euch, teure Geschwister, unseren goldigen Papa Hesse vorstellen können! Er ist ein wahres Prachtstück und Original, ein kleiner, lebhafter, frischer Mann von vierundsiebzig Jahren, mit einem klaren, leuchtenden, schönen Antlitz, darin der Friede Gottes, die Liebe gegen alle Menschen, die Dankbarkeit und kindliches Glück zu lesen. Wenn er morgens Andacht hält, weiß man oft nicht, ob er liest oder redet oder betet, es fließt so ganz einfach und natürlich eins ins andre über und man wüßte nicht, wann aufstehen, wenn es hier Sitte wäre, zum Gebet sich zu erheben. Man bleibt immer stille dazu sitzen; so ist Papas Montagbibelstunde oft mehr als die Hälfte ein herzinniges Gespräch mit dem

Herrn, das mir ergreifender ist als alle Predigt und Betrachtung. Ein unverwüstlich heiterer Mann ist Vaterchen Hesse, im Scherz sagt er einem oft die bittersten Wahrheiten, und seine erbaulichsten Gespräche sind gewürzt mit originellen Gleichnissen, Ausdrücken und Ausrufen; du, lieber Hermann, hättest eine Herzenslust an ihm. Formelles Wesen, Steifheit, frommes Geschwätz und dergleichen ist ihm grundverhaßt, und er macht da schnell ein Ende. Bei ihm ist der Glaube so recht sein Leben geworden, ich möchte sagen: er leibt und lebt in seinem Heiland. Es strömt nur so still immerfort über, was im Herzen lebt.

Es ist hier alles großartiger, freier und nobler angelegt und eingerichtet als im Schwabenländchen, zugleich auch viel provisorischer und weniger solid und pünktlich. Gerade diese Seite mahnt an das Leben der Europäer in Indien. Im ganzen führen die Leute hier ein behagliches Genußleben und rackern sich nicht ab wie bei uns. Leider fehlt's aber eben deshalb hier so sehr an einer rechten männlichen Jugend; die jungen Adeligen leben und lassen leben und ist ihnen alles sonst einerlei. Vater Hesse sagt als so nett: »Erbarm dich, Kind, ein Baron ist das untauglichste Geschöpf auf Gottes Erdboden, er ist halt Baron und damit fertig.«

Vaterchen erzählt gerne von seinem Vater, der als Kind im Waisenhaus in Lübeck erzogen, später Kaufmann worden – ein Mann voll Geist und Vestand und derbem Witz. Unser Vater hat in Dorpat, Jena und Wien studiert, hält aber sehr wenig auf seine Wissenschaft.

Nach Euren Beschreibungen denke ich mir Euer Village ein wenig wie Weißenstein, bin aber vielleicht damit ganz auf dem Holzweg. Die Straßen sind sehr reinlich, breit und gepflastert, mit Trottoirs, die Häuser alle von Holz und bloß einstöckig, sehr nett und heimelig sehen sie aus; die Leute plaudern im Vorbeigehen durch die Fenster miteinander, jedes Haus hat einen Garten, in dem man Sommers eigentlich lebt.

Vaterchens Garten ist wohl der schönste, eine wahre Pracht von Farben und Duft, besonders jetzt, wo die herrlichen Lilien alle blühen. Der Garten ist sehr groß, hat viele nette, schattige Plätze zum Sitzen, und wir leben von morgens bis abends draußen. Man ißt, arbeitet und spielt da zusammen oder allein. Vaterchen praktiziert ja eigentlich nicht mehr, bloß wenn gerichtliche Fälle vorkommen, und bei den Musterungen muß er als Kreisarzt dabei sein, aber Besuche macht er keine mehr außer in seinem Waisenhaus, wo eben ein Kind am Nervenfieber krank liegt. Die Esten kommen aber vom Land herein immer noch nur zum »alten Doktor«, zu dem sie unbegrenztes Zutrauen haben, und da tut Papa noch viel. Die meiste Zeit aber bringt er in seinem Garten zu, wo jede Pflanze gleichsam sein Kind ist; da arbeitet er unermüdlich und ist glückselig dabei. Neulich rief er: »Ach gottlob, daß ich Unkraut ausjäten darf! Ich böser Mensch hätte ja verdient, im Gefängnis zu sitzen und Wanzen zu zählen.«
Das Haus ist sehr geräumig, hat auch ein oberes Zimmer, in dem die Brüder in den Ferien hausen. Das Leben hier erinnert mich in vielem an Indien, vor allem die Dienerschaft, die andere Sprache spricht und einem andern Volksstamm angehört. Man hat viele Dienstboten, lauter Esten. Adelchen hat ein allerliebstes Mädchen zu ihrer Bedienung und hängt mit Liebe an ihr. Neben dem Hause ist der Hof mit Waschküche, Stall mit zwei Kühen und Remise mit Kutsche. Den Sommer über werden die Kühe ganz auf der Weide gehalten. Morgens vier Uhr bläst der Hirt sein Horn, zieht durch die Straßen und treibt die Kühe hinaus, nachdem sie zuhause gemolken worden. Um elf Uhr kommen sie und werden wieder gemolken, dann wieder zur Weide getrieben. Abends vor neun Uhr kehren sie alle mit ungeheurem Gebrüll nach Hause zurück. Das ist unsres Adelchens Wonnestunde, in unbeschreiblicher Erregung begrüßt sie jubelnd das liebe Vieh und will nicht ins Haus, bis alle die vielen Kühe in ihren verschiedenen Ställen verschwunden sind.

Man lebt hier sehr frei und ungeniert, es besteht ein gar traulicher, herzlicher Verkehr zwischen den Deutschen, und man besucht sich viel. Letzthin wurde ein großes Picknick im Wald veranstaltet, wo alles vergnügt zusammen war; jedermann hat seinen Beitrag gebracht zur allgemeinen Mahlzeit . . .
Du würdest Dich wohl hier über manches wundern, wie es mir auch ging. Zum Beispiel die langen Tage, daß gar nicht Nacht werden will. Dann auch über sonst allerlei, zum Beispiel die Kost. Denke Dir eine zuckersüße Krebssuppe! Denke Dir, daß man zur gestandenen Milch Zucker, Zimt und süßen Rahm tut! Denke Dir, daß man vor oder neben der süßen Suppe auf einem Nebentellerchen Heringe und Käs nascht! Daß man den Salat mit süßem Rahm und Zucker anmacht und dergleichen mehr. Herrlich ist's, daß man hier so viel Erdbeeren und Himbeeren kriegt. Man verspeist sie tellerweise mit Zucker und Rahm, ganz ausgezeichnet. Die Russen trinken viel guten Tee und haben dazu besondere Maschinen, diese fehlen auf keinem Tisch. Die echten Russen schleppen sogar oft diesen sogenannten Samowar am Allerseelentag auf ihre Gräber und machen dort den Abgeschiedenen Tee und legen Backwerk dazu, wie in Afrika man den Dämonen Eier opfert usw.
Hier in Weißenstein ist auch eine schöne, grüne, russische Kirche und ein Pope, der aber mit Andersgläubigen in geselligem Verkehr lebt und zum Beispiel neulich meine zwei jüngsten Schwäger zu Tanz und Schmaus auf seiner Frau Namenstag zu sich einlud. Die Esten laufen recht komisch und lumpig daher mit langen Schlafröcken und oft mit Lumpen und Leder um die Füße gebunden statt der Schuhe. Die Männer tragen langes Haar, die Frauen haben eine hohe, steife, bunte Mütze auf dem Kopf, die Mädchen meist ein Tuch. Sie lieben helle Zitzkleider mit bunten Streifen auf dem Rock; sie sind meist blond mit blauen Augen, die Kinder sehen herzig aus. Das Deutsch eines Esten ist zum Kranklachen. Von Artikeln ohnehin keine Rede, die Ausdrücke zu drollig, dazu heftige Bewegungen der Arme.

Adelchen ist sehr gefeiert hier und ich fürchte oft, sie werde verwöhnt. Wie wird sie wohl den teuren Großvater in Calw anlachen! Nun behüt Euch unser lieber Herr, ihr teuren Geschwister! In Ihm wollen wir bleiben, Er ist unser Leben, und ohne Ihn wär's nirgends schön, mit Ihm überall, auch in Amerika, Calw, Mangalur und in Estland.

AN DIE ELTERN

Weißenstein, 15. August 1876

. . . Am Sonnabend nahm mich der Pastor nachmittags mit, als er auf ein estnisches Dorf zu einer Kranken hinausfuhr. Der Weg war sehr nett, teils durch Wald und dann durch langes, weites Moosmoor führend, wo nur Zwergtännchen, Heidekraut, Blaubeeren und dergleichen wachsen, wir sahen Rebhühner und anderes wildes Geflügel, auch Kraniche ließen sich hören. An ganz miserablen Estenhäuschen kamen wir vorbei, besahen aber auch ein behagliches »Wirtshaus«, was hier keine Schenke bedeutet, sondern ein Bauernhaus. Der vermögliche Pächter heißt »Wirt«, der bloße Taglöhner heißt »Lostreiber«. Unsere Kranke gehörte zur letzteren Klasse von Leuten, doch gehört ein kleines Stückchen Feld zur kleinen, aber sauber gehaltenen Hütte, die sie bewohnte. Die sechsundachtzigjährige Alte wollte das heilige Abendmahl empfangen. Ich wartete draußen, bis der Pastor seine Sache mit ihr abgemacht hatte, und trat dann ein. Es war so eine gewöhnliche rußige Rauchstube, und das Vieh im Nebengemach, aber alles war rein und ordentlich. Die Alte von Kopf zu Fuß rein gebadet vor dem heiligen Akte, und ihre Tochter in ein nagelneues, rauschendes, sehr helles Zitzkleid gehüllt, was bei den bloßen Füßen und der schwarzen Wand frappant aussah. Es fällt mir hier überhaupt auf, wie beliebt die hellen Kleider sind, sogar bei den Mägden, die doch schmutzige Arbeiten verrichten müssen. Vor dem Abendmahl fastet der brave Este und badet sich am ganzen Leib, mag er noch so krank, ja dem Tode nahe sein. Von der

Decke des Zimmers herab neigte sich ein langer Holzstecken, an dessen unterem Ende ein Geflechte angehängt war, in dem ein Kindlein eingewiegt wurde. Ein anderes lag vor dem Haus auf dem niedern Bauernwagen schlafend in der Sonnenglut. Die Kranke saß auf ihrem niedern Bett und bedeckte des Pastors beide Hände mit Küssen.

Auf dem Rückweg erzählte mir der Pastor, daß diese Alte eine Enkelin in Reval habe, eine Diakonissin. Wir begegneten einem wohlhabenden »Wirt«, der, wie ich hörte, Tausende von Rubeln in der Bank liegen hat. Diese Esten kommen jetzt sehr empor und werden reich. Aber es ist kurios, wie häßlich und dumm die meisten aussehen. Auch auf dem großen Schulfest, das ich Sonntagabend in Peterhoff mitmachte, war kaum hie und da ein halbwegs intelligentes Gesicht zu sehen; die Kinder sahen größtenteils häßlich, stumpf und ungesund aus, und doch waren das die allerbesten Schüler und Schülerinnen, die aus den zwanzig Schulen des Kirchspiels gesammelt worden waren, um ihre Preise zu erhalten. Baron Stackelberg von Röal nahm mich mit dorthin. Seine Frau, Tante Catty und Welly waren auch dabei, so daß wir zu Fünf im großen Staatswagen anfuhren.

Peterhoff ist ein Gut, allerliebst gelegten, mitten im Tannenwald. Auf dem Weg dahin war alles voll Volks, und auf beiden Seiten der Straße durch den Wald, nah beim Gut, war eine vollständige Wagenburg, denn die Bauern waren massenweise en famille angefahren, und rechts und links des Wegs unter den grünen Tannen standen dicht aneinander Wagen um Wagen, Pferde um Pferde. Auf einem freien Rasenplatz waren Bänke angebracht, und hier lagerten sich die Esten. Hier eine Reihe scherzender, buntgekleideter Mädchen, dort ein Schwarm viel stillerer Burschen, die den ersteren geflissentlich den Rücken zuwandten. Die Esten trennen die Geschlechter immer, und wenn sie lustig sind, tanzt Mann mit Mann und Weib mit Weib. Gar drollige Aufzüge sah man da: die hohe estnische

Mütze, herrlich geziert, mit buntseidenem Tuch noch drüber geworfen, dazu etwa ein himmelblaues Wollmusselinkleid, mit schwarzem Samt reich verziert, die Füße nackt, aber ein Paar funkelnagelneue Stiefel am Arm hängen! Es flimmerte und schimmerte in allen Regenbogenfarben und erinnerte mich an meine Sindhis. Wohl über tausend Esten, alt und jung, waren dort versammelt, das Gedräng war zeitenweise fast erdrückend, bis als wieder einer der jungen Barone mit einem großen Stecken in der Hand Platz für die »Saxa« eroberte. Es waren wohl zwischen vierzig bis fünfzig Gutsherren mi ihren Familien und etwaigen Besuchen, alles adliges Blut. Die zwei alten Damen von Peterhoff hatten ihr wundernettes Haus mit Garten für uns bereit. Im Vorhof aber bewegte sich die bunte Kindermenge, von denen die hundertundzwanzig besten Schüler abgespeist wurden. Auf langem Brettertisch standen je eine irdene Schüssel Hafergrütze und ein Holzkübelchen gestandener Milch. Auf beiden Seiten dieser improvisierten Tafel standen die hungrigen Kinder, jedes mit einem Holzlöffel bewaffnet, den sie zuerst mit der Grütze halb füllten und dann noch in die saure Milch steckten, ehe sie ihn zum Munde führten. Immer mußten wieder die Schüsseln und Kübel gefüllt werden, man hatte gesunden Appetit für diese Lieblingsspeise. Die Herren Lehrer aber – von denen die meisten recht ländlich aussahen – wurden in einem der »Outhouses« mit Suppe und Fleisch, Kaffee und Kuchen traktiert.

Wir arme noble Schlucker mußten bis halb acht Uhr warten, ehe wir unseren Tee bekamen, aber dann war's auch flott und reichlich und wundernett im Freien; es fehlte nicht an Kuchen und Torten und Braten, Krebsen, Hühnern, Kartoffeln und weiß was Gutem.

Das ganze Fest war von dem Baron von Baranoff, dem Besitzer des schönen Gutes Allenküll, veranstaltet, der Schuldirektor des Kirchspiels ist und sehr viel für seine Esten tut. Die beste Szene war, wie die Kinder ihre Preise erhielten. Ein Knabe, der mit Furcht und Zittern herantrat, und bei dem ich fast den Angstschweiß ausbrechen sah, wurde ganz unbeschreiblich glücklich durch eine hellgrüne Kappe und ein Messer! Es war rührend zu sehen, wie sein Gesicht sich veränderte, und mit welcher Glut er dem gestrengen Herrn beide Hände abküßte. Ein anderer sollte auch eine grüne Mütze bekommen, da sie ihm aber zu klein war, kriegte er eine braune. Er heulte fast. Die Mädchen bekamen auch allerlei Nettes: Schürzen, Jacken, Arbeitsbeutel, Nähschächtelein usw. Von jedem Gut waren Preise gebracht worden, sowie auch ein Beitrag zum allgemeinen Essen. Eine Dame hatte auch etliche estnische Testamente mitgebracht; es gefiel mir sehr, wie sie mit ihrem Schulmeister so freundlich sprach und die Kinder mit Namen kannte. Es war das ein sehr seltener Fall. Die wenigsten wußten etwas von ihrer Schule, viele kannten ihren Schulmeister nicht einmal! Dagegen lernte ich auch eine Dame kennen, die die Kinder auf dem Gute ihrer Schwester selbst unterrichtet. – Es wurden allerlei nette und auch dumme Spiele gemacht, Wettrennen, Ringen, und die Kinder und Lehrer sangen recht schön und korrekt.

Es wurde nachts elf Uhr, bis wir wieder in Röal ankamen, und so übernachtete ich dort. Am folgenden Morgen begleiteten mich die lieben Leute zu Fuß, und Johnny kam mir entgegen. Er hatte an diesem Sonntag seine estnische Missionsstunde gehalten, und die Kirche war zum Ersticken voll, die Hitze sei entsetzlich gewesen. Die guten Bauern opferten doch fünfzehn Rubel, und nachher brachte ein ganz armes Weib noch etliche Kopeken extra, und eine andere Frau trug Butter her für Johnny und einen Rubel für Basel.

Vaterchen hat sich so schön rasiert, und wie ich ihn komplimentierte, er glänze vor Schönheit, so sagte er fröhlich: »Ja, da siehst du, wie's im Himmel sein wird, wenn all der Erdenschmutz und Wirrwarr rein wegrasiert ist. Ei, da werden wir schön sein, der tausend! Da freu ich mich drauf!«

AN DIE ELTERN

Weißenstein, 20. August 1876

Am Freitag war ein russischer Feiertag, und so gingen wir vormittags in die hübsche russische Kirche, wo wunderschön harmonisches Singen (Chanting), Lichterbrennen, prunkvoller Anzug des Popen und endloses Verbeugen, Niederfallen und Sich-Bekreuzen der wenigen Anwesenden. Wir sahen, wie die Äpfel geweiht wurden; sie lagen auf einem kleinen, tragbaren Altärchen, das vor den Priester getragen wurde. Er lief das Rauchfaß schwenkend drum herum, breitete dann die Hände segnend drüber, betete und besprengte mit Weihwasser. Nun sind die Äpfel (deren es heuer hier wenige gibt) geweiht, und die Ruhr zeigt sich sofort, denn die Äpfel sind nun allgemein eßbar, mögen sie noch so unreif sein.

Auch das heilige Abendmahl wurde zwei Damen ausgeteilt, und zwar mit dem Löffel, das eingeweichte Brot im Wein. Nachher traten sie noch zum Küster, empfingen das übrige Brötchen und einen Schluck Wein, und legten gleich das Geld hin. Das ganze aber war sehr feierlich. Ein Feldwebel kam herein, legte auf den Nebentisch (wo der Kassier steht und all die Opferbüchsen und der Kerzenvorrat) ein Geldstück und ließ sich herausgeben. Er hatte drei Kerzen verlangt, die nun vor dem Erzengel Gabriel angezündet wurden. Als wir dann abends auf dem Moor draußen die Soldaten exerzieren sahen und hörten, der General sei zur Visitation gekommen (für die hiesigen fünfundzwanzig Mann), errieten wir leicht, warum der Feldwebel so fromm gewesen. Als nun der Küster mit dem Klingelbeutel anhub herumzulaufen (in den russischen Kirchen sind nirgends Sitze, alles steht oder liegt zu Boden), sahen wir, wie zwei sich eiligst aus dem Staub machten, aber später zum Segen wieder hereintraten. Ich hatte zum Glück ein Zwanzig-Kopeken-Stück in der Tasche und opferte das für uns alle. Johannes konnte es aber kaum verschmerzen.

TAGEBUCH

Den 25. August 1876

Vaterchen sagt u. a.: Das ist das Famose, daß der alte Feind, der Strundkerl, der Tod, jetzt noch mein guter Freund geworden ist, auf den ich alle Tage mit Freuden warte. Ich bin ein glücklicher Mensch gewesen mein Leben lang, die Reise war gut, aber das Heimkommen bleibt das beste. Oh, was wird das Heimkommen sein! Der Tod ist gar nichts Böses. Er ist zwar Fluch und Strafe, aber es ist mit ihm wie mit der Arbeit und dem Kinderkriegen: Der Fluch ist in Segen verkehrt. Wir fürchten ihn jetzt nicht mehr, wir haben ihn gerne. Die Sache ist die: durch den Tod wird alles liquidiert, da kommt alles zum Frieden. Ich habe zwei Frauen und liebliche Kinder und teure Freunde durch den Tod verloren, aber es kam jedesmal ein besonderer Segen drauf. Dann sprach er davon, wie manche jung sein möchten und andere wünschen alt zu sein und bald zu sterben, und es sei alles Unsinn, beides gleich dumm: »Der jetzige Augenblick, das Heute, das Jetzt, da steckt der Segen drin, pack's, greif zu mit beiden Händen, was Gott heute gibt, und mach du dir keine närrischen Grillen über dies oder das wünschen, es wäre nicht halb so gut, wenn's nach deinem Wunsch ginge, als es jetzt ist.«

TAGEBUCH

[*nach der Rückkehr nach Calw*]

Den 6. September 1876

Karl meinte heute früh, als ich übers Essen mit Kathrine[1] beriet: »Wir können ja einmal probieren, vom Wort Gottes zu leben, wie der Moses, der auf dem Berg so lange nichts gegessen.«

Den 26. Januar 1877

Wir haben heute etwas Neues angefangen: das Frühaufstehen! und tranken um sieben Uhr bei Lampenschein Kaffee. Wir wa-

1 Dienstmädchen, auch »Dadi« geheißen.

ren trotz allem guten Willen ins Faulenzen geraten und schämten und ärgerten uns beständig. Jetzt weckt uns der Wecker unerbittlich um halb sechs Uhr; Johnny und ich lesen unsere zwei alttestamentlichen Kapitel vor dem Frühstück und beten zusammen, ich wecke Kathrine und kleide die Kinder an, während mein Johnny hebräisch studiert in Charles' durchschossener Bibel.

Mittwoch, 7. Februar 1877

... Karl sagt: »Ja, ich darf mein Vaterland wohl lieb haben, ich verdanke ihm ja so viel!« – »Was?« – »Wenn Preußen nicht so wacker gekämpft hätte, hätten mich im Krieg die Franzosen ganz sicher mit fortgeschleppt oder geköpft!« Er meint auch: »Mein Leib gehört dem Kaiser, die Seele Gott.«

Den 15. Februar 1877

Köstlich sprach Vaterle (Gundert) vom neuen Namen, den Er uns – jedem einzeln – geben wird, ein Meisterstück Gottes grammatikalisch und lexikalisch, ein Name, worin alles enthalten ist, was wir auf Erden waren, erlebten und durch Gottes Gnade geworden sind; ein Name, so alles fassend, so erschütternd passend, daß beim bloßen Nennen-hören desselben uns alles Vergangene und Vergessene, das ganze Rätsel unseres Lebens, all das uns Verborgene und Unverständliche unseres eigenen Wesens und Seins plötzlich vom Ewigkeitslicht beleuchtet – klar vor die Seele treten wird.

Bei dieser Gelegenheit ward mir's so eindrücklich, daß ich Väterchen tiefinnigst verstehe. Während seine gleichsam leicht hingeworfenen Worte wie ein Schatz puren Goldes für mich waren, ja wie das Eröffnen neuer Paradiesespforten, staunte ich, wie kühl und prosaisch andere darüber sprachen und sogar fragten: ja, was denn so ein neuer Name uns nütze? Aber es freute mich, daß mein Johnny und Helfer Häring es auch mitfühlten, und letzterer mit einem kurzen Worte so ganz dieselbe

Saite anschlug. – Gott, was wird sein, wenn einst die Zunge nimmer stammelt, sondern in Himmelssprache frei und schön im neuen Liede jubeln kann Gedanken und Dinge, deren bloße Ahnung hienieden das schwache, irdische Herz fast erdrückt, den Kopf schwindeln macht.

Den 25. März 1877

Herr Lehrer St. erzählt, wie er an Karl Freude gehabt, der immer die besten Antworten gab, die von wirklichem tiefem Nachdenken zeugten. Zu uns sagte der kleine Philosoph kürzlich: »Es ist doch kurios, daß Gott betrübt ist über die Sünde, denn wenn er allmächtig ist, darf er sie ja nur kurzweg zur Welt hinauskommandieren.« – Unsere Antwort vom freien Willen und Wahl zwischen Bös und Gut, die Gott jedem lasse, befriedigten ihn nicht: »Ei, er soll ihnen halt guten Willen geben, dann hätte er keine Mörder und bösen Leute mehr auf der Erde.« – Theodor ist gerade recht frisch und gesund und sagt, er fühle sich so leicht und glücklich, es sei ihm, als »müßte etwas besonders Schönes und Gutes kommen«!

Den 3. Juni 1877

Mit dem 1. Juni ist herrliches Sommerwetter eingekehrt. Johnny sucht seine indischen weißen Anzüge hervor und sitzt nachmittags gern mit seinen Büchern im Freien in den Anlagen. Unser Gnadenkind Adele ist lieblich wie ein Sommerblümelein, holt ungerufen Papa und den Brüdern die »Toffele«, sobald sie heimkommen, und trägt ihre Stiefel in die Küche. Sie singt und plaudert den ganzen Tag mit ihrem hellen Stimmchen und ist unsere Wonne. Heute sagt sie: »Ich krieg e Westerle, bald, bald!« und lacht so froh und schelmisch. Befragt, wer ihr das versprochen, sagt sie: »Thodobruderle«. Es scheint, das Geheimnis ist verraten! Ich habe es sehr schwer jetzt, viele Beschwerden, oft große Schmerzen; wenn's nicht Zwillinge sind, kann ich's nicht begreifen!

Unser Karl lernt jetzt brav Latein und ist ein Erz-Pechvogel, aber treuherzig und anhänglich. Letzthin sieht er ein Blechschüsselchen in der Küche blankgeputzt und fragt: »Gelt, Kathrine, das ist echt Silber und viel wert?« Kathrine verneint lachend, es sei nur Blech. »Aber Kathrine, es muß Silber sein, denn in meiner Fibel steht: ›Die Gefäße und Schüsseln der Reichen sind von Silber und Gold‹, und weißt, die Buben sagen, wir seien reich!« Unseliger Wahn! Die Bettelleute meinen's freilich, und heute sagte der Dennjächter Bettelfreund unverhohlen: »Sie spüren's nicht, Sie sind ja reich!« Doch ist gerade große Ebbe in unserer Kasse, und ich sehe nicht hinaus.
Sonntags, 24., predigte Vater in Stammheim, und Johnny hielt die Stunde in Hirsau; kam todmüde heim. Fast stündlich wartete ich auf das Ereignis, das mir immer banger und drohender vor der Seele steht. Adelchen versüßt mir die Zeit, ja so ein Kind ist alles wert, und ich will gerne Qualen dulden, wenn Gott so liebliche Frucht schenkt! – Karl hat im Steinhaus eine Hand voll dürres Obst bekommen, da sagt er mir: »Gesät hab ich nicht mit Tränen; nein, das hab ich nicht getan; aber geerntet hab ich doch mit Freuden!«

Am Montag, 2. Juli 1877, nach schwerem Tag, schenkt Gott in seiner Gnade abends halb sieben Uhr das heiß ersehnte Kind, unsern Hermann, ein sehr großes, schweres, schönes Kind, das gleich Hunger hat, die hellen, blauen Augen nach der Helle dreht und den Kopf selbständig dem Licht zuwendet, ein Prachtexemplar von einem gesunden, kräftigen Bursche. Heute, 20. Juli, nach achtzehn Tagen, schreibe ich dies. Bin wieder fast den ganzen Tag auf, nur noch sehr schwach und steif in den Beinen. Der Kleine ist sehr brav, kommt bloß einmal nachts und schläft bei Tag sechs Stunden in einem Strich. Johnny ist so glücklich mit seinem Sohn, und die drei Kinder jubeln übers Brüderlein. Adele ruft immer: »Mein gehört's!« und will nur gar zu zärtlich sein. Oft brachte sie mir die Pantoffeln ans Bett und bat flehentlich: »Mama, steh auf! Zieh Kleidle an! Mit

Das Geburtshaus Hermann Hesses am Marktplatz in Calw

Adele zusammen spielen!« Welche Freude, als ich dann am elften Tage ein Stündchen auf war!

Den 15. August 1877

Unser Karl übt sich im Marschieren und im Frühaufstehen; gestern und heute war er schon morgens fünf Uhr spazieren gegangen! Neulich sagt er sehr ernsthaft zu Großpapa: »Guck emal meim Brüderle ganz fest in die Augen, ob du drin lesen kannst, was aus ihm wird!«

Am 13. Oktober 1877 kam unser lieber Karl von seiner fünfwöchigen Vakanz in Heilbronn zurück, und wir waren überglücklich, wieder alle vereinigt zu sein. Nun habe ich meine vier Kinder, o welch kostbarer Schatz! Karl hatte uns mehrmals nette Briefe geschrieben, er hatte recht unter Heimweh gelitten und war nun so glückselig, daheim zu sein, daß er seinen Ranzen, sein Bettchen usw. umarmte und küßte und einen Luftsprung nach dem andern machte. So nach und nach hörten wir von ihm allerlei, daß er von den Buben in Heilbronn der »Siebenrattenteufel« genannt und vom Mariele St. schrecklich geplagt worden sei; er habe sie aber auch beständig geneckt. Als er sah, daß das prächtige Obst alles gemostet wurde, bat er den Professor, ob er nicht von den besten Birnen eine Anzahl retten dürfe, und packte dann sein Kofferchen ganz voll damit. Als man ihn zu irgend einem Geschäft rief, antwortete er kurz: »Zu dem ich bin nicht nach Heilbronn gekommen!« und dergleichen Geschichtlein noch manche, so daß sie ihn dort für einen »Eigenbraidler« erklärten. Er hat »drei große Errungenschaften« von jenem Aufenthalt zu rühmen: erstens habe er gelernt, daß das Bier ein edles Getränk sei; zweitens Stiefelputzen; drittens mit geschlossenem Munde essen! An den Geschwistern hat er solche Herzensfreude, daß es rührend anzusehen ist. Er behauptet: »Man könnte über den Hermannle ebensogut ein Lied singen als übers Vöglein im hohen Baum, denn der ist doch noch viel reizender.« . . .

Karl gibt sich nun selbst »Privatstunden« im Latein, und ist unermüdlich im Lernen, dabei aber entsetzlich mager. – Theodor liebt Turnen, Singen, Geigen, das Lernen aber kann ihm »gestohlen« werden . . . Unser Karl bittet mich neulich abends um ein »großes Heft«; er wolle das Neue Testament ins Latein übersetzen. Als wir sagten, das könne er nicht, es sei viel zu schwer, antwortete er getrost: »Der Luther hat's doch auch ins Deutsche übersetzen können«, und so ruhte er nicht, bis er an jenem Abend sechs Verse vom Evangelium Johannes übersetzt hatte, trotzdem er keine Hilfe als seine Schulgrammatik hatte und auf allerlei Schwierigkeiten stieß.

April 1878

Hermannle klettert verwegen auf Trippel, Bänkchen und Tischchen herum und gibt den Engelein Arbeit, ihn zu hüten, denn mir ist er zu flink und mächtig.

Am 14. Juli, morgens dreiviertel acht Uhr, schenkte uns Gott unseren teuren Paul, der seinen Namen verdient, da er kleiner und zarter ist als alle meine andern Kinder, einen Monat zu früh geboren, doch ganz gesund und reif, gottlob!

Am 13. Dezember erschreckte Paulchen mich durch Husten, Schnupfen und schweres Atmen. Der Schleim blieb auf der Brust stecken, die Nächte waren sehr schwer. Vergeblich probierte der Arzt verschiedenes, auch am Montagabend (16.) noch das Wickeln. Das teure Kind litt viel und blickte mich mit seinen wunderbar leuchtenden blauen Augen flehentlich an. O mein Paul! Seine Patin kam am Montagabend noch spät zu uns, Großvaterle war auch da, und wir beteten zusammen. Ich fühlte von Anfang an, daß der Herr unsern kleinen Liebling holen wollte. Dienstag, 17. Dezember, nachmittags drei Uhr, entschlief er sanft auf meinem Schoß. Unsere andern Kinder waren sehr bewegt. Als Karl von der Schule heimkam, trat er ans

Totenbettchen und weinte zum Herzbrechen. Adelchen sagte, die Engelein, die ihren Paul geholt, seien nicht lieb; Brüderle sei gewiß nicht so gerne bei den Engele im Himmel als bei ihr und Hermannle.

1879

Seit Paulchens Tod war ich viel unwohl und angegriffen ... Kaum konnte ich wieder auf sein und ausgehen, so brach mein kleiner Hermann – am 11. Februar – sein rechtes Ärmlein, ohne Fall, bloß durch ungeschickte, gewaltsame Bewegung[1]. Sechs Wochen lang mußte er ihn im Wasserglasverband haben. Gottlob, es ging sehr gut vorüber, doch war es eine schwere Zeit und harte Schule, den unglaublich lebhaften und verwegenen Jungen zu hüten. Noch trug er den Arm im Verband, als unser Karlemann – 11. März – die Treppe hinunterfiel und sich den linken Ellbogen auseinanderfiel. Noch im April konnte er den Arm nicht strecken. Die Hilflosigkeit des unpraktischen Buben war lächerlich, ich hatte ein Baby weiter zu versorgen.

Am 15. April begaben sich die Knaben – Theodor[2] war in der Ostervakanz da – mit Werkzeug und Gießkanne aufs »Christgärtlein« und pflanzten da Vergißmeinnicht, konnten sonst nichts tun, da das Grab noch eingesunken. Gar viel reden sie und die Kleinen noch vom sel'gen Paulchen, sein liebliches Lächeln, seine strahlenden Blauäuglein schweben mir immer vor der Seele. Ob mir je wieder ein Kindlein so zulächelt? Mein Johnny ist elend und melancholisch, und mit tiefer Demut erkenne ich, daß ich ihn nicht glücklich machen kann mit all meiner Liebe. Herr, nur du selbst kannst das, o tue es doch!

Am 6. August 1879, erst morgens halb sechs Uhr, nach furchtbarer Gewitter- und Schmerzensnacht, kommt unsere teure Gertrud zur Welt. Ein rundes, kräftiges, allerliebstes Geschöpfchen, vom ersten Anfang an freundlich, ruhig, heiter. Dieses

1 Er suchte sich von der Hand des Dienstmädchens loszureißen.

2 Der jetzt in Heilbronn das Gymnasium besuchte.

Mal probierte ich das Stillen gar nicht und dem dicken Speckbröckelein ging doch nichts ab. Die Freude der Geschwister war rührend.

Schon am 15. Oktober fiel Schnee, einen Monat später fuhren die Kinder schon mit Jubel Schlitten. Ein furchtbar kalter, strenger aber klarer Winter herrschte heuer. Als Gertrudchen einmal Anfang Dezember nicht ganz wohl war, schrie Karl erschreckt: «Oh, macht nur schnell Weihnachten, damit das Schwesterlein noch den Christbaum sieht!« Die Angst, sie könnte auch wie Paulchen mit fünf Monaten sterben, war bei Thodo und Karl fest eingewurzelt, so daß, als sie am 8. Januar 1880 an Katarrh erkrankte, die Kinder oft zusammen sagten: »Wenn sie diesen Monat überlebt, ist's gut, dann stirbt sie nicht.« Aber wer dachte denn gleich ans Sterben? Fremde nicht. Die staunten immer ob dem runden, fröhlich lächelnden, köstlichen Kind mit den roten Bäckchen, dem kleinen, reizenden Mund, den strahlenden Augen, die anfangs blau schienen, später braun wurden. Großvaterle hieß sie »ma belle«. Oh, sie war ja so schön: es lag ein liebender, dankbarer, zufriedener Ausdruck in den netten Zügen, der jedermann anzog. Wie glücklich und reich fühlte ich mich mit zwei Töchtern! Hermännle entwickelt sich sehr rasch, erkennt alle Bilder sofort, ob sie aus China, Afrika oder Indien, und ist sehr klug und unterhaltend, aber sein Eigensinn und Trotz ist oft geradezu großartig.

Am 8. Januar 1880 riefen wir den Arzt zu unserer Gertrud, er sagte wie einst bei Paul: »Viel Schleim auf der Brust!« Zwar schien es bald besser, aber der Arzt nahm's gleich ernst. Es schwankte zwischen besser und weniger ordentlich, bis am 24. Januar Husten und Atemnot entsetzlich wurden und das Fieber zu 168 Pulsschlägen stieg. Drei Wochen lang kam de Arzt täglich zweimal. Tag und Nacht wachten wir, die Furcht und Hoffnung kämpften immer, doch lernten wir sagen: Dein Wille geschehe . . . Als die Krankheit sich wochenlang hinzog, hofften wir wieder mehr, und der Arzt hoffte auch; er hatte ähnliche Fälle gehabt, wo nach zwei bis drei Monaten Genesung eingetreten war ... In der Nacht vom achtzehnten zum neunzehnten März schrie ich in Qualen zu Gott. Das Kreuz, das Er mir geschickt, ist jetzt Nierenstein. Ich denke an Hiob, wie da der Teufel sagt: »Rühre nur erst sein Fleisch an!« Ja, ich merke, es gibt noch neue Arten von Kreuz zu tragen. So soll mir denn dies ein gesegneter Eingang in die stille Karwoche sein: Herr, lehre mich etwas von der seligen Gemeinschaft Deiner Leiden; zieh mich nur zu Dir! ...

Bei meiner Heimkunft von einem Besuch in Stuttgart traf ich meine kleine Gertrud viel weniger wohl. Zwar lächelte sie mich innig an und schien sich zu freuen, daß Mama wieder da. Ach! Es war ihr letztes, allerletztes Lächeln an jenem Mittwoch, 25. März, denn jetzt ging's rasch bergab, eine Lungenentzündung war im Anzug und erschöpfte schnell die übrigen Kräfte des schon so lange leidenden Kindes! Aber ich hoffte, Gott werde nun noch einmal ein Wunder tun, ja, ich hoffte bis zur letzten bangen Todesnacht, denn das Kind war uns bisher so wunderbar erhalten worden. Sogar die treue Dadi will's nicht glauben, wie ich endlich Dienstag, 31. März, ganz klar in der letzten Viertelstunde rufe: »Gertrud ist am Sterben, wecke meinen Mann!« Ja, es war so, sie stöhnte noch ein wenig und dann um elf dreiviertel nachts war's aus. Herr, in deine Hände lege ich mein herzliebes Kind! Theodor war an jenem Mittwoch in der Karwoche mit mir heimgekehrt. Am Osterdienstag, nachts, starb unser Herzchen. Die Kinder waren tiefbetrübt; aber bei den zwei Kleinen war bald die Freude groß über den schönen Blumen und Kränzen, die das Bettlein wie zum Frühlingsgarten verwandelten. Wir durften von überall her viel warme Teilnahme erfahren. Hermannle sprang immer wieder zum »Engele« hinein und sagte: »Übers Jahr will ich dann zum lieben Heiland!« Adelchen sagte: »Papa, wenn ich jetzt auch sterben täte, hättest bloß noch drei böse Buben.« Am

2. April war die Beerdigung, Großvaterle betete aus vollstem Herzen. Eine für ihr Kind trauernde Mutter sagte nachher, so habe sie noch nichts getröstet und gestärkt, als dieses Begräbnis. Ja, gottlob, trotz des großen Schmerzes konnten wir alle Gott noch danken für soviel, das er an dem Kind und durch es uns getan. Am Abend im Bettchen rief Adele: »Bring mir tapfer ein Sacktüchlein, ich muß so weinen wegen der Gertrud. Jetzt hat man sie so tief unter den Boden gelegt.« Unseren Hermann hatte Frau Helfer während der Beerdigung bei sich, als er heimkam, sprang er sofort aufs leere Bettchen los und rief darauf lustig hinklopfend: »So, Gertrudle, bist jetzt vollends zum liebe Heiland gange?«

NACHTWACHE BEI GERTRUD

30. bis 31. Januar 1880

So wie die Blum' vom Tau sich tränkt,
der ihr herab vom Himmel fließt,
so, Jesu süß, in Dich versenkt,
mein Herze Honigseim genießt.
O Schönster, den kein Auge schaut
in seiner reinen Herrlichkeit,
ich beuge mich als Deine Braut
in Demut und voll Seligkeit.

Was Du mir bist, wer spricht es aus?
Was Du mir gibst, wer kann's verstehn?
In Dir fand meine Seel ihr Haus,
drin sie sich fröhlich kann ergehn.
Kein Mangel ewig herrschet hier,
nein, lauter Fülle, Reichtum, Pracht,
hier winken alle Schätze ihr,
die je ein Menschengeist erdacht.

Hier ruht sie aus, hier atmet sie
des Paradieses reine Luft,
vergißt der Erde Sorg' und Müh',
steigt hoch ans Licht aus düstrer Gruft.
Hier trinkt sie an dem Strom sich satt,
der – ew'ge Liebe – Dir entquoll,
und war sie vorher kalt und matt,
wird jetzt sie Deines Feuers voll.

Und wenn ich einst Dein Angesicht,
glorreicher Jesu, dort darf sehn,
dann werd ich erst im vollen Licht
all Deine Wege recht verstehn:
Was mich als Kreuz oft schwer bedrückt,
was ich als Rute hier empfand,
dafür werd ich dann hochbeglückt
Dir dankend küssen, Herr, die Hand.

Drum leg ich mich in Deinen Arm
und warte still, wie der mich trägt.
Ich weiß ja, daß Dein liebewarm
mitleidig Herz nur Gutes hegt.
O selig, so geborgen sein!
O köstlich, daß solch Los mir fiel:
Herr Jesu Christ, Du ganz allein
bist meines Lebens Zweck und Ziel.

TAGEBUCH

Den 13. August 1880

Hermann steckt einen eisernen Nagel in den Mund, Adele springt herzu, reißt den Nagel heraus und ruft: »Ja, ja! Wenn du au voll sterbe tätst! Meinst denn, i woll's Kleinste sein, und alle unsre ganz Kleinen tot?« Hermann sagt: »Des macht nix! Wenn i ins Gräble runter sterb, so nemm i halt a paar Bilderbücher mit!«

Nach schweren Tagen und bangen Nächten erschien endlich, endlich – da mir schier die Seele ausgehen wollte – Mariechen, mein süßes Kind, Samstag, 27. November, abends zehn Uhr, von Vater und Großvater sofort begrüßt. Die Kleine schlief viel und gut; nach zwei sehr schmerzensreichen Tagen erholte ich mich merkwürdig rasch.

Hermännle ist unbeschreiblich lebhaft und intelligent, dabei leidet er an großer Heftigkeit. Adele ist so viel leichter zu erziehen und erfreut mein Herz.

BASEL

Im Frühjahr 1881 wurde Johannes Hesse als Herausgeber des Missionsmagazins nach Basel berufen; daneben sollte er am Missionshaus Unterricht geben, u. a. auch in deutscher Sprache und Literatur. Am 6. April 1881 fand der Umzug von Calw statt. Die Wohnung lag vor der Stadt, am jetzigen Spalenring, nicht weit von Maries ehemaliger Jugendheimat Gundeldingen. Die Erinnerung an diese glückliche Zeit, in der beide Eltern Hesse im Verkehr mit den heranwachsenden Kindern ihre mannigfachen Spiel- und Erzählertalente entfalten konnten, ist in Hermann Hesses »Hermann Lauscher« festgehalten.

TAGEBUCH

Basel, Ende April 1881

Die Kinder freuen sich sehr der netten Wohnung, ländlichen Umgebung, des Gartens und Hofs, wo sie sich fleißig tummeln. Bei einem großen Baum im Missionshausgarten schreit Hermann: »Au! An dem bliebe der Absalom mit seinem Haar gewiß auch hängen!«...

Hermann geht in die Kinderschule, sein heftiges Temperament macht uns viel Not. Dabei ist er so drollig und oft so zart und lieb, er liegt mir sehr am Herzen. Neulich sagt er: »Möcht nur wissen, wie man aus Öl eppis werden kann!« Und als ich fragte, wie er's meine, hieß die Antwort: »Ha, der Samuel hat den David mit Öl zum König gemacht, aber jetzt kann doch Öl mich nicht zum König machen!« ... Ein andermal begraben wir eine Maus im Garten, und dann machte er daneben ein ungeheures Loch: »für alle Mäuse, die wir noch fangen werden«, legt aber schließlich sich selbst hinein und sonnt sich im Frieden.

AN DIE ELTERN

Basel, 14. Juli 1881

Heute früh kam eine Karte aus Frankfurt, wohin Johnny denn glücklich gelangt war, wunderbarerweise ohne Kopfweh, obschon es schon hier am Abreisetag gedroht hatte . . . Die letzten Tage, während ich krank war, hatte er sich mehr als sonst den Kleinen gewidmet, sie am Sonntag mit ins Museum genommen. Hermann hieß ihn sehr vertraulich bloß »mein Lieber«, während er mich seit Eurer Abreise »gewöhnliche Mama« heißt, wie er sagt, um zu unterscheiden zwischen Großmama und mir. Erstere ist allerdings eine »ungewöhnliche Mama«, besonders wenn sie gar nicht da ist. Hermanns neuster Wunsch ist: »Oh, hätte ich doch einen Bogen Papier, so groß wie das Spalentor, dann wäre ich glücklich!« Bei Adelchen hat der Abschied viel heiße Tränen gekostet, während Hermann meinte, er müsse den Papa trösten, und ihm bis zum Einschlafen Versprechungen machte, wie oft er ihm schreiben wolle, und was für ein schönes Bildchen er ihm schicken werde. Marulla (Mariechen) weiß von all dem nichts, sondern lächelt alle Welt an und purzelt auf ihren Kissen in der drolligsten Art herum . . .

AN DIE ELTERN

Basel, 26. Juli 1881

Die Hitze ist jetzt nicht mehr drückend, und Hermann kann auch bei Tag mehr im Freien sein. Ein Berg von Kieselsteinen hinter unserem Garten ist jetzt sein besonderes Gebiet, wo er sich austobt. Sehr drollig rief er gestern abend strahlend vor Glück: »So, jetzt weiß ich doch, was ich bin. Ich bin euer Bisamochs!« Und dann wütete er toll herum. Heute aber betete er morgens angelegentlich um's Liebsein und war dann unser »Murmeltierle«. Es ist ein merkwürdiges Schaffen und Kämpfen in dem Buben. Vorgestern mußte ich zweimal im Lauf des Tages auf seine Bitte hin extra mit ihm beten, daß der liebe Heiland ihn doch »arg lieb« mache. Gleich darauf schlug und biß er sein geduldiges Adelchen, und als ich mit ihm drüber redete, sagte er: »Ha, so soll mi doch der Gott arg lieb mache! Mir kommt's halt net!« Zwar erinnere ich mich aus meiner Kindheitszeit ähnlicher Gefühle. Er sieht jetzt doch das Gebet als einen Zauber an, der ohne sein Zutun wirken sollte . . .

AN JOHANNES HESSE

Basel, 2. August 1881

Herzensjohnny! . . . Es ist eine Familie mit sechs Buben in unsere nächste Nachbarschaft gezogen. Der Frau sagt man sehr Schlimmes nach, und die Kinder haben ganz abscheuliche Worte im Mund. Die Buben hatten's gleich auf Hermann abgesehen, der einen Tag mit ihnen auf der Wiese Höhlen grub und dergleichen. Sie schickten ihn einmal Rechen und Hacke zu holen, ein andermal die Gießkanne und Fahne, später um Puppenwagen und Spielzeug. Da mußte ich ernstlich einschreiten, verbot den Buben unseren Garten und warnte Memmerling vor ihrem Umgang. Jetzt trutzen sie scheint's und rufen ihm Schimpfnamen nach, wo sie ihn sehen. Es ist aber schwer, Hermann ganz im Hof und Gärtchen zu halten. Die Wiese daneben war so bequem. Gestern spielten die Kinder, Hermann verkaufte Bilder und Papier. Nun nannte ihn Adelchen: »Herr Papiermann.« Wütend schreit er: »Habe ich dir nicht gesagt, daß ich der Tagedieb bin?« Adelchen antwortet gelassen: »Ja weißt, unser Papa war früher Missionar, und ist jetzt ein Schreiber, und so kannst du vor ein paar Stunden Tagedieb gewesen und jetzt doch Papiermann geworden sein.« – Was sich Hermann unter Tagedieb denkt, das erklärte er gestern: »Einer, wo ganz lieb eben am Tag bei den Leuten holt, was er braucht oder will.«

Bete du mit mir für Hermännle, und bete für mich, daß ich Kraft bekomme, ihn zu erziehen. Es ist mir, als wäre schon die Körperkraft nicht ausreichend; der Bursche hat ein Leben, eine Riesenstärke, einen mächtigen Willen, und wirklich auch eine

Johannes Hesse 1888

Art ganz erstaunlichen Verstand für seine vier Jahre. Wo will's hinaus? Es zehrt mir ordentlich am Leben, dieses innere Kämpfen gegen seinen hohen Tyrannengeist, sein leidenschaftliches Stürmen und Drängen ... Gott muß diesen stolzen Sinn in Arbeit nehmen, dann wird was Edles und Prächtiges draus, aber ich schaudere beim Gedanken, was bei falscher oder schwacher Erziehung aus diesem passionierten Menschen werden könnte.

AN DIE ELTERN

Basel, 20. August 1881

Es ist mir eine Freude, hier so ganz im engen Missionsverband zu stehen; oft wenn ich zu den Versammlungen in den Betsaal im Missionshaus trete, ist mir's, wie wenn ich Heimatluft (wie einst in Indien) atmete, und ich fühle: das ist die Gemeinde, zu der ich gehöre ...

Adelchen liebt ihren Bruder zärtlich, und wenn sie auch manchmal weint und klagt, wenn er sie übel geplagt hat, nimmt sie ihn doch sofort in Schutz, wenn er gestraft werden soll. Überall steht sie vermittelnd für ihn ein und sorgt wie ein Mütterchen für ihn. Soeben wurde ich unterbrochen durch Geschrei von unten, wo vor dem Haus auf dem Bänkchen Pauline mit Marulla sitzt und die andern herumspielen. Es heißt: Hermann wirft Steine! Ich zitiere ihn her; er schreit schon von weitem: »Keine Pansch, keine Pansch!« Ich versichere ihn, er kriege keine, er solle kommen. Ich halte ihm vor, wie gefährlich das Steinwerfen ist, wie er Herrn Runkels Fensterscheiben oder gar unser liebes Baby treffen könnte. Er hört gelassen zu und sagt dann ganz treuherzig: »Aber gelt, Mama, der David ist doch lieb gewesen, wo er den Stein geworfen hat?!«

Oft müssen wir alle Heiden und Afrikaner sein, und er als Missionar hält uns Predigten. Wenn er nicht gleich so unbeschreiblich heftig würde, wäre es eine wahre Lust, um ihn zu sein, er weiß stets was Neues, Stoff zu allen möglichen Reden und Tatkraft zu allen guten und bösen Werken geht nie aus, oft muß man staunen, daß diese Fülle von Leben immer sprudelt . . .

AN DIE ELTERN

Basel, 21. August 1881

Über die Kinder gäbe es Bogen voll zu schreiben, jede Stunde bringt Neues. Zum Beispiel: Gestern holten Adele und Hermann zusammen Brot und Käs in der Nähe. Beim Fortgehen hörte ich sie unter der Haustüre sehr ernsthaft über etwas beraten, verstand aber bloß den Schluß, den Hermann machte mit dem Ruf: »Ha nun, weißt, da betet mer halt, no hilft der liebe Heiland.« Auf kräftig es Läuten nach einiger Zeit öffne ich die Haustüre; strahlend vor Glück stürzen die beiden herein, und Hermann schreit, so daß alle Hausbewohner es hören können: »Mer habet betet, no hot der lieb Heiland der Adele g'holfe d'Glock ziehe!« Die Glocke geht nämlich so schwer, daß Adele gewöhnlich nicht läuten kann, sondern durch den hintern Garten heimzukommen pflegt. Heut wurde nun von den Zweien wiederholt die Probe gemacht. Einmal sah ich von oben heimlich zu, wie Adele zog, und als es nicht »tun« wollte, die beiden die Hände falteten und etwas halblaut beteten, dann wurde wieder gezogen, und siehe, jetzt läutete es . . .

AN DIE ELTERN

Basel, 21. September 1881

Teure Eltern, die letzten Tage lag ich meist mit einem wehen Fuß und wickelte ihn, in der Meinung, es bilde sich ein Geschwür. Nun scheint es nichts weiter zu werden, aber das Gehen tut mir noch weh. Doch hatte ich gestern solches Verlangen nach Sonntags- und Gemeinschaftssegen, daß ich mich abends ins Missionshaus wagte, wo Inspektor (Schott) eine sehr gute Bibelstunde hielt . . . Die größeren Kinder waren unten bei Runkels zum Kaffee eingeladen und Herr Runkel erzählte nachher, sie hätten sich halb krank gelacht über all die drolligen Reden des Memmerling. Zum Beispiel sagte er gleich beim Eintritt: »Weißt, Herr Runkel, ich habe mich besonnen, ob ich bei dir Kaffee trinken soll, denn wenn du mir keinen Zucker drein gibst, schmeckt mir der Mama ihr Kaffeele droben viel besser!« Ich bin froh, daß die Leute den Buben – trotz aller Klagen, die hie und da ertönen über seine bösen Stücklein – so mögen und immer wieder Geduld haben. Er ist auch so zutraulich, ehrlich und unbefangen in seinen Gesprächen, daß man ihn trotz allem und allem gern habe muß. Gegenwärtig hat er gottlob gute Zeit und macht mir Freude, will gar zärtlich mir alles hertragen, um meinen Fuß zu schonen . . .

AN DIE ELTERN

Basel, 1. Oktober 1881

. . . Soeben hatten wir einen Spaß. Ich schrieb einmal, daß unangenehme Nachbarschaft da sei; mit einem dieser Buben namens Fedi (wohl Ferdinand) war unser Memmerling zeitenweise äußerst intim, das hinderte nicht, daß sie sich zwischenhinein prügelten und mit Steinen warfen. Wir benamsten die ganze Sippschaft, deren Namen wir nicht wissen, die »Fedifamilie«. Zu meinem Schrecken werde ich nun vorhin in die Küche gerufen: Madam Fedi sei da! Recht ärgerlich ging ich hinaus, denn die Madam mit modischen Kleidern, zerfetzt und dreckig, war mir von jeher das Schlimmste an der Familie, und ich dachte: So, jetzt fängt's Gebettel an. Sie hatte nämlich dem Hermann neulich freundschaftlich gerufen und ihm ein Fünf-Centimes-Stück gegeben, er dürfe sich ein Weckle kaufen. Natürlich hatten wir sofort das Geld zurückgeschickt und uns dergleichen verbeten. Jetzt steht also Madam da und bittet höflich um ein Muster von dem »herzigen Ledermantel« (Schürze), den Hermann trage, oder wenn ich einen alten habe, wolle sie mir ihn abkaufen. Ich hatte ein Paar vertragene Kinderstiefel da und ein altes Kleidungsstück von Hermann; das nahm sie mit viel Dank zum »Abschied«, denn sie ziehen heute mittag aus, »wit, wit eweg vors Bläsitor«. Nun waren wir sämtlich über diese Nachricht dergestalt erfreut, daß wir alle ganz fröhlich lachten und ich rief: »Adieu, lebe Sie wohl, Frau Fedi«, was denn die Buben sehr gaudierte. Karl hatte sich ernstlich vorgenommen gehabt, bei nächster Gelegenheit die frechen Fedis einandernach zu prügeln; nun ist er dieser Arbeit enthoben. Ich muß sagen, es ist mir sehr angenehme Aussicht, denn wenn auch gestern Memmerle hoch und teuer versprach, nimmer mit dem Buben zu gehen, der ihm immer Spielzeug »verlieren« half, so spazierte er heute doch wieder Arm in Arm mit ihm, und konnte bitterlich weinen, wenn ich's rügte, und sagen: »Ach, nicht einen einzigen Freund darf ich haben, mit dem ich spielen kann!«

AN KARL
[*in Heilbronn*]

Basel, 4. November 1881

Mein Herzenskarlemann! . . . Hermännle ist gegenwärtig traktabel und lieb, er spricht immer baseldeutscher, und wenn wir darüber eine Bemerkung machen, sagt er: »Ihr seid ja selber schuld dran, warum seid ihr von Calw fort. Und die Jungfere hat Schuld, die lehrt mich Baselditsch.« Neulich, als Dadi ihm etwas verwies, rief er: »Aber Dadi, weißt du denn nicht, daß es gar nicht recht ist, am Sonntag so grob mit einem kleinen Kind zu schwätzen und zu zanken?« Ein andermal, wo er lieb war, sagte er: »Heut ist jetzt grad so e Tag, wo i von selber folg und lieb bin, daß mer mir gar nix z' sage braucht.« Er hat jetzt einen nagelneuen Freund, Paul Zillinger – viel größer als er selbst, auch in der Kinderschule, der beschützt ihn vor den »Häuserbauern«, und der darf zum Lohn Hermanns Pelzhandschuhe auf dem Rückweg von der Schule anziehen.

AN KARL

Basel, 15. Februar 1882

Mein teurer Karlemann! ... Unser Hermannle lernt hoffentlich auch einmal brav. Er erzählt oft so nett, was er in der Kinderschule gehört von Elia und dergleichen. Immer noch sind Bilder und Papier seine besondere Leidenschaft; schon vor dem Frühstück sortiert er oft eifrig seine Papierschnipfel, die, auf die er noch zeichnen will, und die, die er zum Verbrennen klein zerschneiden »muß«. Leider zünderlet er auch sehr gerne und reißt womöglich Ofentürlein und dergleichen wieder und wieder auf. Sehr drollig ist, daß er wirklich meint, er schlafe nie bei Nacht, sondern lege sich eben »so arg lieb still« hin. In letzter Zeit klagte Adelchen nachts öfters über Zahnweh (sie kriegt neue Zähne), und Marulla war auch unruhig, aber Memmerle schläft immer herrlich. Er hatte vor kurzem -ungebetene Gäste auf dem Kopf von der Kinderschule mit heimgebracht und mußte tüchtig in Kur genommen werden. Als ich ihm sagte, er solle seinen Schulnebensitzer nicht so gar zärtlich umarmen, man wisse ja nicht, was er auf dem Kopf habe, erwiderte Memmerle eifrig: »O ja, das weiß ich gut, der hat eine nette Kappe und keine Läusle.« ... Die Geschwisterlein grüßen euch beide herzlich. Marulla ist eine kostbare, lustige, dicke, rotbackige Person. Sie rutscht sitzend im Kreis herum auf dem Boden und lacht laut dazu und papperlet einen Haufen, leider unverständlich. Das herrliche Wetter genießen wir recht im Gärtlein hinten, wo es ganz warm ist ...

AN DIE ELTERN

Basel, 2. März 1882

Hermannle war einige Tage wie besessen, Böses anzustellen. Dazu kam die elende Fastnachtsvakanz. Er wollte immer die buntgekleideten Narren sehen, die hie und da trommelnd oder pfeifend vorbeizogen; als aber einer Miene machte, ihm nachzuspringen, schrie und lief er in Todesängsten und blieb nachher recht gerne im Haus.

AN KARL

Basel, 12. März 1882

Wir haben prächtiges Wetter, ja, es ist schon ordentlich heiß beim Marschieren. Wir haben die Vorfenster weggetan, und der Gärtner ist bestellt zum Herrichten unseres Stückchen Landes, das den Winter über als Spielplatz benützt und gehörig hartgetreten worden ist. Es ist nur gut, daß wir so ländlich wohnen und Hermann auf der Wiese daneben seine überschüssige Energie hinauslassen kann[1]. Gestern sah ich ihm von meinem Arbeitstischchen am Fenster aus zu, wie er sich ganz unglaublich wild und lustig mutterseelenallein auf der Wiese wälzte und herumwarf, tanzte, hopfte, Purzelbäume schlug ohne Unterbrechung, ohne Ermüden über eine Stunde lang, gerade wie ein ausgelassenes Füllen oder Geißböcklein. Die Kleider sehen natürlich danach aus, aber solche Leibesübung ist das beste für ihn, sonst kommt er auf Lumpereien, und dann kommen Klagen von oben und unten und rechts und links: »Hermann hat mein Kind gestoßen! – Hermann hat eine Scheibe eingeworfen! Hermann wirft die Nachbarskinder mit Steinen! Hermann springt ganz weit fort« und dergleichen. Wenn ich nur jemand draußen den Namen Hermann nennen höre, ist mir's schon angst, was wieder los sei. Ja, er ist ganz furchtbar lebhaft, rasch, umtriebig und folgt leider nicht. Dann kann er wieder so rührend nett und lieb sein, der Marulla Bilder zeigen und sie herzen, oder mir selbstgedichtete Liedchen vorsingen, wie zum Beispiel:

Das Vöglein im Wald,
so nett ist es halt,
und singt so schöne Liedlein
und schlüpft dann in sein Nestlein.

1 Vgl. Hermann Hesse: Hermann Lauscher, Meine Kindheit. Mit 25 Zeichnungen von Gunter Böhmer (S. Fischer, Berlin, Neuausgabe 1933).

Im Bett singt der vierjährige Kramp oft lange, lange aus dem Stegreif ganz nette Sachen und Reime. Er dauert mich ganz, daß er dann wieder so bös und heftig ist.
Adelchen wird groß und dick und sieht so frisch und gesund aus, ebenso Marulla, die immer selbständig laufen möchte und doch nicht kann. Ich bin mit den Kindern viel im Hof, wo wir gegen die Sonne unsere spanische Wand aufstellen und die Bank dahinter . . .

AN DIE ELTERN

Basel, 19. März 1882

. . . Den Abend brachten wir bei den lieben Freunden Bauder zu. Er war sehr bewegt von all den Mißständen und ungerechten Verhältnissen unserer Tage und würde gerne mit seinen armen Leuten auswandern und als Pastor und Schulmeister in neuen, freien Verhältnissen ihnen dienen. »Ich sehne mich nach dem Reich der Gerechtigkeit!« seufzte er tief auf, nachdem er geschildert, wie bei den Fabrikverhältnissen jetzt auch ein braver, fleißiger Hausvater eine zahlreiche Familie nicht durchbringen könne, die Löhne schlecht, plötzlich keine Arbeit mehr, hohe Hauszinsen, Lebensmittel usw., der edle Bauder erlebt alltäglich, was Jesus empfand: »Es jammerte ihn des Volks.« . . .
Eine furchtbar aufreibende Arbeit ist die der Stadtmissionare. Den Reichen, den Arbeitgebern gegenüber wenig zu machen, unter den Armen überall Unzufriedenheit, Verzweiflung, auch sehr viel Undank für wohlgemeinte Hilfeleistung und Rat, und manche so tief verkommen, daß kaum noch was zu hoffen . . .
Abends. Endlich schläft Hermann, nachdem ich ihm noch fürs Herausspringen aus dem Bett die Rute gegeben. Er liegt da wie ein müder Held! Es ist unbegreiflich, daß der Bub bis zum letzten wachen Augenblick nie erlahmt; kaum ist er morgens wach, so wuselt alles an ihm, und mag er lange Gänge und weiß was ausgeführt habe, er hat stets noch übrige Energie. Heute

waren Adele und er mit Papa auf dem Bruderholz – drei Stunden unterwegs –, kaum kommt er heim, so springt er wie toll im Hof herum, und fort geht's bis abends so. Ich nähme ihm gern etwas davon ab, denn die warme Luft macht mich schon so müde, obschon ich gottlob sonst gesund bin.

AN HERMANN IN AMERIKA

Den 27. März 1882

Hermännle hatte morgens heimlich die Kinderschule geschwänzt, wofür ich ihn ins Gastzimmer einsperrte. Er sagte nachher: »Das hilft euch nicht viel, wenn ihr mich dahin tut, ich kann da zum Fenster hinaussehen und mich unterhalten.« Neulich sang er abends im Bett lang eigene Melodie und eigene Dichtung, und als Dadi hineinkam, sagte er: »Gelt, ich singe so schön wie die Sirenen und bin auch so bös wie sie?« . . . Marulla zahnt sehr stark und ist bei Tag recht umtriebig, bei Nacht schläft sie gottlob gut. »Adda gehn«, ist ihr Höchstes; sehr possierlich war's schon hie und da, wenn wir sie abends zum Bettgehen auszogen und sie meinte, jetzt werde noch Toilette zum Ausspazieren gemacht; die freudige Erwartung und bittere Enttäuschung! . . .

AN DIE ELTERN

Etwa 15. Mai 1882

Adele und Hermann folgten gestern der öfters wiederholten Einladung unserer alten, frommen Wascherin Scheideker und besuchten sie in ihrem freundlichen, blumengeschmückten Dachstüblein. Hermann kam nach etwa einer Stunde allein zurück und erzählte: »Ich hab aber d'Frau Scheideker plagt, bis sie uns Kaffee und Butterbrot gegeben hat.« Als aber Adele später heimkam, versicherte sie, das sei »ganz verlogen«, er sei so lieb und still gewesen, und die alt Wascherin habe eine Freude gehabt und gleich gesagt: »So, jetzt trinket ihr 's Kaffi mit mir!« Hermann macht den ganzen Tag Verse, oft ganz gelungen, oft kunterbunt, was sich reimt, findet er sofort zusammen. Er ist recht lieb und wir haben Freude mit dem kleinen, lustigen Volk, Langeweile kriegen wir nie . . .

AN DIE ELTERN

Basel, 29. Mai 1882

Ich habe mich heute recht an den Kindern erfreut, die so lieb und ruhig zusammen spielten. Hermann als Adeles Gatte und Vater ihrer sieben Puppen gebärdete sich musterhaft und ließ seine paar Kirschen ungegessen, um sie den »Kindern« als Ostereier zu verstecken. Solche stille Stunden sind mir eine wahre Erquickung und lassen mich hoffen, daß auch mein wilder Kobold noch der Zähmung fähig sei. Marulla ist zu nett und drollig, das komische Rutschen in sitzender Stellung ist nun schon überwundener Standpunkt, und sie springt lustig durch alle Zimmer und möchte gerne auch Trepp ab Trepp auf allein marschieren.

AN DIE ELTERN

Basel, 15. Juni 1882

Hermann ist lieb und sitzt am liebsten vor und nach der Schulzeit still beschäftigt neben mir. Er behauptete gestern abend, er habe »a Erkältungle im Bauch, das ihn immer spucken mache«, während wir den Eindruck hatten, er tue es im Bett zur Unterhaltung. Adelchen packt im Geist ihre Sieben-Sachen schon für Calw und kann jetzt das große Glück kaum mehr erwarten. Marulla macht Fortschritte, steigt ganz stolz auf Schemelein hinauf, balanciert sich oben mit triumphierender Miene und ruft uns alle bei Namen zum Bewundern auf. Sie fängt an Wörtlein lustig nachzuschwatzen . . .

AN ADELE

Basel, 2. Juli 1882

Mein teures Adelchen! Morgen geht Tante Johanna nach Calw, da muß ich Dir doch ein Grüßlein schicken; Tantele liest es Dir vor, ich kann jetzt nicht so groß und deutlich schreiben, wie Du es zum Selberlesen brauchst, sonst geht's zu langsam. Heute morgen kam Großpapas Karte, die uns von der wachsamen Reisenacht, Ankunft im Regen und glücklichem Schlupfen ins Bettlein erzählte.

Ich war viel wach jene Nacht und dachte an Euch. Hermann hat gestern ein Küchlein für Dich gebacken, das er Dir durchaus per Post gleich schicken wollte. Marulla hatte es mehrmals abgeschleckt und auf dem Boden gerollt, wodurch es wohl immer feiner und besser wurde! Hermanns erste Frage heute beim Erwachen war, ob wir Dir gewiß das Küchlein geschickt hätten? Zu seinem Geburtstag gaben wir ihm die Burg und Soldaten der großen Brüder, was ihn sehr beglückte. Von der Ahne und den Mädchen bekam er Balatten und Guts. Bei allem, was er aß, bedauerte er, seinem Adelchen nichts davon geben zu können. Arnold und dessen Schwestern spielten viel mit ihm am Tisch, zuletzt gab's Streit. Dann erklärte Memmerle, es sei recht dumm, daß man so einem bösen Knaben, wie Arnold sei, einen so arg schönen Namen gegeben habe, dazu einen biblischen. Als Emma und ich sagten, in der Bibel sei nirgends ein Arnold, sagte er, das wisse er halt besser, wir hätten's wohl eben vergessen. Aber sein eigener Name sei nicht schön und nicht biblisch, und wir hätten ihn »Seth« heißen sollen. »Seth« sei sehr schön, und Adam und Eva hätten ihr braves Büblein so geheißen, das ihnen Gott zum Trost geschenkt für den toten Abel und den ganz bösen Kain. Gestern abend haben Marulla und Memmer gebadet mit großem Gaudium. Memmerle schickt Dir eine halbe Million Küsse und Marulla lacht Dir zu. Gott segne Dich, mein herzlieb Töchterlein! Zärtlich küßt Dich Deine Mama!

AN DIE ELTERN

Basel, 6. Juli 1882

. . . Der gute Memmer hat geschwind ein Erlebnis durchgemacht; gottlob, heute ist er wieder ganz lustig und genießt nach dem strengen Fasten mit Lust ein Ei zum Kaffee . . . Er ist ein komischer Kauz, und wenn er sanft und zärtlich ist, rührend lieb. Vorgestern bekam er beim Bäcker ein Wecklein geschenkt, das packte er gleich in ein Papier und brachte mir's, man solle es Onkels mitgeben für Adelchen von ihm. Als ich sagte, Onkels seien schon abgereist, es sei zu spät, geriet er in leidenschaftliche Aufregung und wollte es durchaus nicht glauben, denn die Tante »habe doch so lieb ausgesehen, und er habe ihr versprochen, arg lieb zu sein, und sie habe ihm versprochen, sie bringe ihm ein Schäufelein oder Spaten zu seinen Erdarbeiten«. Und weinend rief er schließlich: »Nein, das hätte ich doch nie geglaubt, daß die Leute so arg bös sein könnten, und dazu so lügen!« It gave him a shock . . .

AN ADELE

Basel, 8. Juli 1882

Mein liebes Adelchen! . . . Wir haben eine ganz böse Nacht gehabt, ich war krank und blieb den halben Tag im Bett, es war am Tag vorher zuviel für mich gewesen mit dem kranken Hermannle, der fasten mußte und sehr aufgeregt und anspruchsvoll war, so daß ich immerfort ihn unterhalten mußte. Er war nämlich noch diese zwei Tage recht krank und hatte oft große Schmerzen und ist ganz mager geworden. Als ich vorgestern früh nach Calw schrieb, hielten wir ihn für genesen, aber es zeigte sich gleich ganz anders. Nun liegt er demütig und schmal im Bettlein und ist zärtlich und froh, wenn ich zu ihm komme.

Memmerle redet viel von Dir und schickt Dir Küsse. Seit Du fort bist, hat er bei jeder Kirsche oder jedem guten Bissen, den er kriegte, gesagt: »Wenn nur das Adele auch so was kriegt!« Oder: »Ich möchte mei'm Adele was davon geben!« In der Krankheit wollte er bloß wie das Baby Schöpplein aus dem Fläschchen trinken, und als er zwei Tage keine Milch trinken durfte, war er sehr, sehr unglücklich. Gestern hat er dann nach dem ersten Schöpplein gerufen: »Diese Milch ist so köstlich wie Geißmilch von Mangalur!« (Kuhwarme Milch vom Mangold, einem Bauern in der Nähe.) . . .

TAGEBUCH

Bei uns stellte sich am 13. Juli ein kleiner Johannes ein, zuerst auffallend dick und rund, dann mager, aber doch gesund und kräftig. So hat mir denn Gott schon neun Kinder beschert. O möchten sie alle ohne Ausnahme mit uns vor seinem Thron vereint stehen! . . .

AN DIE ELTERN

Basel, 21. Juli 1882

Meine herzlieben Eltern! . . . Unser Johannes ist jetzt acht Tage alt, ein braves, liebes, zufriedenes Kind, das man selten hört bei Tag und Nacht. Die ersten fünf Tage schlief er ganz durch und musizierte bei Nacht, aber dann merkte er, was Weltbrauch ist, und legte sich aufs Schlafen bei Nacht. Gewöhnlich schläft er nun ruhig bis vier Uhr morgens, wo er ein Schöpplein trinkt und wieder schläft, bis es Waschzeit ist . . .

AN DIE ELTERN

Basel, 6. November 1882

. . . Der November hat schöneres Wetter bis jetzt gebracht als der nasse Sommer. Am Sonntag waren wir viereinhalb Stunden unterwegs; die Kinder freuten sich sehr an dem vielen Neuen und Interessanten, besonders imponierte ihnen die Schiffbrücke in Hüningen. Wir verirrten auch und kamen über Moor und Heideland in ein schmutziges Dörflein mit lauter kleinen Häuschen, mit Welschkorn behangen – im Hof großer Misthaufen, und nah dabei primitive Ziehbrunnen wie in Estland, so daß es Johnny fast anheimelte; der Ort heißt Neudorf im Elsaß. Jener Spaziergang brachte uns in drei Länder: Schweiz, Baden und Elsaß. Vormittags waren wir im Münster gewesen und hatten nachher uns im Museum umgesehen, wohin die Kinder immer wieder gern gehen, hauptsächlich der Tiere wegen. Theodor[1], wenn er abends heimkommt, erzählt als von seinem Treiben, gestern hat er feine Pomade gemacht, aber drei Tage lang hatte er an einer abscheulichen Quecksilbersalbe zu rühren und wurde müd vom beständigen Stehen. Der Gehilfe, Franzos, hat ihm erklärt: »Köchin rührt so O, Apotheker rührt 8.«

AN DIE ELTERN

Basel, 25. Dezember 1882

Wie gern würde ich geschwind zu Euch hineintreten und Euch mündlich ausfragen, erzählen und mich mit Euch ergötzen in süßer Gemeinschaft, Ihr teuren Eltern und Geschwister! Nicht so leicht ist es, aus unserem bewegten Leben und Kinderlärm heraus mit einiger Ruhe und Gemütlichkeit zu schreiben. Ich kann nur sagen: die Kinder sind ganz unbeschreiblich reich, vergnügt und geschäftig; wurde doch heute Hermanns Kaufladen von früh an frequentiert durch Adele, die dort den Küchenbedarf einkaufte, und wurde doch schon im schönen Herdlein ein echter, mundgerechter Kaffee und Reispudding gekocht! Auch die neuen Bücher mußten schnell gezeigt werden, und man freut sich, daß es nun gar nie mehr Langeweile geben würde! Wir Alten lächeln freilich und wissen, daß alle Schätze nicht auf lange reich und glücklich machen, außer dem lieben Christkind selbst, aber es ist doch nett, wie auch schon der Schein von der Krippe so viel Freude und Jubel verbreitet . . .

1 Jetzt Apothekerlehrling in Basel.

Sobald es dunkel geworden, gingen wir singend hinüber, Hansele wandte die leuchtenden Äuglein nimmer ab vom strahlenden Christbaum, und Marulla rannte immer wie toll lachend herum. Adelchen war ganz starr und stumm vor ihrem reichen Glück. Hermannle hatte morgens gesagt, er habe geträumt, sie bekomme eine Küche mit einem rechten Herdle, da hatte sie etwas wehmütig gesagt, das wünschte sie sich freilich arg, aber so was Kostbares kriege sie nicht. Jetzt waren alle Wünsche weit übertroffen. Das schöne neue Bild von Dir, lieber Vater, thronte am Fest in einem netten Stehrahmen, von Moos, Äpfeln und Orangen bekränzt, auf dem mit buntem Papier geheimnisvoll bedeckten Fäßchen Apfelkraut, das aus Barmen gekommen war, und das ich vor Johannes versteckt hatte. So stand Vaterle, alles überschauend, als Mittel- und Höhepunkt der Bescherung da, und wir sagten, der denkt jetzt auch an uns.

TAGEBUCH

1882

Gott sei Lob und Dank für alle seine Wohltaten! Er hat uns viel Segen gegeben in diesem Jahr; eine Erleichterung ist mir's fürs Herz, daß ich nun auch die Seligkeit des Gebens mehr habe, seit wir (durch die lieben Bauders angeregt) beschlossen, den Zehnten Gott zu weihen. Ich kann sagen, es ist das ein großes Glück und eitel Segen, obschon kein Wunder (?) geschah und öfters die Geldsorgen mich anfechten wollten. Aber jetzt kann der bittere Geiz nichts mehr drein reden, und die Sorgen lege ich dem hin, der reich ist über alles, was Kinder heißt, bin ich doch Sein Kind. Mangel haben wir keinen.

AN ADELE

[*aus der Sommerfrische*]

Wildegg, 11. Juni 1883

Mein Herzenstöchterlein! Eben haben wir einen sehr großen, stolzen Storchen bewundert, der sich in aller Würde und Grazie

auf der Schloßremise niedergelassen hat, offenbar in der Absicht, da ein Weilchen zu logieren, obschon kein Nest da ist. Er kann lange, lange auf einem Bein stehen. Eben kam der Pächter und sagte, er glaube, das sei der Storchwitwer aus dem nahen Dorf Möriken, wo auf dem Kirchenturm im Nest neulich die Störchin ihr Leben ausgehaucht hat; nun wolle der Einsame hier Trost suchen. Da zeigte er guten Geschmack, denn er schaut auf den lauschigen, schattigen Schloßhof, wo der große Brunnen plätschert und tausend Blumen ringsum blühen, ein schönes Plätzchen . . .
Hier in Wildegg haben wir allein ein herziges Häuschen, so von wilden Rosen bekränzt, daß allemal, wenn ich die Fensterladen zurüchschlage, ein ganzer Rosenregen fällt und alles zusammenduftet. Wunderschön ist die Terrasse, wo ein Teich mit Fischlein ist und uralte mächtige Bäume die Bänke beschatten, von denen aus man bei klarem Wetter die Alpen herrlich sieht.

AN KARL

Schloß Wildegg, 12. Juni 1883

Mein lieber Karlemann! Du bist nun wieder in Göppingen und ich hoffe, es geht Dir gut mit dem Lernen und Deiner Gesundheit. Ich bin mit Marulla hier in einem herzigen, rosenbewachsenen Häuschen unter dem Schatten des stolzen, hohen, alten Schlosses. Dieses liegt sehr romantisch hoch auf dem Berg, von Wald umgeben, und überschaut das Land, von der Aare durchzogen, weithin. Bei hellem Wetter sieht man die Alpen ganz prächtig, aber leider regnet's jetzt und ist sehr kühl. Bei Nacht hört man Eulen seufzen und es tut gespensterhaft und unheimlich; bei Tag ist's wunderschön. Im Rittersaal sind alte Rüstungen und Waffen, gemalte Fenster mit Wappen und Inschriften, und die alten Ahnen stehen in Lebensgröße an die Wand gemalt da. Rudolf von Habsburg hatte dies noch als Jagdschloß, nicht weit weg ist die Feste Habsburg. Gegenüber das Schloß Wildenstein gehört auch meinen Schloßdamen. Große Pächtereien, eine Ziegelei, eine Mühle, Weinhandel, Weinberge und Wälder gehören zu dem großen Anwesen. An interessanten Geschichten und Sagen fehlt es hier natürlich nicht, und wenn wir manchmal traulich beisammen sitzen und vom hohen Erkerfenster hinabschauen auf den dunklen Wald, dessen Bäume im Sturm sich beugen und ganz wunderbar ächzen und stöhnen, erzählt Frau von Sinner allerlei aus alten Zeiten. Ihr Geschlecht reicht bis ins Jahr 1000 zurück, sie hatten andere Schlösser inne. Seit vierhundert Jahren gehört dies Schloß der Familie von Effinger; Fräulein von Effinger ist wie ein Mann, regiert und fürchtet sich vor niemand und nichts . . .

AN KARL

Rechtenberg bei Brezwil (Baselland), 10. Juli 1883

Mein herzliebes Kind! Am 10. Juli, morgens sechs Uhr, fuhr vor Müllerweg 126 ein eleganter Omnibus an, der oben ganz vollgepackt wurde mit allerlei Kisten, Kindsbett und Wägelein. Innen waren wir drei Erwachsene und vier Kinder samt allerlei Geräte vollgepfropft. Ein furchtbares Gewitter mit wolkenbruchartigem Regen brach los, als wir eben fertig waren mit Aufladen. So fuhren wir im Unwetter von Basel ab. Der Himmel heiterte sich aber bald auf, und wir im Wagen drin waren sehr heiter. In viereinhalb Stunden fuhren wir hierher. Dieser Rechtenberg – gegenüber ist der Linkenberg – gehört Herrn Ratsherr Sarasin, dessen Pächter das große Gut besorgt. Im großen Landhause wohnt im Parterre der Pächter mit vier Kindern, eine Treppe hoch wohnt Sommers Frau Professor Wackernagel – Schwester des Besitzers und Witwe des berühmten Wilhelm Wackernagel – mit zwei Enkelein und veschiedenen Söhnen, im zweiten Stock wohnen jetzt wir, da der freunliche Ratsherr immer diesen Stock zum Sommeraufenthalt einer Missionsfamilie anbietet. Kannst Dir denken, daß Hermann glücklich ist bei dreißig Kühen, sechs Pferden, Hund, Hühnern, Schweinen, Katzen, beim Melken und Heuen, Kirschenernten, Himbeersuchen, ja auch beim Gülleschütten.

AN DIE ELTERN

Rechtenberg, 11. Juli 1883

Teure Eltern! ... Heute lief Johnny mit Adele und Hermann den ganzen Vormittag spazieren, lernte einen interessanten alten Bauern kennen, der ihm sein Stamm- oder Tagebuch zum Lesen mitgab! Die Großeltern dieses Alten haben noch Geister gesehen und mit den »Herdmännlein« – mit Entenfüßlein und Kittelchen an – persönlichen Verkehr gepflogen.

AN DIE ELTERN

Den 13. August 1883

Gestern morgen ließ ich die beiden Mägde und die älteren Kinder in die Kirche und hütete meine zwei Kleinen auf grüner Wiese; Hansli marschierte immer wieder an meiner Hand herum, setzte sich dann und rupfte Blümchen und Gras und lachte laut dazu. Marulla, urdrollig, machte Strauß um Strauß, schlug Purzelbäume und schwatzte unbeschreiblich lustig alles Mögliche. Am Samstagnachmittag waren auch die größeren Kinder und alle vier des Pächters mit mir auf der Wiese. Da ging es aber toll und lebhaft zu; es war, wie wenn Kobolde ihr Spiel trieben, so purzelten sie in allen Größen und Figuren auf dem Gras herum, erkletterten Bäume und jodelten in den Zweigen ganz famos. Kein Wunder, daß Adelchen müde wurde, und daß sie heute halb faul, halb unwohl den Vormittag spielend im Bett zubringen wollte. Marulla leistet ihr herzige Gesellschaft. Hermann bläst auf allerlei neuen Instrumenten, die ihm der Papa gestern abend auf unserem langen, herrlichen Waldspaziergang künstlich zurechtschnitt aus hohen Hundekümmeln und dergleichen Rohrwerk. Das war ein malerischer Gang und dann Sitzen im Grünen am Waldrand mit reizender Aussicht nach allen Seiten; da lag Seewen mit seinem kleinen See, dort drüben Ziefen und andere Orte auf Bergen, und dazwischen in Schluchten einsame Höfe, überall saftige grüne Matten zwischen dunklen Wäldern, und über dem allem die wunderlieblichste Abendbeleuchtung. Wir hoffen, es bleibt jetzt ein Weilchen schön; Johannes lebt auf und genießt es jetzt recht, daneben schafft er am Schreibtisch mit ungeheurem Fleiß voll Freude und Lob über all den vielen Missionsnachrichten.

AN DIE ELTERN

Basel, 5. November 1883

Unser Hermann geht jetzt auf eigenen Wunsch zur Sonntagschule (Frau Pfarrer Pfisterer) ins Knabenhaus. Statt wie bisher mit den Mädchen zu Frau Riehm, wo man jedesmal ein Verslein lernen soll, was ihm nicht behagte!

Im ganzen ist er gottlob recht ordentlich und viel lenksamer. Abends betet er einen Haufen Verschen, Vaterunser, Segen usw. und will immer dazu, daß ich noch mit ihm aus dem Herzen bete. Als ich einmal meinte, es brauche nicht so gar langes Beten, rief er entrüstet: »Es ist doch hundsdumm, wenn mer net au recht betet.« Er liest jetzt doch schon zur eigenen Unterhaltung – freilich noch mühsam – kurze Stückchen, und übt sich freiwillig im Schreiben. Sehr stolz ist er auf das Fach »Naturwissenschaft« und kann da viel Interessantes aus der Schule heimbringen. Als ich aber törichterweise fragte, ob die Schwester Luise ihnen dies Fach gebe, rief er höhnend: »Ja, wenn vollends so e Jungfer Naturgeschichte geben könnte! Da würden wir wohl lernen, der Löwe sei ein schwacher, fauler Esel! Nein, was meinst, der Herr Lauffer lehrt uns!« Herr Pfarrer lobte ihn neulich sehr, als ich mich nach ihm erkundigte, und am Samstag gab ihm sein Lehrer einen Pfennig! Man denke, welches Glück! Ich muß feierlich in sein Kassenbüchlein einnotieren: »Von Herrn Lauffer einen Pfennig (nicht Centime) als Lob,

3. November 1883[1].« Zu drollig ist's, wie er sonntags, sobald er seinen strammen Jägeranzug (ein Wollanzug nach System Jäger) anhat, hinausspazieren will; aus Eitelkeit? Marulla bewundert ihn über alles und macht ihm oft mehr nach als uns lieb ist, zum Beispiel sein Stampfen und Kommandieren. Die zwei haben ein besonders zärtliches Verhältnis zusammen. Hansli macht merkliche Fortschritte im Sprechen und ist ein handfester, sehr energischer und lebhafter Mensch. An den zwei letzteren Eigenschaften fehlt's allen unseren Kindern nicht.

AN KARL

Basel, 27. November 1883

. . . Hermann brachte neulich eine Schere daher: »Den Finger da muß man entweder abschneiden oder mit Karbol verbinden.« Es waren bloß allerlei Narben und Zeichen früherer Verletzungen dran – ganz geheilt; denn er mußte immer wieder alle Finger drauf untersuchen, ehe er den richtigen fand. Er liebt es, irgendeinen Verband anzuhaben.

AN KARL

Ohne Datum

. . . Das freut mich, daß Du an Shakespeare Geschmack hast; ich hoffe, es macht Dir Lust zum Englischlernen. Ja, welche Schätze in Kunst und Literatur liegen nun geöffnet vor Dir! Ich kann mich ganz hinein versetzen in Deinen Hochgenuß, habe ich doch von Herzen geschwärmt für Lenau, Schiller, Eichen-

1 Johannes Hesse schreibt am 14. November 1883: Hermann, der im Knabenhaus fast für ein Tugendmuster gilt, ist zuweilen kaum zu haben. So demütigend es für uns wäre, ich besinne mich doch ernstlich, ob wir ihn nicht in eine Anstalt oder in ein fremdes Haus geben sollten. Wir sind zu nervös, zu schwach für ihn, das ganze Hauswesen nicht genug diszipliniert und regelmäßig. Gaben hat er scheint's zu allem: er beobachtet den Mond und die Wolken, phantasiert lang auf dem Harmonium, malt mit Bleistift oder Feder ganz wunderbare Zeichnungen, singt wenn er will ganz ordentlich, und an Reimen fehlt es ihm nie.

dorff, Schenkendorf usw. usw.[1]. Poesie und Musik sind herrliche Gaben Gottes, und da fällt mir ein, was der liebe Ludwig Richter so nett sagt: »Je älter ich werde, je mehr Einsicht ich gewinne in das Wesen aller Kunst, um so mehr freue ich mich ihrer, und sie wird mir immer mehr ein wunderschöner Engel, der die Menschen, die eines guten Herzens sind, begleitet und sie oft von ihren allzuschattigen Pfaden auf sonnige und blumige Stellen führt, wo sie rasten können, und wo die Freude wächst und die Sehnsucht nach dem großen, herrlichen Sonnen- und Blumenlande, das denen aufbehalten ist, die seinem wunderbaren, mächtigen Glockenton folgen. Dieser Glockenton hallt wie ein fernes Echo wider in der Kunst, in der Wissenschaft hie und da, in der Natur; und alle Sonntagskinder hören die Glocken, und Sonntagskind kann man werden, wenn man reines Herzens wird.« – Ist das nicht ein köstliches Wort? Ich schicke Dir heute Papas neuestes Bibelblatt mit den Auszügen, die wir zusammen aus L. Richters Leben gemacht, sein inneres religiöses Leben beleuchtend ... Erst wenn das Herz in Gott Ruhe und volle Genüge gefunden, kann es ohne jeden Schaden mit kindlicher Freude und reinem Genuß auch in Natur, Kunst, Wissenschaft und Erdenliebe entgegennehmen, was Gotes Güte beut, mit dankbar frohem Herzen. So lange diese Güter aber dem armen Menschenherzen als Brunnen zum Durstlöschen dienen mit Umgehung der einzigen wahren Lebensquelle, solange mischt sich Überdruß, Verschmachten, Unbefriedigtsein und Sünde auch in den besten Genuß. Doch ich muß schließen. Gott behüte und segne Dich, mein liebes Kind, und lasse Dich trinken von dem Lebenswasser, das auf ewig das Dürsten der Seele stillt. Mit Kuß Deine Dich innig liebende Mama.

1 Auch Jean Paul.

AN KARL

Basel, 3. November 1884

. . . Denke Dir, was uns gestern der kleine Hansli für einen Streich spielte! Vor elf Uhr ging er im Hut triumphierend die Treppe hinab und winkte »ade Mama«; ich dachte, er werde im Garten sich tummeln, und da Besuch kam, sah ich nicht weiter nach ihm. Zum Mittagessen wird er weit und breit nirgends gefunden, obschon alles ihn sucht. Papa geht zuletzt zur Polizeistation und erfährt da, daß Torweg 21 ein Büblein abzuholen wäre; da findet er den Kleinen lustig spielend unter den Kindern des Stadtmissionars Ehrhardt. Er hatte fröhlich mit ihnen zu Mittag gespeist und beim Tischgebet solche Andacht erzeigt, daß die Leute merkten, er gehöre in ein frommes Haus! Die Frau hatte ihn in der Eulerstraße allein herumirren sehen, aber nicht traurig, und sich gedacht, er sei wohl verlorengegangen und man werde auf der Polizei nach ihm fahnden. Papa brachte ihn auf seinen Schultern heim, gab ihm aber dann »Pansch, pansch«, damit er diesen Geniestreich nicht alsbald wieder versuche und uns in solche Angst bringe.

AN KARL

Basel, 3. Februar 1885

Ich habe eine große Bewahrung erlebt, als ich am 22. Januar abends die ganze obere Treppe hinabstürzte. Ich hatte in der Mansarde etwas geholt, hatte einen Arm voll Sachen, in der andern Hand das Lämpchen. Ganz oben spüre ich, daß ich den Halt verliere, ausgleite und denke: »Gleich bist du tot.« Der liebe Gott hat's gnädig gewendet, kein Glied zerbrach, doch bekam ich tüchtigen Nasenstüber und Maulschelle, daß ich mehrere Tage mit hochverschwollenem Gesicht, mit Kompressen bedeckt im Bett zubringen mußte. Seither hat mein Gesicht alle Farben durchgemacht, ist jetzt aber wieder soweit anständig, daß ich am Sonntagabend ausgehen könnte. Gott sei Dank für seine Engelwache, wie leicht hätte ich tot sein können!

Theodor in Schopfheim träumte gleich in jener Nacht so lebhaft, ich sei gestorben, daß er morgens weinend und naß von Tränen aufwachte und den Traum erzählte. Der etwas abergläubische Knecht nahm's sehr ernst und meinte, da sei ganz bestimmt was Böses passiert. Drei Tage drauf kam Theo heim, und gleich unter der Haustüre erzählte ihm Frau Groß meinen Fall.

TAGEBUCH

Am Schluß dieses Jahres (1885) ist's mir wie ein Traum, was alles wir darin erlebt haben. Zwei teure Seelen, uns so nahe, hat der Herr heimgeholt, und uns scheint jetzt die Realität des Sterbens, des Heimgehens so nahe, und das Herz lebt mehr droben als früher. Klein und nichtig erscheint uns all unser Tun und Treiben, wenn das Licht der Ewigkeit drauf fällt. Aber o der Freude, daß uns so ein hohes Ziel winkt! O der Herrlichkeit, daß wir hier schon köstliche Gemeinschaft haben mit dem Vater, dem Sohn und allen Heiligen. Ja, arm scheint wohl das Erdenleben, aber unendlich reich ist es doch unter diesem Gesichtspunkt. Gott macht uns reich und wir ahnen hier schon das unverwelkliche Erbe. – Am 15. Januar 1885, an ihrem achtzigsten Geburtstag, durfte meine liebe Tante Uranie Dubois (in Calw) nach schwerem Leiden entschlafen zur letzten Ruhe . . .
In der Nacht vom zehnten zum elften August befiel Mama ein Herzkrampf, so daß sie sagte: »Der Tod hat mich am Herzen gepackt«, doch war sie Ende der Woche wieder so ordentlich, daß sie meinte, es sei nun doch nicht ihre letzte Krankheit, wie sie schon gehofft hatte. Am 16. August – Sonntag – aber schrie sie plötzlich: »Der Tod packt meine Füße!« Der rechte Fuß blieb leblos. Das hörte ich tags darauf von Johannes, der von Calw heimkehrte. Anfangs erwartete man ein schnelles Ende; allein die schwere, schmerzvolle Krankheit (Altersbrand) dauerte fünf Wochen.
Samstag, 22. August, schien einmal das letzte Stündlein nahe;

sie lag wie verklärt da und rief triumphierend einmal übers andere: »Christ est ma vie, et la mort m'est un gain!« Auch sonst sprach sie da manch köstliches Wort, teilweise als Antwort auf Papas Fragen, und ergoß ihr Herz in einem heißen Gebet.
Mir ließ es nun in Basel keine Ruhe mehr, und ich eilte am 24. August nach Calw, wo ich eben Dekan Berg bei Mama traf; man sagte mir, sie sei nicht bei sich. Wie ich aber an ihr Bett trat, blickte sie mich zuerst fest an, dann lächelte sie Erkennung und begrüßte mich mit rührender Freude.
Am 18. September (Freitag), nachmittags dreieinviertel Uhr, erlöste Gott die Seele, die auf Erden nie fremd zu sein verlernt hatte. Am zwanzigsten wurde der müde Leib begraben.

AN KARL

Basel, 27. November 1885

Gestern wäre mein Schreibtag gewesen, allein da mußte ich mit Näherinshilfe noch die große Puppe für Marulla (Dadis alte) neu kleiden und hatte keine Zeit zum Schreiben. Heute nun hat das liebe Kind mit Entzücken seinen Geburtstag gefeiert; als zum Frühstück alle statt Brot Wecken kriegten, fiel sie mir ganz gerührt um den Hals: »O Mamale, jetzt kann ich nimmer!« Sie schwimmt heute im Glück, ist freigebig fast über Vermögen und strahlt wie Sonnenschein ...

AN KARL

Basel, 4. Dezember 1885

... Am Freitagabend fielen so außerordentlich viele Sternschnuppen, die Kinder saßen jubelnd am offenen Fenster, und Marulla meinte, es sei ihrem Geburtstag zu Ehren. Nun hören wir schon von Rußland her, daß dort alles Volk sich bewegte über der seltenen Erscheinung am Sternenhimmel, und die Esten, als es dann nachts bewölkt und sternlos war, sagten: »O weh, sie sind alle heruntergefallen!«
Hermann blieb einen Tag wegen Halsweh daheim, doch

konnte er heute wieder zur Schule. Er hat viel Freude am Latein, es ist ihm die liebste Lektion . . .

TAGEBUCH

Am 19. Februar 1886 kam an das Basler Missionskomitee die Bitte von Papa, ihm Johannes als Gehilfen und Nachfolger abzugeben. Vorher hatte Papa uns gefragt. Johannes bat, andere, Passendere zu suchen; wenn's nicht gelinge, wollten wir darin Gottes Willen erkennen und folgen. Es war nun klar, was wir zu tun hatten. Basel mit seinem lebendigen, anregenden Treiben, dem köstlichen Kreis unserer Missionsfreunde, unser sonniges, heimeliges Logis, unsere liebe Nachbarschaft zu verlassen, fällt mir wohl schwer, und dem lieben Johannes ist's sehr schwer, die Redaktion des Magazins, womit er so verwachsen, und seine Stellung in der Basler Mission ganz aufzugeben. Auf der andern Seite zieht Papa. Wir lassen uns führen und sind still. Am 10. März kam die Entscheidung des Komitees für Calw.

AN KARL

Basel, 6. April 1886

. . . Unser Hermann hat sich eine sehr schreckenerregende Indianerkriegsrüstung und Kopfschmuck angefertigt und kommandiert und schlaucht nun etliche Nachbarsbuben nach Herzenslust herum, als seine Soldaten, in größter Aufregung. Eigen ist, daß er nie mit andern, die ihm überlegen sind, als untergebene Person im Spiel mittun mag, nur immer Nr. 1!

LETZTE JAHRE MIT DEM VATER

Anfang Juli 1856 fand die Übersiedlung nach Calw statt. Zum drittenmal in ihrem Leben sollte nun Marie Hesse gemeinsam mit ihrem Vater und den Ihrigen in dem alten Haus des Calwer Verlagsvereins wohnen. Das Tagebuch vermerkt: »Denke ich an Basler Wohnung, Freiheit und Umgang, an unser ungeniertes Familienleben zurück, so will mich's hier beengen. Aber für das innere Wachstum ist's besser so, das glaube ich.« Das letztere sollte sich als Irrtum erweisen. Das Haus, dessen vordere schöne Zimmer natürlich Großvaters Wohnung waren, war nach hinten gegen den Berg feucht und ungesund und erschien Johannes oft wie ein Gefängnis, wo er nie mehr gesund werden könne.

TAGEBUCH

1887

Was die inneren Erfahrungen dieses Jahres betrifft, so kann ich nur mit tiefster Beschämung zurückblicken auf Niederlage um Niederlage, und auf Zeiten der tiefesten Verzagtheit und Entmutigung. Oft fürchtete ich, gemütsleidend zu werden, so schwer ging's durch. Die Verhältnisse sind schwierig und beengend, aber wenn das Gottes Weg ist, so müssen wir ihn gehen und stille und dankbar sein. In großer Seelennot ward mir Trost und viel Ermunterung zuteil durch eine Rede von Schrenk über »die Verherrlichung Gottes unser einziger Lebenszweck«. Ach ja, das muß ich im Auge behalten. Wir vergessen oft in der alltäglichen Misere des Erdenlebens, was doch klar und deutlich Jesus uns vorausgesagt hat Matth. 16. Ihm nachfolgen, heißt Kreuz auf sich nehmen, sich verleugnen, sein Leben verlieren – nicht gute Tage und Ruhe auf Erden. Ach, noch merke ich nichts von Seinem Gepräge an mir. Soviel Haß und Zorn und Ärger und Eigenliebe kommt tagtäglich zum Vorschein, daß ich erschrecke.

TAGEBUCH

1888

Wir blicken zurück auf 1888 als auf ein Jahr, das mehr Kampf als Sieg, mehr Last als Lust, mehr Kümmernisse als Freuden brachte ... Immer wieder sträubt sich der eigene Sinn gegen alle die Verhältnisse, in die wir hier eingeengt sind, und die Frage: »Dürfte und könnte und sollte nicht doch allerlei geändert und gebessert werden?« steigt oft auf. Im Geschäft ist mein lieber Mann unbefriedigt, ihm und mir fehlt überall die Freiheit. Um der Liebe willen sie drangeben, ist recht und schön, ob aber Papa und uns damit wirklich gedient, irgend jemand genützt wird? Auf mir liegt's wie ein Alp, ich hatte in diesem Jahre gegen Schwermut anzukämpfen wie noch nie. Auch Johannes geht gedrückt einher, es kommt zu keinem freien, fröhlichen Aufschwung. Doch was klage ich? Drückt der Mangel noch so sehr, »Du füllst des Lebens Mangel aus mit dem, was ewig steht.«

TAGEBUCH

1889

In diesem Jahr steigerte sich das Schwierige der Verhältnisse bis zur Unerträglichkeit. Johannes wurde immer nervöser und elender, schlaflos, durch Kopfschmerzen fast arbeitsunfähig. Ich war halb gemütsleidend ... Wiederholt hatte mir Johannes erklärt, er könne nicht gesund werden in dem Calwer Verlagsvereinshaus und all den verzwickten Verhältnissen und Aufgaben dort. Papa hat es offenbar geschmerzt; aber er ahnte nicht, wieviel es uns gekostet, wie schwere Opfer wir ihm in diesen dreieinviertel Jahren gebracht haben. Trennung ist unumgänglich notwendig ...

Am 16. September 1889 zogen wir in die neue Wohnung (in der Ledergasse), die sonnig und behaglich ist. Gott sei Dank, nun haben wir wieder ein Heim!

... Johannes »kneippt« mit Erfolg, trinkt vor Schlafengehen Baldriantee und spürt nach und nach Besserung ...

AN HERMANN IN AMERIKA UND DESSEN FRAU

Calw, 22. September 1889

... Letzten Montag war unser Umzug. Ihr werdet es wohl kaum haben verstehen können, daß ich Papa verlassen konnte, es hat mich einen langen, schweren, sehr bittern Kampf gekostet, aber ich sah ein, daß es durchaus nötig und geboten war. Johannes hatte ein wahres Grausen an dem Hause, speziell an unseren Schlafzimmern, die sämtlich auf den Winkel hinausgingen, dessen Düfte Julchen gewiß noch in Erinnerung hat von jenem Gastzimmer her, wo sie mich damals bat, doch nur ja kein Fenster offen stehen zu lassen. Dann war ein rechtes Zusammenleben mit den Kindern in dem weitläufigen Hause kaum möglich. Ich ging ganz auf in Hausarbeit und hatte keine Frische mehr für Mann und Kinder, auch war ich gemütlich furchtbar gedrückt, weil in den dortigen Verhältnissen von früh bis spät nur alles Böse in mir heraufgelockt wurde und ich immer nur zu kämpfen hatte gegen Verstimmung und Zorn. Das brachte mich innerlich in große Not, und natürlich litt Johannes mit darunter. Auch ihm war's schwer, immer und ewig unter Gouvernantenaufsicht zu sein, nie sich frei und ungeniert als Hausvater bewegen zu können. Als er mir gestand, daß er von London und Bremen[1] aus mit Angst und Sorge wieder in diese drückende Lage zurückgekehrt sei, als ich sah, wie er mehr und mehr in seinen Nerven herunter kam und immer sagte, es könne mit ihm unmöglich vorangehen in der Gesundheit bei so unnatürlichen Verhältnissen, da sah ich ein, daß es meine Pflicht sei, eine Änderung herbeizuführen.

Es ward mir aber furchtbar schwer, das könnt Ihr Euch denken, weil es so lieblos und rücksichtslos gegen meinen herzlieben Vater aussieht. Gott weiß, daß ich's nicht leichthin tat, um mir das Leben leichter zu machen, sondern erst, als ich es als Pflicht erkannt hatte. Ich hoffe gewiß, daß wir auch vom Um-

1 Wo er auf Missionskonferenzen gewesen war.

Das Haus in der Ledergasse in Calw,
das die Familie Hesse vom Sept. 1889-Juni 1893 bewohnte

gang mit dem lieben Vater jetzt mehr haben und ihm eher etwas bieten können, als in jener Herzensbeengung möglich war. Gottlob, ich bin von der schrecklichen Antipathie gegen (Kusine) Jettle, die ans Krankhafte streifte, ganz erlöst von dem Tag an, wo ich Papa gesagt, daß wir wegen Johannes' Gesundheit ausziehen müßten in eine gesündere, luftigere Wohnung. Eine solche haben wir nun und sind sehr froh und dankbar. Sonnenschein, frische Luft, Freiheit und Frieden im Haus sind die ersten Grundbedingungen zu körperlichem und geistigem Wohlsein des Menschen. Mit großer Beschämung und Demütigung seh ich zurück auf die letzten drei Jahre und kann Gott nur bitten: »Was ich gelebt hab', decke zu; was ich noch leben soll, regiere Du!« . . .

AN ADELE

Calw, 25. Oktober 1889

Herzensschäfchen! Gestern morgen stand in meinem englischen Vergißmeinnicht: »Whatever thy hand findeth to do, do it with might.« Da sagte ich zu Papa: »Nun kann's einen energischen Tag bei mir absetzen mit solch einem Motto.« Nun hab ich aber auch gestern und heute geschafft wie toll und die ganze Wäsche allein weggebügelt . . .

Marulla geht oft zu (ihrem Bäschen) Marie nach Hirsau, mit ihr zu spielen. Jetzt aber hat sie noch näherliegende Mutterpflichten, da der kleine Erwin (Sohn des Hausbesitzers) unten krank zu Bett liegt. Hermann, der heute und morgen frei hat, saß den ganzen Vormittag beim kranken Büblein, zeichnete und musizierte ihm vor auf diversen Instrumenten. Diesen Nachmittag hat er Indianerpflichten . . .

Am 1. Februar 1890 brachte Marie Hesse ihren Sohn Hermann nach Göppingen zur Vorbereitung aufs Landexamen. Sie schreibt darüber an Karl, der seinerzeit dieselbe Schule besucht hatte:

... Freie Nachmittage gibt es dort nie, doch sehen die Jungens vergnügt aus und können ihren originellen Rektor nie genug rühmen und erzählen endlose heitere Stückchen von ihm. Uns empfing Herr Rektor Bauer mit der langen Pfeife, war aber recht freundlich, empfahl Hermann, seinem Bruder Karl nachzuahmen ... Hermann wurde sofort examiniert und blieb jenen Samstag noch bis abends sieben in der Schule. Vor vier Uhr fuhr ich ab und kam halb sechs nach Stuttgart. Hermann zeigte keinen Abschiedsschmerz, die Kameraden waren ihm sehr wichtig. Die hatten an Brille und Zwicker und allen musikalischen Instrumenten Hermanns solche Freude und so viel Interesse gezeigt, daß seine Hausmutter fast Angst kriegte, es könnten diese vortrefflichen Schüler von ihrem gewohnten Fleiß abgezogen werden durch den Einzug von Hermann und dessen Unterhaltungen. Ich hoffe, sie haben dagegen unsern Jungen in ihr Reich des Fleißes und der begeisterten Strebsamkeit hineingezogen. Herr Rektor hatte ja gesagt: »Ein Fauler hält's bei uns gar nicht aus, bloß Fleißige bleiben in meiner Schule.«

AN HERMANN IN AMERIKA

Calw, 15. August 1890

... Karl kam heiter heim, militärsatt und froh, ausruhen zu dürfen. Er marschierte her, wie er meist tut; auch in der Schweiz will er große Fußtouren machen. Mit Adele musizierte er sofort, die zwei verstehen sich besonders gut und treiben allerlei harmlosen Unsinn zusammen; die kleineren Geschwister hängen alle mehr an Theo als am »großen Zweier«, weil er sich nett mit ihnen abgibt, wenn er gerade Zeit dazu hat und allerlei Handgeschick hat, das dem unbeholfenen kurzsichtigen Karl ganz abgeht ... Mit unserem Hermann geht's ja in Göppingen über Erwarten gut, und sein Lehrer lobt ihn. Daß er aber sehr nervös und zart ist, merken wir wieder in den Ferien, besonders an heißen Tagen, obschon er körperlich eher erstarkt ist.

AN KARL

Calw, 25. April 1891

Herr B. nahm drei Neger mit in die Passionsmusik in Stuttgart. Ihr Urteil nachher war: »Einiges gefiel uns, aber vieles nicht, besonders zum Beispiel die Rezitative; es ist wohl viel Kunst, aber zwei Mark war's doch gewiß nicht wert! Die Kunst ist jetzt groß, man kann sogar Pferde nach strengstem Takt marschieren machen!« Der einfache Kirchenchor in Korntal gefiel ihnen sehr viel besser; nun, den hatten sie gratis!

1890 und 1891 schrieb Marie Hesse das Leben des Bischofs Hannington und David Livingstones für die Calwer Familienbibliothek und lebte sich sehr in die Ugandamission ein. Sie schreibt an Karl (30. Mai 1891):

Werden bei Euch auch Flugschriften mit der Aufforderung zur Mithilfe gegen den Sklavenhandel verteilt? Es freut mich, daß alsgemach in Deutschland sich auch Herzen erwärmen für diese ernste Sache. Durch meine Livingstone-Studien stecke ich gegenwärtig so mitten in all diesen Greueln drin, daß ich oft nachts davon träume. Gott schenke Freiheit! O, es gibt so viel heilige Arbeit in der Welt, wer nur dazu bereit wäre!

TAGEBUCH

Unser lieber Hermann bestand glücklich im Juli (1891) das Landexamen und trat im Herbst ins Kloster Maulbronn ein, wo es ihm gleich sehr gut gefiel.

AN KARL

Calw, 22. Juli 1891

Hermann ist ganz vergnügt und heiteren Sinnes, badet und erholt sich. Hans ist natürlich nicht sitzen geblieben, da er im Latein von den Guten ist, wenn auch der schlechteste Rechner, aber der Lehrer hatte ihm gedroht, er bleibe sitzen, und das machte ihn sehr unglücklich. An brutalen Lehrern ist hier kein Mangel. Möchtest Du einmal ein weiser und humaner Lehrer sein ...

TAGEBUCH

Unser Hansli hatte in der zweiten Lateinklasse schwere Zeit. Seine Lehrer sind streng und roh und überfordern die zarten Büblein und schimpfen, daß es eine Schande ist. Als das Wort »Zwietracht« in einem Lied vorkam, fragte ich Hans, ob er wisse, was das bedeute? »O freilich, das kommt in unsrer Schule beständig vor; da bleibt's nicht oft bei einer Tracht Hiebe!«

Daß wir unseren herzlieben Vater noch in unsrer Mitte haben dürfen, ist mir ein besonderer Grund zum Loben und Danken am Jahresschluß. Am Neujahr 1891 hatte er Doktor Zahn gefragt: »Nicht wahr, das ist mein letztes Jahr auf Erden, ich darf in diesem Jahr noch heim?« Er war damals gerade besonders elend (Wassersucht), und der Arzt hielt ein baldiges Abscheiden für wahrscheinlich und muß sich derart ausgesprochen haben, denn wiederholt sagte uns Vaterchen: »Der Doktor hat mir für heuer das Heimgehen versprochen.« – Doch hat sich Papa eher wieder etwas erholt. Das Abhängige und Beschwerliche seiner Lage drückt ihn wohl oft sehr, denn jede Bewegung fordert große Anstrengung, und ungestützt kann er kaum noch einen Schritt machen. Doch arbeitet er noch immer und hat oft sehr heiteren Humor ... Der Not der versolgten Lutheraner in Rußland gedenkt er täglich im Gebet und versteht nicht, warum das nicht von allen evangelischen Kanzeln herab regelmäßig im Kirchengebet geschähe. – Als ich an meinem Geburtstagmorgen zu ihm kam, rief er: »So, da kommt die Jubeljährige! Von 49 auf 50 ist's Jubeljahr, da werden alle Gefangenen frei, da ist eitel Friede, Freude, lauter Gutes und Segen, alle Schulden gestrichen! Da darf man nur jubeln das ganze Jahr!«

TAGEBUCH

1892

Beim Rückblick auf dies Jahr 1892 muß ich gestehen, daß es eins der schwersten meines Lebens gewesen ist, und doch war Gottes Gnade und Treue groß über uns, und indem Er uns das schmerzhafte Kreuz auflegte, ließ Er uns Seine alles vergütende, tröstende und herzbeseligende Liebe so erfahren, daß wir in Beugung und doch voll Hoffnung sprechen: »Dein Wille geschehe!«

AN HERMANN IN AMERIKA

Calw, 8. Februar 1892

... Alle vorhandenen Enkelein fanden sich (zu Doktor Hermann Gunderts Geburtstag) während Großvaters Mittagsschläfchen drüben ein und setzten sich leise im Eßzimmer an den langen Tisch dem Alter nach, so daß die jüngsten, Fanny und Ruth, zu beiden Seiten des Großvatersessels kamen. Als nun Vater, auf zwei Söhne gestützt, heraustrat, erscholl: »Lobe den Herren, o meine Seele!« Großvater sank in den Sessel, sang mit und überschaute seine Enkelein; gewiß gedachte er da auch der abwesenden neun Enkel und zwei Urenkelein. Die Kleinsten fütterte er teilweise und sah mit Lust zu, wie aufgestellte Kuchen, Backwerk und dergleichen so schnell in die vielen Mäulchen verschwand. Dann sang man die drei Verse: »Weil ich Jesu Schäflein bin«, und Großvater sagte drauf: »Ja, wenn ihr das jetzt wirklich auch alle ausführet, dann ist's schön; ich meine das Sich-Heimtragen-Lassen von Engelein in des Hirten Arm und Schoß. Hinaustragen, begraben, das geschieht ja beständig an vielen; aber so sterben, daß Engel hermüssen, eins heimzutragen, wie den armen Lazarus, das ist was Besonderes!« Jetzt hustet die kleine Marie wiederholt ein seltsames, sehr verständliches Hüsteln, das bedeutet: »Es ist mir da zu feierlich!« Klaps, hat sie eins von ihrem hinter ihr sitzenden Vater aufs offene Mäulchen. Nun regt sich's um alle jungen Mundwinkel, die Sacktüchlein müssen schnell heraus und das bekannte Kichern geht an. Großvater guckt freundlich umher und lacht dann mit. Wo können vierzehn Kinder ungekichert lange feierlich herumsitzen? Bald wildeln und tollen sie fröhlich im alten, einst so interessanten Saal hinten, während wir Alten und Altwerdenden noch zusammensitzen und plaudern. Ehe man sich's versieht, sind David und Friedrich tief in Geschäften, das ist bei ihnen so unvermeidlich wie das Lachen bei den Kindern . . .

TAGEBUCH

Den 7. März 1892

War das ein Tag! Marulla hatte nachts Adele keine Ruhe gelassen, da sie mit Fieber und Halsweh erkrankt war. Der Arzt befürchtet Diphteritis; so halten wir alle von Marulla fern, und ich pflege sie im Gastzimmer. Um zwölf Uhr kommt ein fremder Knabe, und sagt, Hans habe Arrest und komme nicht zum Essen, er habe sein Lied nicht recht gekonnt. Marulla heult und jammert darüber und regt sich schrecklich auf; Johannes holt Hans aus dem Arrest zum Mittagessen heim. Um fünf Uhr kommt der Postmann und ruft vor der Stubentür laut: Ein Telegramm! Ich eile hinaus und denke, es melde am Ende des neunzigjährigen Vaters Hesse Heimgang. Doch nein – es ist aus Maulbronn, und das hat das kranke Kind drinnen auch schon gehört. »Hermann fehlt seit zwei Uhr. Bitte um etwaige Auskunft.« Welcher Schrecken! Was hat's gegeben? Adele bringt Johannes die Hiobspost, und dieser telegraphiert zurück: »Wir wissen nichts. Bitte Beruhigung telegraphieren!« Nachts neun Uhr kam wieder ein Telegramm: »Alle Schritte getan, bis jetzt ohne Erfolg.« War das eine Schmerzensnacht! Ich hatte mich bei Marulla gelegt und hielt dem aufgeregten fiebernden Kinde immer wieder die Hand zur Beruhigung. Zuerst hatte mich die Angst, Hermann sei in besondere Sünde und Schande gefallen, es sei dem Entweichen etwas besonders Böses vorausgegangen, ganz qualvoll gefolgert, so daß ich ganz dankbar wurde, als ich endlich das Gefühl bekam, er sei in Gottes barmherziger Hand, vielleicht schon ganz bei ihm, erlöst, gestorben. In einem der von ihm so bewunderten Seen ertrunken? »Heran, heran, was wiegen kann!« Schuberts Müllerlied sumste mir im Kopf und ich meinte schon, das Kind im Grunde des tiefen Sees liegen zu sehen. Und doch kam dabei Frieden und Ergebung in meine Seele.

Am Dienstagmorgen baten wir Friedrich, nach Maulbronn zu reisen, da wir nicht fort konnten. Um elf Uhr fuhr mein Bruder ab. Noch ehe er in Maulbronn ankam, nachmittags ein Uhr, kam ein Telegramm: »Hermann wohlbehalten zurück«, und ein am Abend vorher geschriebener Brief von Professor Paulus. Nun gottlob! Das Kind ist selbst wieder gekommen; unterwegs von einem Landjäger gefragt, wo er hinwolle, hatte er gesagt: »Nach Maulbronn.« – »Dann gehen wir zusammen.« Der Gendarm telegraphierte im nächsten Ort gleich nach Maulbronn, daß der Gesuchte gefunden sei und mit ihm komme. Die Repetenten gingen ihm entgegen. Als Hermann in des Professors Zimmer sein Taschentuch herauszog, fielen Strohhalme heraus. Er hatte die Nacht bei neun Grad Kälte auf freiem Felde zugebracht, ohne Mantel, ohne Handschuhe, ohne Geld, noch mit Schulbüchern unterm Arm! Da man erkannte, daß kein boshafter Plan zum Fortlaufen gewesen, sondern ein plötzlicher Rappel, kam er mit acht Stunden Karzer davon. Aber nun war's vorbei mit den harmlosen Freuden, Lehrer und Schüler paßten auf und mißtrauten. Einem Freunde von Hermann wurde vom Vater streng der Umgang mit diesem Tunichtgut verboten.

AN KARL

Calw, 13. Mai 1892

... Herr Repetent Wüterich sagte mir, Hermann habe gar keinen Willen mehr, sondern bloß noch Phantasie. Zu klagen hatten sie nichts Besonderes. In den Lektionen halte er sich ganz gut und aufmerksam, aber in der Arbeitszeit schaffe er nicht, sondern dichte.

Herr Ephorus bat für ihn um ein halbes Jahr Urlaub zur Erholung, und wir nahmen Hermann mit nach Boll (zum jüngeren Blumhardt), wo er sehr freundlich aufgenommen wurde. Über den Sonntag waren wir noch mit ihm dort, dann fuhr Theo nach Günzburg und ich nach Hause zurück. Einige Wochen ging's gut, und wir hofften das Beste, dann trat wieder Kopfweh, Appetitlosigkeit und Schlafmangel ein. Am 21. Juni beim Frühstück kam von Boll ein Brief, ich möchte sofort kommen, denn gestern habe Hermann einen Selbstmordversuch gemacht. Natürlich reiste ich gleich ab, bestellte telegraphisch David, daß er von Stuttgart an mit mir reise. Ach, war das ein Reisen!

In Brodersens Restauration, als Gefangener, finster und verstört saß Hermann und grüßte uns nicht. Es waren die qualvollsten Stunden meines Lebens, die ich bei ihm – Tag und Nacht – zubrachte. Nach langen Beratungen war David heimgereist. Am Morgen kam Doktor Engelhorn (der Oberamtsarzt) – furchtbar scharf und streng sprach Blumhardt, der alle Krankheit vergessen zu haben schien und bloß von Bosheit und Teufelei herunterdonnerte, daß einem Hören und Sehen verging. »Der Herr hat's ihn geheißen«, dachte ich und verstummte, als er und Brodersen (der übrigens voll Liebe und Mitleid mir nichts Gutes genug tun konnte, und dessen Teilnahme ein süßer Tropfen im bitteren Wermutsbecher war) von schlechter Erziehung und ihren Früchten predigten. Schließlich riet Herr Pfarrer Blumhardt, zu Pfarrer Schall nach Stetten zu gehen, und zwar »unangemeldet mit Sack und Pack vor ihn hinstehen« und bitten, daß er Hermann nimmt, sonst behalte er ihn keinesfalls. In Stetten ging's über Erwarten gut. Die Gartenarbeit brachte Appetit und Schlaf, und Hermann wurde körperlich auffallend gekräftigt.

AN KARL

Calw, 6. Juli 1892

. . . Gott sei Dank, wir haben bisher aus Stetten recht gute Berichte bekommen. Nicht bloß schrieb Herr Inspektor zweimal zufrieden, sondern Hermann selbst hat wiederholt ordentlich – zwar kurz – geschrieben. An seinem Geburtstag bekam er von Herrn Inspektors einen Blumenstrauß und Hefenkranz, durfte bei ihnen den Kaffee trinken und nachher mit drei Lehrern in den Wald spazieren gehen. Er treibt täglich eine Stunde Livius, Geschichte usw. In der Schule vikariert er auch eine Stunde am Tag, morgens arbeitet er im Garten, und infolge davon sei der Schlaf ordentlich. »Neben mir wohnt ein siebzehnjähriger Bengel, namens Tom, der schon so oft im Karzer saß, daß dieser ›Onkel Toms Hütte‹ heißt.« Es steht also über Erwarten gut soweit, aber wir müssen stets gefaßt sein auf ganz unmotivierte Ausbrüche – wie er ja damals uns so entzückt über Maulbronn schrieb und vier Tage drauf davonlief! Daß er aber in treuen, guten Händen (auch der Menschen) ist, gereicht mir sehr zum Trost und zur Beruhigung.

Ich war in letzter Zeit sehr in Anspruch genommen durch Konkordanzkorrekturen, wo ich jede Bibelstelle nachschlagen muß. Ich übernahm's vom Geschäft, um etwas nebenher zu verdienen, und seit ich mich eingelebt habe in die Arbeit, macht sie mir auch wirklich Freude. Ich bringe so sehr viel Zeit an der Bibel zu und freue mich immer wieder an vielen herrlichen Stellen.

TAGEBUCH

Ende 1892

In den Weihnachtsferien war prächtige Eisbahn und dadurch viel Unterhaltung für die Jugend. Hermann war ganz erstaunlich lieb, ruhig, verträglich. Doch sagte er mir vor der Abreise: »Täusche dich nicht über mich; ich bin noch ganz ebenso krank und unglücklich wie damals in Boll und stürbe am liebsten gleich!« Doch waren wir sehr dankbar für das liebe, friedliche Beisammensein in den Festtagen, und so schloß das schwere Kreuzesjahr mit Abendrot.

TAGEBUCH

April 1893

Papa (Gundert) hat Schmerzen vom Aufliegen und möchte sich gerne immer wieder umwenden können. Er meint, es gehe ihm wie dem heiligen Laurentius auf seinem glühenden Rost, der rief, man möge ihn umwenden, daß die andre Seite auch röste. Der Mensch sei kurios: jetzt meine er oft, ein kurzes, schrechliches Martyrium wäre leichter zu ertragen als ein langsames und langweiliges Siechtum.

Über das Ende Doktor Hermann Gunderts berichtet das

TAGEBUCH

1893

In diesem Jahre holte Gott unsern Herzensvater heim, und eine große Lücke ist geblieben; doch ist mir oft, als seien mir nun die lieben Eltern oft sehr nahe . . . Am 8. April war er sehr elend und sagte zu (seinen Enkelinnen) Frida und Fanny: »Jetzt darf euer Großvater bald eine große Reise antreten.« . . . Am vierzehnten hatte er sein Ende als nahe im Auge und betete als ein Sterbender für jedes mit Namen eingehend. Am Abend des Konfirmationstages trafen wir ihn sehr heiter im Wohnzimmer am Tisch vor einer Ananas, die ihm geschenkt worden, und die er scherzend verteilte. Am achtzehnten diktierte er noch einen Brief, Mittwoch, 19., traf ich ihn morgens ganz ordentlich, am Nachtmittag, nachdem er zwei Stunden im Sessel gesessen, trat große Schwäche und Fieber ein, große Unruhe, kein Appetit; erst nach Mitternacht etwas Schweiß und Schlaf. Morgens war er zwar matt und fiebrig, aber rauchte wieder ein wenig und lachte mich an, als ich kam, las auch etwas. Bald steigerten sich Fieber und Schwäche, er schlummerte unruhig . . .

Freitag, 21. April u. ff.

Heißes Sommerwetter und viel Lärm von der Straße dringt durch die offenen Fenster herein, aber unser lieber Kranker schlummert meist in hohem Fieber. Nach dem Nachtessen waren wir um sein Bett versammelt; Friedrich liest den 23. Psalm vor, und wie er geendet, spricht Vater laut, deutlich und mit viel Ausdruck die Worte: »Ja, Herr, bekräftige Du das, daß wir in Deinem Hause wohnen immer und ewiglich!« ... Verwundert blickte er herum in unsrem tiefbewegten Kreise, dann glitt ein Strahl heller Freude über sein Gesicht, daß das Heimgehen so nahe. Johannes betete, und nachher, als Papa in großen Schmerzen zu sein schien, sagte er voll Mitleid: »Ach, wir können dir nicht helfen«, setzte aber schnell hinzu: »Doch du hast schon Einen, der dir hilft«, denn Vaterle lachte mit dem ganzen Gesicht ...

Julie und Friedrich blieben nachts bei ihm; da rief er einmal: »Jetzt pack mir mein Sach!«, und ein andermal (wohl im Gebet): »Nimm weg, was noch auf mir liegt!« Friedrich las immer wieder ein Gotteswort, und dann suchte Papa die müden Augen zu öffnen; als wir sangen: »O der auserwählten Stätte«, sang Papa ein wenig mit, d. h. er brummte den Baß zu zwei Zeilen. Ein Lächeln spielte um seine Züge, der Todesschweiß perlte auf der Stirn; um zwei Uhr morgens begann das Röcheln, wir meinten zwischenhinein »Herr, Herr!« zu vernehmen. Immer schwerer ging der Atem, o, wie gönnten wir ihm die Erlösung aus dem morschen Hüttlein! Endlich, endlich morgens halb fünf Uhr nahm der Herr seinen Knecht heim. Was mag das für ein Erwachen als Befreiter gewesen sein! Dienstag, 25. April, war sein Erlösungstag; sieben Jahre, sieben Monate, sieben Tage liegen zwischen Mutters und Vaters Ende. In unseren stillen Frieden drang des armen Erdenlebens vielgeschäftiges Getriebe unbarmherzig herein. Donnerstag, 27. April, war die Beerdigung.

Karl blieb nach seinem Examen als Privatlehrer in Stuttgart. Bei seiner Lehrprobe kam drolligerweise allerlei vor. Der Ofen im Schulzimmer fiel ein, während er dozierte, und dann bekam ein Schüler einen epileptischen Anfall. Da keine Karte von Afrika an der Wand hing, zeigte Karl seinen Schülern am Schlapphut Afrikas Bodengestaltung, mitten Hochland, dann Tiefland und Berge nach der Küste zu . . .
Am 4. Mai wurde Johannes zu Vaters Nachfolger gewählt, und wir zogen am 19. Juni ins alte liebe Haus des Verlagsvereins hinüber (wo jetzt bessere Räume freigeworden waren).
Im Sommer schrieb Johannes Vaters Leben . . .
Schon gleich nach Vaters Tod fühlte ich mich oft sehr unwohl, bekam nachts öfters Gallenbrechen, hatte Schmerzen im Knie und dergleichen. Im Winter mußte ich dann länger liegen, der Arzt dachte an Venenentzündung, aber es war wohl der Anfang der späteren, langen Krankheit.

KRANKHEIT UND GENESUNG

AN KARL

Calw, 1. Januar 1894

Mein herzlieber Karl! Das ist mein erstes Briefchen im neuen Jahr; ich wünsche Dir Gottes Segen und das Leiten Seines Geistes bei jedem Tritt und jedem Erlebnis in diesem neuen Jahr! Ich muß Bett- und Sofaliegen und beschäftigte mich so gut ich kann, aber es ist eine arge Geduldsprobe, so ganz mit jedem Begehr andern zur Last zu fallen. Ich habe das rechte Bein in der Wickel und soll es gar nicht stellen; Schmerzen habe ich jetzt liegend eigentlich gar nicht, und sollte also noch recht herzlich dankbar sein, versuche es wenigstens . . .
Hermann ist recht lieb, armes Kind! Er singt eigne Dichtung am Klavier, alles furchtbar melancholisch. Gestern und heute war er ein Weilchen auf den Seen; jetzt sei auch auf der Nagold Eisbahn, es fiel aber heut ordentlich Schnee . . .

TAGEBUCH

1894

Meine Kräfte nahmen sichtlich ab. Am 2. Juni erklärte mir Doktor Zahn, ich leide an Knochenerweichung, und da die Meinigen auch von Professor Liebermeister ein Urteil wünschten, reiste ich am 20. Juni nach Tübingen. Liebermeister bestätigte Doktor Zahns Urteil, und befahl mir eine strenge Kur für sechs Monate: vollständiges Bettliegen, tägliches Baden, so daß ich (nach Angewöhnung immer länger, immer heißer) eine volle Stunde in dreißig Grad (Réaumur) warmem Wasser liegen mußte, daneben Lebertran und Pulver einnehmen. Vorher war's für mich eine erdrückend schwere Zeit, denn solange ich mich herumschleppte und arbeiten wollte, ohne doch die Kraft zu haben, lag auf meinem Gemüt eine Schwermutswolke. Viel besser wurde das, sobald ich liegen

mußte. Ich konnte mich ganz in Gottes Willen geben und ihm stillehalten. Und Er hat mein Herz erquickt mit Gnade als mit einem Strom, so daß meine Seele genas. Er tat von da an lauter Barmherzigkeit an uns, denn am 5. Juni entschloß sich der arme Hermann aus freien Stücken, das faule Hinleben aufzugeben und in Perrots mechanische Werkstätte einzutreten. Dadurch erstarkte er körperlich und schaffte doch etwas . . .
Als die halbjährige Kur vorüber war, zeigte sich noch keinerlei Besserung, im Gegenteil, das Übel schien zu wachsen. Zwar durfte ich nun auf dem Sofa liegen zur Abwechslung, seltener und kürzer baden, aber die Schmerzen und die Geschwulst der Glieder nahmen zu, jeder Knochen schmerzte mich. Im Dezember probierte Doktor Zahn eine Phosphorkur und das Elektrisieren, aber es half alles nichts.

AN KARL

[*mit Bleistift geschrieben*]

Calw, 21. Oktober 1894

Herzlichen Dank für Deinen lieben Brief und Geschenk. Die Lieben alle hatten sich sehr angestrengt, mir zum Geburtstag Freude zu bereiten; die Menschen wünschten mir Genesung und wollten mir Liebs und Guts antun, aber der liebe Heiland schickte mir Schmerzen und damit das Versprechen, daß Er mir viel Größeres und Köstlicheres anbiete als irdische Freuden, nämlich: die Gemeinschaft Seiner Leiden. Und ich werde meine Wahl nie bereuen, daß ich mit Ihm lieber viel leiden, als ohne Ihn gute Tage haben will . . . Er segne Dich und gewinne Dein Herz ganz!

AN MARULLA

[*Bleistift*]

Calw, 25. Juni 1895

Meine herzliebe Marulla! . . . Hermann lernt seit acht Tagen mit Eifer Englisch von fünf bis sechs Uhr bei Adele. Er will in etlichen Jahren nach Brasilien, sagt er, und will vorher von Mechanik und Landwirtschaft das Nötige lernen; vorderhand bleibt er noch bei Perrot.

TAGEBUCH

1895

Dieses ganze Jahr war ich krank, elend, bettlägerig, aber der Herr erquickte mich und machte mich so glücklich in Ihm, daß ich mit niemand getauscht hätte ... Als der wunderschöne April kam, trugen mich meine Lieben hinaus in den Garten auf ein Feldbett und ich genoß mit Lob und Dank Sonnenschein, Vogelsang und Knospensprießen. Meine Kinder taten mir zulieb, was sie konnten, und mühten sich mit dem Haushalt. Johannes war so geduldig und treu, und von allen Seiten durfte ich so viel reiche, wohltuende Liebe genießen, daß ich oft tief beschämt war. Im April nahm ich etliche Kräuterbäder, die mir sehr empfohlen worden waren, und zu denen die Meinen und manche Freunde eifrig die Kräuter gesammelt. Ich glaube nicht, daß diese Bäder mir nützten. Ich begann nach einiger Zeit Homöopathie, zu der ich durch anonymen Brief und die Bitte einiger Freunde getrieben wurde. Jedenfalls war's eine große Erleichterung für den Magen, daß ich sonst keine Mittel mehr nahm.

Unser Karlmann reiste im Juli nach Estland zum lieben Großvater und lernte die Verwandten dort kennen, ehe er in seine Hauslehrerstelle in Alschanka bei Lgow, Gouvernement Kursk, eintrat bei Frau von Baur-Breitenfeld, wo er den Winter blieb. Hermann war in der mechanischen Werkstatt bis in den Herbst, entschloß sich dann, eine Buchhändlerlehre durchzumachen, und trat am 17. Oktober bei Hekkenhauer (in Tübingen) ein. Gott sei Lob und Dank, daß es da gut ging. So erleben wir Gebetserhörung und Glaubensstärkung nach Gottes Zusage. O Herz, vergiß es nie, wie viel Er an uns getan!

Im Herbst wurde eine Veranda hinten ans Haus gebaut, und da

konnte ich den herrlichen, selten schönen Spätsommer, im Sessel liegend, genießen ... Ja, dies Leidensjahr, das viel Schmerzen brachte, barg noch weit mehr Segen und Heil in seinem Schoß. Gottes Güte war jeden Morgen neu, Sein Friede war mein Trost, Sein Wort meine Stärkung, und die Gemeinschaft der Heiligen wurde mir köstlich.

TAGEBUCH

1896

Ein Jahr voll Gnadenwunder, voll Barmherzigkeit unseres Gottes! Lobe Ihn, meine Seele, und vergiß nie, was Er in diesem Jahre an dir getan hat!

Am 4. Januar kam der liebe Herr Schrenk zu uns als Gast, wir hatten Zahn, Schnürle, Olpp und Blank zum Nachtessen geladen. Nachts hatte ich Gallenbrechen und Rippenschmerzen, ließ mich aber am Sonntag, den 5., auf das Sofa bringen, denn wir hatten mit Schrenk die Feier des heiligen Abendmahls unter uns. Im Gebet bat unser Gast besonders auch für mich. Um drei Uhr hielt Schrenk die erste Bibelstunde in der Kirche über Jes. 43, 18–21. Vorher kamen einige Stundenbrüder her zum Gebet, und ich betete in meinem Bett auch herzlich mit, daß Gott die Arbeit Seines Knechts in Calw segnen möge. Beim Fortgehen sagte mir Herr Schrenk immer Lied und Text, ich sang und las es dann allein und betete drüber, und nachher erzählten mir meine Kinder von den Reden. Ich hatte anhaltende Schmerzen, auch in den Nieren.

Am 7. Januar kam von Oberförster K. ein Brief an meinen lieben Mann, er möchte ihm mitteilen, wann er Herrn Schrenk besuchen dürfe, er wünsche Handauflegung für sein schweres Magenleiden. Dieser Brief bewegte mich wunderbar – fehlte es mir am Ende an dem vollen kindlichen Glauben und an der Demut? Ich hatte damals keine Ahnung davon, daß Schrenk schon Kranke geheilt hatte, und die Sache arbeitet in mir ... Jetzt fragte ich Schrenk darüber, und er sagte, er habe bis jetzt nicht gefühlt, daß er um meine Genesung bitten solle, ich müsse innerlich des Willens Gottes gewiß werden. Daß der, welcher den Lazarus aus dem Grabe rief, mich heilen könne, sei kein Zweifel, Er, der die Knochen erschaffen, könne sie auch leicht heilen, trotz allem, was die Ärzte sagen.

Am 11. Januar kam unser Karl nach mehr als sechs Monaten wieder heim, klares Winterwetter. Ich bat abends Herrn Schrenk, er möchte mir eine Handreichung tun, daß ich stille und geduldig leiden könne und Gott verherrlichen bis ans Ende. Er sagte, er werde am nächsten Tag mit mir beten und die Hand auflegen, ich sollte mich innerlich dazu sammeln. Sonntag, 12. Januar, vor 11 Uhr kam Herr Schrenk, legte mir die Hände auf und betete um Geist und Kraft für mich und plötzlich auch um Genesung: »Richte sie wieder auf! Stelle sie auf ihre Füße!« Ich erschrak und zitterte. Oh, was bittet er da! Soll ich wieder hinein in alles, das ich als abgeschlossen verlassen? Und doch zugleich der Gedanke: »Wenn Gott wollte, sollte Ihn mein Unglaube aufhalten? Nein, Herr, ich will, was Du willst!« Und nun hatte ich plötzlich Mut und Freudigkeit, mitzubeten um Heilung. Auch Johannes ließ sich die Hände auflegen und Segen und neue Kraft zum Dienst des Herrn erflehen. Es war eine hochfeierliche Stunde, mir war's wie ein Pfingsten.

Karl wollte nicht zweimal zur Kirche und hieß das »geistliche Überfütterung«. Vergeblich ließ ich auch dreimal M. K. einladen und abholen, sie ging nicht. Es war mir, als müßte ich in meinem Bett ringen für die Seelen, daß sie doch diese Gnadenzeit ausnützen möchten. Äußerlich war stets viel Unruhe, aber der Friede Gottes überströmte mich, und Sein Nahesein war mir ganz fühlbar. Ich schlief auch so köstlich wie seit Monaten nimmer.

Trotz aller Unruhe nahmen die Schmerzen ab, und ich konnte nachts schlafen wie ein Kind. Das sagte ich Schrenk, worauf er ganz fröhlich sagte: »Oh, jetzt habe ich erst recht Mut, wir be-

ten heute abend wieder.« . . . Abends legte mir Schrenk nochmals die Hände auf unter herzlichem, gläubigem Gebet. Ich fühlte, daß etwas geschah, es flossen Kräfte auf mich herab. Die ganze Nacht konnte ich vor Loben, Danken, Jauchzen nicht schlafen. Wie ein heißer Strom fühlte ich es in mir vom Kopf durch den ganzen Leib wogen und wallen. »Ich habe Jesu Kleidessaum anrühren dürfen, und Er ist mir ganz nahe!« Das war das selige Gefühl, das mich jauchzen machte. Ich konnte danken für meine Heilung, noch ehe ich probiert, ob denn die elenden Füße wieder mich tragen könnten. Ich machte Licht und versuchte es, mich an Bettlade und Nachttisch haltend, aus dem Bett zu gehen. Es ging, es war ganz neues Leben und Vermögen da. Ja, ich konnte die Füße wieder lüpfen! Ich hatte sie vorher nur vorwärts schieben können, wenn man mich stützte. Oh, diese Wonne! Still legte ich mich wieder hinein, löschte das Licht und konnte nur Loblieder und Dankpsalmen stammeln. Obschon ich vor Freude nicht geschlafen, war ich morgens munter und ohne Schmerzen. Als Adele kam, bat ich sie, mich anzukleiden, »denn der Heiland macht mich gesund«. Adele fiel mir um den Hals und weinte. Dann half sie mir in die Kleider und geleitete mich auf das Sofa im Eßzimmer neben meiner Stube.
Wie freute sich Herr Schrenk, als er mich da schon zum Frühstück fand, und wie staunte Papa, als er mich um den Tisch Gehversuche machen sah. Wir blieben aber stille, und ich lag meist auf dem Sofa. Beim Nachtessen, da ich auf dem Sofa lag, meinte Herr Schrenk, er hätte mich gerne auch am Tisch. Ich stand auf und aß am Tisch mit allen zusammen. Das war Mittwoch, den fünfzehnten Januar, ein unvergeßlicher Tag in meinem Leben.
Am folgenden Tag stand ich morgens vor dem Frühstück allein auf und blieb auf bis nach Tisch. Um vier Uhr, da alles in der Kirche war, stand ich wieder allein auf, räumte einiges auf und ging ohne Hilfe ins Eckzimmer. Im Eß-

zimmer tranken dann die Stundenbrüder mit Schrenk Kaffee. Ich konnte von einem Zimmer ins andere gehen und meine Glieder freier bewegen. Die Schmerzen waren ganz weg. Friedrich entsetzte sich, warnte mich vor Schwärmerei und drohte mit schlimmem Rückschlag, mußte sich aber zuletzt doch mitfreuen.

Es war so voll in den letzten Abenden, daß viele wieder von der Kirche weg mußten, weil nirgens mehr Platz zum Stehen! Manche kamen und wurden angefaßt, die später wieder in den alten Schlendrian zurückfielen. Aber viele sind gestärkt und befestigt worden, die Liebe der Jünger brennt heller, der Glaube wächst, die Hoffnung ist fröhlicher geworden. Einige sind vom Tod zum Leben neu geboren worden und ehren Gott durch ihren Wandel. Von einem Bauern hörten wir, der zum Advokaten wollte, denselben nicht antraf, mit dem Strom zur Kirche fortgerissen wurde und nachher sagte, jetzt gehe er aber gewiß zu keinem Advokaten, sondern suche Versöhnung. Die Stunde mußte in den großen Saal unten verlegt werden, so groß war der Zuwachs.

Vom 4. bis 16. Januar 1896 war Herr Schrenk unser lieber Gast und teilte aus, was Gott ihm beschert. Unser König trat uns so fühlbar nahe, ich durfte Seines Kleides Saum anrühren und genesen. Zunächst mußte Er mich zerbrechen und in der langen Krankheitszeit ganz abhängig von sich machen, so daß ich sprach: »Herr, wenn ich nur Dich habe, so frage ich nichts nach Himmel und Erde. Wenn mir gleich Leib und Seele verschmachtet, so bist Du doch, Gott, allezeit meines Herzens Trost und mein Teil!« Dann erst konnte Er, der mein Licht und mein Heil war, auch in ganz neuer, nie geahnter Weise meines Lebens Kraft werden. O Du ewige Liebe, laß mich als lebendiges Opfer Dir ewig zu Füßen liegen!

Feierliches, köstliches Stündlein an meinem Bett am letzten Abend – Donnerstag, 16. Januar. Morgens zum Frühstück auf,

Herr Schrenk hielt noch Andacht, ehe er mit dem Acht-Uhr-Zug abreiste nach stürmischer Regennacht.
Als ich wieder an meine Kästen und Schubladen kam, war mir's, wie wenn alles mir neu geschenkt wäre, denn ich hatte ja mit allem abgeschlossen gehabt und dachte, es gehöre nimmer mir; meine Schürzen und manches andre hatte ich darum schon verteilt. Am 18. Januar richtete ich mir wieder meinen Schreibtisch und mein Arbeitstischchen zum Gebrauch ein, konnte sogar einen Saum nähen. Der brave Briefträger Schroth blieb stockstill stehen vor Entsetzen, als er mich sah den Weißzeugschrank einräumen. Der Arzt befahl mir große Vorsicht, und so habe ich sechs Monate lang nach meiner Erstehung täglich mich nach Tisch zwei Stunden zu Bette gelegt. Nachher war das nicht mehr nötig, ich konnte die frühere Lebensweise, meine alten Pflichten und gewohnten Arbeiten wieder aufnehmen. Das Treppenabgehen blieb noch das Beschwerlichste. O, was war das eine Wonne, als es mir auch wieder gelang, meine so lange krank gewesenen Knie vor Gott zu beugen!

LETZTE LEBENSJAHRE

AN KARL

Calw, 5. November 1896

. . . Unser Hans ist ein ganzer Kaufmann, preist uns seine Waren aufs wärmste an und möchte immer, daß wir haufenweise einkaufen! Herr H. liebt und lobt ihn. Denke Dir, Hans hätte sogar gerne unseren (Papagei) Polly in den Laden gestiftet, um Kundschaft anzuziehen! Aber im Winter wäre das gefährlich (wegen der Zugluft).

AN MARULLA

Calw, 20. November 1896

Heute hat Gott unsern herzlieben Großvater in Rußland heimgerufen. Nach sechs Uhr heute abend kam ein Telegramm, in Weißenstein nach fünf Uhr aufgegeben: »Heute Vater ohne Krankheit sanft entschlafen. Jenny.« Gott sei gelobt, der ihn durch des Todes Türen träumend geführt und frei gemacht hat! Möchten wir in Vaters Fußstapfen treu nachwandeln, demselben herrlichen Ziele zu!

AUS BRIEFEN AN MARULLA

1896

Ach wieviel haben wir zu bitten und zu glauben für uns und für andre! Wir müssen leere Gefäße sein, die Jesus mit Seinem Geist und Lebenswasser füllen kann, damit wir selbst leben und andern etwas bieten können. In Ihm bleiben, in Seinem Wort und Gebet leben ist das Geheimnis.

Herzenskind, fasse Vertrauen zu Gott, der Dir sehr nahe und hilfsbereit ist; Er tut das Werk in Dir, nicht Du. Halte nur Ihm stille und lausche, ob Du Seine Stimme hörst und folge dieser. Mit unsrem Ringen und Machen ist wenig gewonnen: zu Jesu

Füßen sitzen, Ihm zuhören, Sein Wort im Herzen bewegen, das schafft nach und nach das Herz um.

Herzliebs Marutschle! 's ist ja wohl ein Jammer ums Menschenherz, bis es zur Ruhe kommt in Gott. Aber sei getrost! es heißt auch für Dich: es ist noch eine Ruhe vorhanden dem Volke Gottes! Nicht nur in jener Welt, sondern teilweis wenigstens schon hier, wenn das Herz ungeteilt an Jesus hängt. Das wirkt Er in Dir, halte Ihm still und quäle Dich nicht ab mit Untersuchen Deiner Gefühle und Fortschritte. Jesus treibt Sein Werk, das halte Du fest und sei gern in Seiner Schule und Arbeit, wenn auch dabei das Herz oft schreien will, wie ein Kindlein, das von der Mutter entwöhnt wird. Ich weiß aus meiner Jugend von viel Herzeleid und Unbefriedigtsein und Wankelmütigkeit zu sagen, der Weltschmerz drängt sich auch ein und die jugendliche Leidenschaftlichkeit.

Also mit Deinem Herzen ist nichts anzufangen, laß das den Heiland heilen. Und mit einem Schlag geschieht's nicht, sondern wachstümlich, durch geduldige Erziehung und Arbeit. Doch bringt Er's zustande, das glaube fest! Was uns oft viel erschwert, ist unsre Halbherzigkeit. Je ganzer und ungeteilter wir uns Gott hingeben und auf Eignes verzichten, desto schneller kommen wir zum Frieden. Aber solches Ganzwollen ist auch Gabe Gottes, Er wirkt das Wollen und das Vollbringen. Auf Ihn müssen wir sehen, weg von uns selber. Im Blick auf Ihn nur können wir die uns anklebende und träge machende Sünde überwinden. Freu Dich an Ihm, vergiß Dich selber!

Den 19. Februar 1897

Guten Tag, liebes Kind! Gottes Güte sei auch heute neu über Dir! Wir dürfen uns in diese Güte Gottes hinein verschanzen und wagen um immer mehr zu bitten, weil wir Seine Güte als unendlich reich und groß und unerschöpflich kennengelernt haben. O welch seliges Vorrecht, so an der Quelle stets frisch schöpfen dürfen für sich und für andre! Ein Tempel Gottes sollen wir sein. Dieser großartige, herrliche Beruf muß uns immer wieder abziehen von allem Minderwertigen, Kleinlichen, damit wir wie die Engel im Geist anbetend vor unserem Gott stehen, bereit zu jedem Dienst. Sein Geist der Herrlichkeit wohnet über uns und macht uns zu freien, frohen Königskindern, die ihres Erbes gewiß, sich gern durchschlagen durch die Mühsale der Erdenreise, immer das Ziel vor Augen und die Gegenwart Gottes mit Anbetung empfindend.

Den 16. Dezember 1897

Die selige, innige Gemeinschaft mit Ihm ist's einzig und allein, die uns Kräfte gibt. Es muß zwischen Ihm und uns ein beständiger Rapport sein, von Ihm müssen uns stets Zuflüsse kommen, sonst verdorren wir, die Reben. Es ist das Allereinfachste und das Allerwunderbarste, dieses Leben in Gott und aus Gott! Aber wir tragen diesen Schatz in irdenen Gefäßen, unser inneres Leben ist noch verborgen; es ist noch nicht erschienen, was wir sein werden – ja innerlich schon sind.

AN EINE FREUNDIN

Calw, 19. März 1897

... Es ist schön, wie das Leben immer neue Interessen, Freuden und Aufgaben bringt und jedes Alter seine besonderen Segnungen hat. Nach so manchen harten Stürmen und bittern Erfahrungen hat mich nun der reiche gütige Gott in eine Zeit des stillen köstlichen Friedens geführt, so daß ich nur loben und danken kann. Alle Seine Wege sind heilig und gut! Im Schatten Seiner Flügel haben wir Zuflucht, so daß nichts uns erschrekken darf, was uns noch bevorsteht. Es ist ein seliges Geheimnis, dieses: nichts haben und doch alles haben.

AN MARULLA

[*Nach der Geburt des ersten Enkels*]

Aidlingen, 19. März 1897

Um elf Uhr heute bin ich nach Schafhausen gefahren, wo Theo

Die Veranda am Haus des Calwer Verlagsvereins

mich empfing, glückstrahlend. Martha traf ich munter, unbeschreiblich glücklich und dankbar. Das Büblein ist ein herziger, appetitlicher Kerl, Gesichtsfarbe wie Theo, Haare dunkelblond, Augen wohl dunkelblau, schwer zu ermitteln, da er heute an einem fort schläft. Gestern habe er viel geschrien. Wie ein Pfirsich ist sein weiches, feines Häutlein anzurühren. Mit seinen feinen Händlein hat er allerlei Drolliges zu schaffen, er wird Dir gewiß gefallen, er ist ein Prachtexemplar für ein Neugeborenes, wiegt neun Pfund. Mich mahnt er an seinen Vater vor dreißig Jahren.

AN JOHANNES UND ADELE

Calw, 31. Mai 1897

... Wir leben mit dem Kleinen bei dem Prachtswetter ganz auf der Veranda, möchten ihm die Tage hier so in der milden Luft gut tun, daß er gedeihe! Er ist ein herziger, lieber Bursche, aber es ist ein Weltsumtrieb mit dem ungewohnten Kleinen. Als er gestern unten bei unsrem Nachtessen im Wägelein furchtbar schrie, wollte Polly ihn mit seinen süßesten Tönen trösten, pfiff und schwatzte, trillerte und schnalzte drauf los und guckte immer nach dem kleinen Schreier.

AN MARULLA

Calw, 25. Oktober 1897

... Hermann schickte mir zum Geburtstag »Pescara« von Meyer und ein Heft eigner Aufsätze und Gedichte, viel wirklich Schönes und viel Rührendes, alte Erinnerungen.

AUS EINEM BRIEF AN MARULLA

Den 16. Dezember 1898

Ewige Liebe, mein Dichten und Denken,
mein Sein und mein Haben möcht ich dir schenken.
Ausgegossen auf Jesu Füße,

köstliche Narde, wie duftest du süße!
Wohl mußte das teure Kleinod zerbrechen,
doch Jesu Lippen höre ich sprechen:
»Laßt sie, sie hat es mir getan!«
Die ewige Lieb' nimmt solch Lieben an.

Am 22. November 1899 konnten Marie und Johannes im Rückblick auf 25 Jahre einer innerlich reichen und glücklichen Ehe silberne Hochzeit feiern. Bei ihrer Verlobung, meinte Marie, habe es seinerzeit eher so ausgesehen, als ob sie Johannes heirate, um ihn vollends zu Tode pflegen zu können. Hermann, der damals als Buchhändler in Basel lebte, sandte zu dem Fest folgendes Gedicht:

Die Jahre, die Euch schwer gewesen,
uns Kindern waren sie, mir deucht,
verklärt und hold und auserlesen
und wunderleicht.
Für Euch ein Weg durch Müh' und Bangen,
für uns ein leichter Jugendgang!
Uns ist's wie Duft vorbeigegangen,
Euch ward es lang.

Nun aber möchten wir erfahren
noch einen solchen Kranz von Jahren,
wir mit den jungen, starken Händen,
wir möchten gern die Lose wenden:
auf unsern Teil die Liebeslasten,
und Ihr sollt rasten!

AN MARULLA

Calw, 2. März 1901

... Bei uns waren die großen Ereignisse der Woche Hermanns Ankunft am Mittwochnachmittag und unsere Schlittenfahrt nach Aidlingen am Dienstag. Hermann sieht recht mager aus, ist aber munter, treibt Italienisch, hat uns einen Abend schön vorgegeigt, einen Abend zwei seiner neueren Gedichte vorgelesen, – fast zu viel Anregung für den schwachen Hausvater. Er ist zutunlich und lieb, hat sich im hintern Gastzimmer nett häuslich eingerichtet, ordnet für Papa einige Zeitschriften, spielt im Waldhorn nach Tisch etwas Billard und treibt seine Studien.

Dienstagmorgen, als ich zu Papa kam, sagte dieser, er sei jetzt bereit, nach Aidlingen zu fahren. Zuerst war mir's ein Schreck, denn ich war in keiner Weise drauf gerüstet, hatte den Vetter zum Essen eingeladen, nachmittags sollte Missionsverein sein usw. Doch da der Morofsche Schlitten zu haben war, fuhren Papa, Tante Jenny und ich um halb elf Uhr ab. Vorher saß uns die gute E. in vollster Seelenruh eine Stunde her, während an mir jeder Nerv zappelte! Es war wundervolles Sonnenwetter, mild und schön und der letzte gute Tag zur Schlittenfahrt ... Wir hatten Theo telephoniert, und so wartete er vor der Apotheke – von unglaublichem Schmutz und rieselnden Bächlein umgeben – die ganze Familie gespannt auf uns, alle Gänse im Dorf empfingen uns bei der Einfahrt mit Flügelschlagen und ohrzerreißendem Geschrei, die ganze Dofjugend johlte freudigen Gruß! Ich bin sehr froh und dankbar, daß wir Kinder und Kindeskinder wieder sahen und einige herzliche Liebesstunden beisammen waren. Die drei Kinder sind allerliebst, auch Thusnelde reizend nett und zutraulich, nur schläft sie leider von jeher sehr wenig und sehr unruhig. Wir hatten große Freude an den Enkelein. Hermann wollte durchaus mit nach Calw und weinte bitterlich beim Abschied. Auf dem Heimweg war unvergleichlich schöner Sonnenuntergang.

Dies war Marie Hesses letzter Ausflug. Von Pfingsten an mußte sie meist liegen, ihr früheres Nierenleiden zeigte sich wieder und bereitet ihr heftige Schmerzen.

ZUM VIERZEHNTEN JUNI 1901
[*J. Hesses Geburtstag*]

Pilger sind wir, heimwärtseilend,
fühlen oft zu tief die Qual
und die Angst im Erdental.
Aber liebend, tröstend, heilend
ist Er bei uns überall.

In der Wüste Quellen fließen,
wo Er segnend bei uns steht;
wo ein Herze zu ihm fleht,
heil'ger Hoffnung Blumen sprießen,
stets Sein Lieben uns umweht.

Wie in frohen Jugendtagen
uns Sein sanfter Stab regiert,
so wird uns der treue Hirt
auch in unserem Alter tragen.
Was Er sprach, Er halten wird.

Laß uns fröhlich weiterschreiten,
eng verbunden Hand in Hand,
fest den Blick aufs Ziel gewandt,
bis sich enge Schluchten weiten:
Vor uns das gelobte Land!

Am 25. August 1901 schrieb Marie auf ein Kalenderblatt:
Nachts traurig geträumt, daß ich in eine enge, dunkle Wohnung ziehen muß. Beim Durchlaufen der Räume aber treffe ich plötzlich meinen Herzensvater an. Fröhlich und natürlich sagt er, er mache eine Brunnenkur, trinke früh Wasser aus einem Brünnlein. Ich rief: »Da tu ich mit, wir brauchen die Kur zusammen!« – Er, heiter zusagend, sieht mich dann mitleidig an

und sagt: »Für dich wär's doch zu früh zum Aufstehen, ich bring dir das Wasser ans Bett.« O wie war ich glücklich, ihn zu sehen! – Ja, dachte ich nachher, ins enge, finstere Gemach geht's jedenfalls, aber wenn nachher selige Gemeinschaft der Geister da ist, ei, so will ich getrost hinein!

Den 6. Oktober 1901

In der Leidenszeit, der bangen,
wird die Seele oft so matt,
fühlt ein sehnliches Verlangen
nach der ew'gen Ruhestatt.
Einmal ist doch ausgestritten
auch die letzte, schwerste Schlacht,
einmal ist doch ausgelitten
meine letzte Schmerzensnacht.
O glücklicher Tag, o selige Stund!
Dann bin ich auf immer und ewig gesund!

Schon Ende Januar hatte man bei Marie das Ende erwartet; doch sollte sich ihr Leiden unter unsäglichen Qualen bis zum 24. April 1902 hinausziehen.

Aus den Aufzeichnungen von Johannes Hesse über Maries letzte Lebenszeit:

Den 30. Januar 1902

»Herrlich (sagte Marie), wenn man so am Ende des ganzen Erdenlaufes zurücksehen kann. Es ist eine große Harmonie der Liebe, die alles so gewoben hat – und wenn man neben der Beschämung nur zu danken hat! Ich glaubte wohl, manche Stücke seien verpfuscht, aber es war alles genau so, wie ich es nötig hatte. Und wenn das in einem Menschenleben ist, wie wird's erst sein, wenn das ganze Erlösungswerk vollendet und alles am Ziel ist. – Ach, Großmutter Christiane, wie viel hat die leiden müssen, auch innerlich, durch Schwermut, und ich habe bei aller Not doch immer soviel geistige Erquickung bekommen, ein Zuströmen von Trost und Erfrischung durch das ganze Leben hindurch.«

Den 1. Februar 1902

Während ich an ihrem Bett knie, betet sie mit ergreifendem Ernst und zugleich mit wunderbarer Kraft und Schönheit der Sprache, dankt Gott für den Sonenschein seiner Liebe, den Er über unser ganzes Leben ausgegossen; bittet Ihn, mich zu stärken, mir reichlich zu ersetzen, was sie mir je habe sein können; bittet weiter, daß Er alle unsere Kinder zu sich ziehen möge usw.

Den 5. Februar 1902

Sie freut sich an Blumen, die eine ebenfalls leidende Freundin geschickt, und sagt: »Wir haben in der Jugend zusammen den Herrn gesucht – wohl in manchem kindisch, aber doch aufrichtig; und jetzt liege ich hier und sie dort une wir werden geläutert. Die Seife des Wäschers wäscht uns.« (Maleachi 3, 2 f.)

Sonntagvormittag, 13. April 1902

»Mein Heiland kommt! O, mein Heiland!« – »Ja, siehst du Ihn denn schon?« – »Nein, ich sehe Ihn noch nicht, aber ich spüre Ihn um und um.« . . .

Ich spreche: »Ich hab von ferne, Herr, Deinen Thron erblickt.« Sie sagt den Vers zu Ende und fährt dann wie in Verzückung fort: »Der König kommt. Es gibt im Leben große Sachen und kleine Sachen; das Große ist, wenn der König kommt. König, kommst Du zu den Schwarzen und zu den Weißen? O, ich kenne meinen König. Es ist vielleicht anmaßend, wenn ich sage, ich kenne Ihn. Es hat oft gar nicht so ausgesehen, andre haben mir's wohl nicht so angemerkt; ja, es hat oft gar nicht königlich ausgesehen.«

Das letzte zusammenhängende und ganz klare Wort aus ihrem Munde war achtundvierzig Stunden vor dem Ende die Versicherung (auf die Frage, ob sie es nicht sehr schwer habe): »Ich habe es gut in jeder Beziehung . . . Gott sei Dank!« Von da an war sie nur noch selten bei sich, schien auch die Schmerzen nicht mehr so zu empfinden wie früher. Donnerstagvormittag, 24. April, schlief sie sanft ein.

Inzwischen hatte Hermann eine größere Gedichtsammlung zum Druck vorbereitet und gedachte sie der Mutter zu widmen. Da sie aber noch vor deren Erscheinen starb, erhielt das Widmungsgedicht folgende Fassung:

MEINER LIEBEN MUTTER

Ich hatte dir so viel zu sagen,
ich war zu lang im fremden Land,
und doch warst du in all den Tagen
die, die am besten mich verstand.

Nun, da ich meine erste Gabe,
die ich dir lange zugedacht,
in zagen Kinderhänden habe,
hast du die Augen zugemacht.

Doch darf ich fühlen, wie beim Lesen
mein Weh sich wunderlich vergißt,
weil dein unsäglich gütig Wesen
mit tausend Fäden um mich ist.

Hermann Hesse

Das Familiengrab in Calw

Nachwort
SIEGFRIED GREINER
MARIE HESSE
(1842-1902)

Es war in Riga, im Spätsommer des Jahres 1934. Das Leben Monika Hunnius', der baltischen Schriftstellerin, Sängerin und Gesangspädagogin, neigte sich mehr und mehr seinem Ende zu. Lange schon quälte sie ein schweres Leiden, hilflos lag sie in ihrem Bett; sie konnte nicht mehr lesen, nicht mehr schreiben und nur mit großer Mühe sprechen. Doch ein neu erschienenes Buch ließ sich die Kranke noch vollständig vorlesen: »Marie Hesse, ein Lebensbild in Briefen und Tagebüchern.« Zwei begabte Frauen, die sich persönlich gekannt und gegenseitig hochgeschätzt hatten, begegneten sich durch dieses Buch ein letztes Mal. Einige Sätze Marie Hesses zu einem Bibelwort und ein kurzes Trostgedicht, das sie sich auf ihrem letzten schweren Krankenlager abgerungen hatte, beschäftigten ihre Rigaer Leidensgefährtin so sehr, daß sie in einem ihrer letzten Briefe die folgenden Sätze diktierte: »Ich lag in der Nacht, nachdem ich mir das hatte vorlesen lassen, stundenlang wach mit großer Freudigkeit im Herzen. Es war mir wie eine Offenbarung«. – Auch Marie Hesses »erzähltes Leben« hat vielen Menschen Freude, Trost und Aufmunterung gebracht.

KINDHEIT UND JUGEND
(1842-1859)

Auf der Basler Missionsstation bei Talatscheri an der Westküste Vorderindiens ist Marie als Tochter des Missionars Dr. Hermann Gundert (1814-1893) und seiner Ehefrau Julie, geb. Dubois (1809-1885), am 18. Oktober 1842 geboren. An jenem Tag drangen Geschrei und wilde Flüche einer aufgebrachten

Menge bis in das Geburtszimmer. »Wir zünden das Haus an«, riefen die Verwandten und Freunde eines reichen Inders, der sich in das Missionshaus geflüchtet und um die Taufe gebeten hatte, denn sie wollten verhindern, daß er Christ würde. Die Gefahr, in der die Neugeborene, ihre Brüder und Eltern schwebten, ging glücklich vorüber. Aber was damals geschah, steht wie ein Sinnbild über Maries Kindheit und Jugend: Immer wieder wird sie angefeindet und unterdrückt, Unverständnis und Böswilligkeit schlagen ihr entgegen – doch wieder und wieder wird sie auch Männern und Frauen begegnen, die sie schützen, schätzen und lieben.
Nur schwache Erinnerungen blieben dem Kind an das Land seiner Geburt. Denn als Marie drei Jahre alt war, reiste die Familie Gundert nach Deutschland. Ein knappes Jahr später kehrten die Eltern ohne sie nach Indien zurück. Die zwei Brüder und ihre kleine Schwester blieben bei den Großeltern in Stuttgart. Marie wurde nach Gundeldingen bei Basel gebracht, wo der Freund der Basler Mission, Dr. Albert Ostertag, mehrere Mädchen, deren Eltern auf den Missionsfeldern beschäftigt waren, in sein kinderloses Heim aufnahm. Er und seine Frau brachten dem oft wilden und ungebärdigen Mädchen viel Liebe und Verständnis entgegen. Was wunder, daß sich Marie Hesse immer stärker zu »Onkel« und »Tante Ostertag« hingezogen fühlte. Eines Tages zupfte es den »Onkel« am Rock und fragte, ob es »Papa« und »Mama« sagen dürfe. Bis zu ihrem Tode blieben die Ostertags Maries zweite Eltern. Ostertag gehörte zu den erfolgreichen christlichen Schriftstellern seiner Zeit; sehr lebendig erzählte er die biblischen Geschichten, die das begabte Kind fesselten. Marie war achtjährig, als sie ihr erstes Verslein schrieb, das als Anfang ihrer »leidenschaftlichen Liebe zur Poesie« betrachtet werden kann.
Einer Lehrerin gelang es später, das schöne Familienverhältnis in Gundeldingen eine Zeitlang zu vergiften. Sie verklagte Marie und die anderen Mädchen bei Dr. Ostertag und vermochte

es, diesen zu einer sonst ungewohnten Strenge aufzustacheln, so daß sich die Mädchen wie Gefangene vorkamen, Gespräche über Knechtschaft und Revolution führten und ihre Unterredungen meist mit dem Ruf beendeten: »Die Stunde der Freiheit wird noch schlagen, und das Morgenrot besserer Tage wird anbrechen!« Das klingt wie ein verspäteter Kampfruf der damals sechs Jahre zurückliegenden Revolution aus den Jahren 1848/49. Zwar wurden die Motive der Lehrerin allmählich durchschaut und das gute Verhältnis zu Ostertag wiederhergestellt, doch wurde Marie bald danach in eine neue »Gefangenschaft« versetzt, in das Mädcheninternat nach Korntal.
In diesem Institut gab es zwar keine böswilligen Erzieher, aber andererseits verstand hier niemand das heimwehkranke Mädchen, das sich immer wieder von den Mitschülern absonderte. Schillers Gedichte zu lesen, was ihr in den Mußestunden Freude gemacht hätte, wurde ihr verboten; dafür drückte ihr der Schulvorstand die Gedichte von Albert Knapp in die Hand. Auch ihre eigenen Gedichte mußte sie dem Schulleiter vorlegen; »das wird mir aber schwer ankommen«, schreibt sie in einem Brief an die Eltern. Als die trostlose Zwölfjährige endlich in der siebzehnjährigen Schülerin, Olga Bunsen, eine mitfühlende Seele gefunden hatte, entwickelte sich eine schwärmerische Mädchenfreundschaft. Doch eines Tages mußte die Freundin sich vor den Katheder des Speisesaals stellen, und der Schulvorstand erklärte: »Olga hat eine schwere Sünde begangen, jeder Umgang mit ihr ist verboten!« – Was war geschehen? Sie hatte eine Liebelei mit einem Jungen aus dem Korntaler Knabeninstitut angefangen. Briefe und Gedichte waren hin- und hergeschickt worden, und als es entdeckt wurde, hatte Olga versucht, sich herauszulügen. Doch die kleine Gundert kümmerte sich nicht um das Verbot, treu stand sie zu ihrer Freundin, deren Vertraute in Liebesdingen und geheime Briefbotin sie wurde. Als auch diese Verstöße gegen die Anstaltsordnung dem Schulleiter gemeldet wurden, mußte Olga das

Institut verlassen. Marie versuchte, ihrer Freundin einen Brief zuzuschicken, der aber wurde abgefangen und sie dafür mit »Karzer« bestraft. Damit sie von solcherlei »Weltgeist« nicht noch mehr »fortgerissen« werde, mußte sie nach dem Willen der Eltern am Schluß des Schuljahres das Mädcheninstitut verlassen.

Ihre nächste Lebensstation war Corcelles in der französischen Schweiz. Aus diesem Ort stammte Maries Mutter, deren Vater Weinbauer gewesen war. Die ganze Familie Dubois führte ein streng calvinistisches Leben. Als Marie im Frühjahr 1856 dorthin gebracht wurde, empfingen sie die beiden ledigen Tanten. Sie hatten Maries neue Lehr- und Arbeitsstätte bei dem Dorfschullehrer ausgesucht. Als ein Mädchen »Geh-her-da« mußte die Vierzehnjährige von morgens bis abends die Hände rühren, um die launische Hausfrau zu befriedigen. Aber unter ihrer Fuchtel hatte noch mehr der Schulmeister zu leiden, den Marie sehr bedauerte, ja, es zuckte ihr manchmal in allen Fingern, um dem Manne wenigstens bei den eigenen Kindern den Respekt zu verschaffen, der ihm gebührt hätte. Ein Jahr in Corcelles – und dem Mädchen war das Leben bis zum Überdruß verleidet; einzig das Erlernen der französischen Sprache und der Privatunterricht in Englisch waren für sie ein kleiner Lichtblick in ihrem düsteren Leben.

Ein einziger Satz jedoch in einem Brief ihres Vaters sollte genügen, ihr das Dasein wieder lebenswert erscheinen zu lassen. Er lautete: »Du darfst zu uns nach Indien kommen«.

Im Kinderhaus in Basel konnte Marie dann auch ihre drei jüngeren Brüder, Paul, Friedrich und David, kennenlernen, die aus Indien eingetroffen waren, und beim Basler Missionsfest 1857 waren die sechs Gundert-Kinder zum ersten Mal in ihrem Leben vereinigt, da auch die beiden älteren Brüder, Hermann und Samuel, von Stuttgart nach Basel gekommen waren; desgleichen die Stiefgroßmutter, Emilie Gundert, geb. Mohl (1800-1879) (Maries jüngere Schwester war dreijährig in Stutt-

gart gestorben). Der Großvater, Ludwig Gundert (1783-1854), konnte bei diesem Familientreffen nicht mehr dabei sein. Man nannte ihn als Sekretär der Evangelischen Bibelanstalt in Stuttgart den »Bibel-Gundert«. Er war ein fröhlicher Christ, »niemand konnte so herzlich lachen wie der Bibel-Gundert«. In Stuttgart gehörte er zu den führenden Pietisten. Jahrzehntelang gab er im »Ein-Mann-Betrieb« eine Missionszeitschrift, »Nachrichten aus der Heidenwelt«, heraus. Daß Marie diesen Großvater verehrt und geliebt hat, auch wenn sie nur während der Ferientage in seinem Hause sein konnte, ist selbstverständlich. Genaueres über ihre Großmutter Christiane, geb. Ensslin (1792-1833), erfuhr Marie erst später durch die Biographie ihres Vaters, »Christianes Denkmal«.
Den Teilnehmern der Indienreise tritt die inzwischen fünfzehnjährige Marie als ein völlig verändertes Mädchen entgegen: Gut gelaunt, allen neuen Eindrücken aufgeschlossen, Bekanntschaften schließend und lebhaft an den großen und kleinen Freuden der Reisegesellschaft teilnehmend. Zum ersten Male führt sie regelmäßig ein Tagebuch, und dieses Darstellen des eigenen Lebens hat sie Jahr um Jahr fortgesetzt, lange Zeit ausführlich, später nur noch in Jahresübersichten, die zwischen Weihnachten und Neujahr aufgeschrieben werden.
In diesem »Tagebuch des Backfischleins« steht auch jene bittersüße Liebesgeschichte, die wie in billigen Romanen mit einer Liebe auf den ersten Blick einsetzt. Nur ein paar Tage lang konnten sich Marie Gundert und John Barns aneinander erfreuen, zumeist nur durch Briefe und Gedichte, die sie sich heimlich zusteckten, dann legte das Schiff in Bombay an – und die beiden wurden getrennt. Das Mädchen wartete vergebens auf einen Brief des Geliebten und die Wiedersehensfreude mit den Eltern wurde durch das unerklärliche Schweigen Barns getrübt. Erst Wochen später erfuhr Marie, wer ihren Freund mit harten Worten von ihr getrennt und versucht hatte, die eben aufgeflammte Liebe zu ersticken: ihr eigener Vater. Barns hatte

ihm geschrieben, um Maries Hand angehalten und einen Brief an sie beigelegt. Doch der Vater hatte ihm »als einem impulsiven Mann, einem Weltmann« jegliche Verbindung mit seiner Tochter verboten und den Brief an sie zurückbehalten.
»Ich hörte es«, heißt es in der Selbstbiographie, »und das Herz wollte mir stille stehen, ja ich wünschte mir, es möchte in diesem Nu plötzlich erkalten und sterben, wie meine Hoffnungen und Träume«. Das Mädchen haderte mit Gott und den Menschen, und daß es gerade der sonst so verständnisvolle, der überaus verehrte und geliebte Vater war, trieb Marie in eine schreckliche Einsamkeit. Gedicht um Gedicht entstand, in denen sie ihre Enttäuschung im Gedenken an den Geliebten zu bewältigen versuchte. Einige Monate später, es war der 24. Februar 1858, besuchte Marie den Missionar Samuel Hebich, einen Mitarbeiter ihres Vaters. Er hatte sich als origineller Bußprediger einen Namen gemacht und auf oft drastische Weise bei englischen Soldaten, Offizieren und Eingeborenen missioniert. Daß er jedoch in der liebeskranken Marie Gundert eine andere Einstellung zu ihren Mitmenschen wecken könnte, das hätte diesem schrulligen Hagestolz niemand zugetraut. Der Besuchstag bei Hebich war für Marie der Tag ihrer »Bekehrung«, sie »opferte ihre Liebe und versöhnte sich mit den Eltern in der gemeinsamen Hingabe an den Missionsgedanken«.
Marie wurde Schülerin, Reisebegleiterin und Sekretärin ihres Vaters. Einen besseren Lehrer hätte sie in keiner Schule finden können. Trotz Gunderts großer Gelehrsamkeit – er leistete Hervorragendes als Sprachwissenschaftler, Historiker, Arzt und Geograph – verstand er es auch, jedem Lernbegierigen am reichen Schatz seines Wissens in einer pädagogisch geschickten Weise teilhaben zu lassen. Damals war er von der Basler Mission beurlaubt, um als Schulinspektor im Auftrag der englischen Regierung beim Neuaufbau eines staatlichen Schulwesens in Malabar mitzuwirken. In kleineren und größeren Reisen fuhren und ritten Vater und Tochter kreuz und quer durch

das Land, um Schulen zu besuchen. Außerdem trat Marie als Gehilfin neben die Mutter, die schon zwei Mädchenmissionsschulen eingerichtet und mit gutem Erfolg geleitet hatte und nun im Begriff war, die dritte Mädchenschule in Kalikut aufzubauen. Hier konnte die fünfzehneinhalbjährige Tochter ihre ersten Unterrichtserfahrungen machen, sie lehrte Englisch und Handarbeit, bald auch Geographie, und vertrat die Mutter als Schulleiterin, wenn diese einmal verreist war. Voraussetzung für diese Lehrtätigkeit war natürlich, daß sie die Landessprache, das Malayalam, einigermaßen beherrschte.
Nur zu bald sollte die Arbeit in Indien ihr Ende finden, denn der Missionar mußte wegen einer schweren Ruhrerkrankung 1859 zur Erholung nach Deutschland reisen. Mutter und Tochter blieben in Malabar. Als aber der Arzt einen weiteren Aufenthalt Gunderts in diesem Lande verbot, kehrten auch die beiden Frauen nach Deutschland zurück. Marie fiel dieser Abschied überaus schwer, denn Indien war und blieb ihre eigentliche Heimat.
Was an besonderen Begabungen in Marie Gundert steckte, was ihr wertvoll erschien und was sie anderen Menschen geben konnte, zeigte sich bereits in den ersten siebzehn Lebensjahren. Sie ist ein Mädchen, das einmal geschlossene Freundschaften pflegt und festhält. Wenn Marie liebt, dann nur mit Hingabe der ganzen Person. Der Vater wird als der Hochbegabte respektiert. Sie freut sich, ihm nahe und seine Gehilfin zu sein. Auch die Mutter ist durch ihre zupackende Art, die ganz auf das praktische Christentum ausgerichtet ist, stets ein Vorbild. Der Mission dienen zu können, steht für Marie über allem sonstigen Tun. Es macht ihr Freude, guten Erzählern zuzuhören und Dichtungen zu lesen; und sie beginnt, selber Erlebnisse zu berichten und Gedichte zu schreiben. Benachteiligten und Unterdrückten zu helfen, empfindet sie als unabdingbare Pflicht. Der Neigung zur Schwermut hält ein lebhaftes, zuweilen heftiges Temperament und ein feiner Humor die Waage. Das Ohr

und die Zunge an fremde Sprachen zu gewöhnen, macht ihr Vergnügen, ebenso wie Gesang und Instrumentalmusik zu hören und selbst zu singen. Was man als Wissen und Erfahrung in sich aufgenommen, den Kindern weitergeben zu dürfen, ist ihr eine Selbstverständlichkeit.

SEKRETÄRIN DES VATERS UND ERSTE EHE
(1860-1870)

Hermann Gundert war nach Calw berufen worden als Mitarbeiter des originellen Christian Gottlob Barth, der in Württemberg als einer der tatkräftigsten Förderer des Missionsgedankens durch Wort und Schrift bekannt wurde. In dem von ihm begründeten »Calwer Verlagsverein« brachte er Bücher und Traktate heraus, um Verständnis für die Ausbreitung des Christentums in fernen Ländern zu wecken. Er verlegte theologische, pädagogische und erbauliche Schriften und hat sich als christlicher Liederdichter und Verfasser zahlreicher Jugendschriften einen Namen gemacht. Einen besseren Mitarbeiter und späteren Nachfolger für den leidenden Barth, als Gundert es war, hätte man sich nicht vorstellen können. Daß aber mit ihm auch das »Fräulein Gundert« in das weiträumige Verlagsgebäude einzog, verursachte Erstaunen und Kopfschütteln. Seit Bestehen des Verlages, seit 1833 also, war das von Pfeifenrauch und Bücherstaub, von Missionsgesprächen und Schreibtischarbeit ganz erfüllte Haus eine reine Männerwelt gewesen. Barth war Junggeselle geblieben, Frauen gab es nur als Mägde zum Kochen und Putzen. Es war unerhört, daß von nun an ein weibliches Wesen sich an den Tisch setzen, Briefe schreiben, Übersetzungen aus dem Englischen anfertigen und die Bibliothek ordnen sollte. Doch erledigte Marie diese Aufgaben so geschickt, daß selbst Barth nichts dagegen einwenden konnte. Außerdem gab sie englische Unterrichtsstunden und unterwies ihre Mutter in der deutschen Sprache, die diese erst jetzt in

Calw zu lernen begann. Auch im Haushalt betätigte sie sich, wie es sich für ein Mädchen jener Zeit gehörte.
Am Nähen und Stricken etwa hatte sie Freude, über andere Hausfrauenarbeit allerdings meinte sie: ». . . es kommt mir doch oft arg und schaurig an, wenn ich so sehe, wie der ganze Tag und die ganze schöne liebe Zeit für nichts als elendes Kochen hingebracht wird«.
Als Marie erfährt, daß der junge Missionar Charles Isenberg sich in sie verliebt habe, steigt das Bild John Barns' wieder in ihr auf, und sie meint, sie dürfe sich an keinen anderen Mann binden. Allmählich jedoch ringt sie sich zu der Erkenntnis hindurch: »Charles ist ein frommer Jünger Jesu. Er kann mich wahrscheinlich weiter fördern und mir helfen. Und wenn er mich wirklich sehr lieb hat, dann werde ich es nicht so arg schwer finden, ihn auch wieder zu lieben, wenn ich ihn kennenlerne«.
Am 10. November 1865 traute Maries Bruder Samuel, der an des Vaters Stelle in Malabar wirkte, das Paar in dem Missionskirchlein auf dem Nettur-Hügel bei Talatscheri. Hier war seine Schwester Marie vor 23 Jahren geboren worden. Das Arbeitsfeld ihres Mannes Charles Isenberg, der in einer englischen Missionsgesellschaft tätig war, lag jedoch in der heißen Sindprovinz am Indus, in der Stadt Haiderabad (heute Pakistan). Dieser dritte Indienaufenthalt war trotz des ungesunden Klimas, trotz mancher Krankheiten und trotz der mühsamen Missionsarbeit für Marie Isenberg der schönste, konnte sie doch, nun jung verheiratet, neben ihrem Mann für die Ausbreitung des Christentums wirken: Isenberg durch Predigt und Einrichtung einer Schule, durch Übersetzen der Evangelien und deutscher Gesangbuchlieder in das Sindhi; seine Frau, indem sie eine Mädchenschule einrichtete und die Frauengemächer besuchte, die kein Mann betreten durfte, um dort ebenfalls die Bibel zu lesen und zu deuten. Dieser Ehe entstammen drei Söhne: Theodor, Hermann und Karl. Der mittlere starb bereits

einige Monate nach der Geburt. Der jüngste war erst sechs Wochen alt, als die ganze Familie Hals über Kopf die Rückreise nach Deutschland antreten mußte, denn ein Blutsturz war das Vorzeichen einer schweren Lungenerkrankung des Missionars. Ein halbes Jahr noch konnte Marie ihren schwächer und schwächer werdenden Mann pflegen, bis er am 19. Februar 1870 starb.

WITWENZEIT IN CALW
(1870-1874)

In der nun folgenden Zeit befiel der Gedanke an den Tod, ja geradezu eine Todessehnsucht, die Witwe Isenberg immer wieder. »Die Lust abzuscheiden und bei Christo zu sein« war oftmals übermächtig. Nachts erschien ihr »als Besuch aus jener Welt« häufig ihr verstorbener Mann im Traum – tagsüber glaubte sie in sich selbst einen Todeskeim zu spüren, zumal sie annahm, seine Lungenkrankheit sei auf sie selbst übergegangen. Wären die Kinder nicht gewesen, dann hätte sie diese Todessehnsucht gewiß überwältigt. Die Menschen, die Marie nahestanden, machten sich Sorge um ihren Zustand, helfen aber konnten sie ihr nicht. Da erhielt die Witwe im Frühjahr 1871 einen ganz ungewöhnlichen Antrag: Der örtliche Schulausschuß in Calw ersuchte sie, den dreistündigen wöchentlichen Unterricht in Englisch an der seit einem Vierteljahr bestehenden Oberklasse der dortigen Realschule zu übernehmen. Es mußten viele Umstände zusammenwirken, daß eine solche Bitte überhaupt ausgesprochen werden konnte. Englisch war zwar ordentliches Lehrfach bei der »Einjährigenprüfung«, die im Sommer 1872 zum erstenmal an der Realschule stattfinden sollte. Ein staatlicher Lehrer aber stand dafür nicht zur Verfügung, und ein männlicher Aushilfslehrer aus Calw war nicht zu finden. Nur dem besonderen Familienstand war es zuzuschreiben, daß die Besetzung der Lehrerstelle durch eine Frau an einer

Knabenschule überhaupt in Erwägung gezogen werden konnte. Eine ledige Frau wäre nie in Frage gekommen, ebenso wenig eine verheiratete. Daß Englisch für Frau Isenberg wie eine zweite Muttersprache war, war eine weitere günstige Voraussetzung und nicht zuletzt ihre Schulpraxis. Als allerdings die Absicht des Schulausschusses in der Stadt bekannt wurde, hagelte es mündliche und schriftliche Proteste. Unmöglich, eine Frau bei 16- bis 18jährigen Schülern unterrichten zu lassen! So etwas hatte es in ganz Württemberg noch nie gegeben. Die Witwe aber schrieb, halb belustigt, an ihren Bruder: »Weißt auch, daß ich jetzt von dem Kultministerium herumgezogen werde? Hier kam's zuerst aufs Oberamt [die Beschwerde wegen ihrer Berufung als Lehrerin], dann aufs Stadtschultheißenamt, und nun ist's höheren Orts vorgelegt. Die Herren wollten eine Garantie, daß die Disziplin nicht Not leide unter weiblicher Instruktion. Helfer Grill [zweiter Pfarrer in Calw] beruhigte sie mit meiner ganzen energischen Persönlichkeit.«
Leider sind die diesbezüglichen Akten der Kultusministerialabteilung für das Höhere Schulwesen nicht mehr erhalten, die uns die Ansichten der hohen Behörde über den absonderlichen Wunsch des Calwer Schulausschusses hätten deutlich machen können. Doch ist es ziemlich sicher, daß der Leiter des württembergischen Realschulwesens, Otto v. Fischer, ein ganz außergewöhnlicher Beamter, dafür gesorgt hat, daß der Petition stattgegeben wurde. Über seine Amtsführung heißt es: »Es kam ihm dabei nicht darauf an, auch von den herkömmlichen Regeln und vorgeschriebenen Normen abzusehen; denn er war kein Mann des starren Buchstabens und verlangte nicht, daß allen Bäumen dieselbe Rinde gewachsen sei, oder daß alle seine Leute mit demselben überlieferten Bildungsstempel abgestempelt seien.« Nur eine solche Persönlichkeit konnte sich erlauben, auch einmal einer Frau die Lehrermächtigung an einer Realschule zu geben. Ein Erlaß wurde ausgestellt, der uns noch durch den Wortlaut eines Protokolls überliefert ist: »Es wird

ein Erlaß der Kultministerialabteilung vom 20. Mai mitgeteilt, wonach der englische Sprachunterricht probeweise der Frau Missionar Isenberg, Witwe, übertragen wird, mit der Bestimmung, daß die Ortsschulbehörde vom Gang des Unterrichts sich vergewissere.«

Nun stand nichts mehr im Wege: Die erste Lehrerin an einer württembergischen Realschule konnte ihren Unterricht aufnehmen. Der Vater schrieb dazu: »Marie will übermorgen ihre englische lection anfangen, da sie ja in diesem Halbjahr Frau Professorin zu sein die Ehre hat ... Für sie, wie ich denke, eher eine Erholung als eine Aufgabe.«

Die »Frau Professorin« faßte ihren ersten Eindruck kurz so zusammen: »Am 16. [Juni] gab ich meine erste Unterrichtsstunde in der Oberrealschule [= Oberrealklasse], habe dort 11 Schülern wöchentlich drei Stunden zu geben und habe im ganzen Freude daran.«

Ein ganzes Jahr, von Juni 1871 bis Juli 1872, hat Frau Isenberg dann, ohne von der Ortsschulbehörde beanstandet zu werden, den Anfangsunterricht in Englisch erteilt.

Ein weiteres für jene Zeit nicht weniger ungewöhnliches Ansinnen erreichte die Witwe 1873 aus Haiderabad. Man bat sie, doch Medizin zu studieren, um später als Ärztin und Missionarin in den Frauengemächern tätig zu sein. Nur um ihrer Kinder willen verzichtete sie darauf. Hätte die Witwe dieser Bitte entsprochen, so wäre sie eine der ersten deutschen Studentinnen gewesen, die in Zürich studierten, denn erst 1871 hatten dort die ersten Frauen die Hochschule bezogen.

Unterdessen fand Frau Isenberg immer wieder Möglichkeiten, der Basler Mission Geldspenden zukommen zu lassen. Von ihrem Onkel, einem Textilfabrikanten in Barmen, besorgte sie Faden, Litzen, Taschen- und Halstücher, die sie in Calw verkaufte und hoffte, »wenn auch keine großartigen Summen, so doch ein anständiges Scherflein dabei zu gewinnen« für die Mission. In dem von ihr begründeten Mädchenmissionsverein ließ sie »indische Missionspuppen« herstellen, die sie in Calw, Stuttgart und Bad Boll verkaufte. Ein andermal veranstaltete sie eine Lotterie im Missionsverein, aus deren Erlös sie 45 Gulden nach Basel schicken konnte.

Daneben wurde sie nicht müde, für die »Heidenmission« zu wirken. Viele Menschen hat die junge Witwe dazu gewonnen, sich ganz in den Dienst der Mission zu stellen. Der bekannteste ihrer »Schüler« ist der Calwer Lehrer Johannes Frohnmeyer. Er verkehrte häufig im Gunderthause, und es entwickelte sich eine Duzfreundschaft zwischen Frau Isenberg und dem acht Jahre jüngeren Mann. Sie unterrichtete ihn in Englisch, Französisch und Malayalam; gemeinsam lernten sie Griechisch und musizierten miteinander. Von 1872 bis zu seinem Tode im Jahre 1921 arbeitete Frohnmeyer dann für die Mission: Zuerst als Lehrer am Basler Seminar, später drei Jahrzehnte als Missionar in Indien, schließlich noch 15 Jahre als Missionsinspektor. Die beiden blieben Freunde. Ihr Briefwechsel brach bis zu Marie Hesses Tod nie ab.

Frohnmeyer war es dann auch, der bald darauf die Rolle des »Heiratsvermittlers« gespielt hat. In einem Brief an die Freundin hat er ihrem Vater damals den Deutsch-Balten Johannes Hesse (1847-1916) als Gehilfen für die Arbeit an den Missionszeitschriften empfohlen; Frohnmeyer schrieb: »Er ist sehr begabt und geistreich, ungemein anziehend im Umgang, glaube auch, daß Du große Freude an ihm hättest; ich habe noch kein übereiltes, dummes Wort von ihm gehört ... Daß er gerade Sprachen so gern treibt und etymologische Studien macht, ist nett wegen der Unterhaltung mit Deinem Vater.«

Der Freund sollte recht behalten. Die Witwe hatte »große Freude« an Johannes Hesse, der wenig später als Mitarbeiter Gunderts nach Calw berufen wurde. Hesse war nach vierjährigem Missionsdienst in Malabar mit einem unheilbaren Kopf- und Darmleiden nach Basel zurückgekehrt. Die Erinnerungen an Indien verbanden ihn mit Frau Isenberg ebenso wie der unermüdliche Eifer für die Sache der Mission. Als achtzehnjähriger Abiturient war der aus Weißenstein (Estland) Stammende in das Basler Missionshaus eingetreten, um dort als ein »Dienst- und Lehensmann Christi« zu dienen. Er verfügte über eine umfassende humanistische Bildung und war ein Kenner der alten Sprachen. Auch in der klassischen deutschen Literatur fühlte er sich zu Hause. Der württembergische Landesbischof Theodor Wurm hat Johannes Hesse einmal neben dem Theologen Theodor Haering als die »verehrungswürdigste Persönlichkeit« bezeichnet, die ihm in seinem Leben begegnet sei. Doch war dieser Mann wegen seines körperlichen Leidens und immer wieder auftretender Depressionen auch ein Mensch, der viel Geduld und Verständnis verlangte.

ZWEITE EHE MIT JOHANNES HESSE
(1874-1886)

»So bin ich denn wieder eine gückliche Gattin, an der Seite eines treuen Mannes, der mir helfen will auf dem Weg zur obren Heimat, und mir besonders eine große Stütze ist in der Erziehung meiner Knaben«, schrieb Marie Hesse zwei Wochen nach ihrer Vermählung (22. November 1874) an ihren Bruder Hermann. Bei einer Reise nach Weißenstein lernte die junge Frau die große Verwandtschaft ihres Mannes in Estland kennen. Ganz besonders verbunden fühlte sie sich ihrem Schwiegervater, dem Arzt Dr. Carl Hermann Hesse (1802–1896), jenem kindlich-gläubigen, »fröhlichen Christen«, der in Monika Hunnius' Erinnerungen, »Mein Onkel Hermann«, so einprägsam geschildert wird. Die Briefe, die Marie aus Estland an ihre Verwandten schrieb, sind lebhafte, leicht hingeworfene Bilder über Feste und das Alltagsleben, über Häuser und Gärten und über die vielen Menschen, denen sie dort begegnete. Diese Niederschriften gehören wohl zum Reizvollsten, was Marie Hesse aufgezeichnet hat.

Von 1875 bis 1882 brachte sie sechs Kinder zur Welt. Zwei starben im Säuglingsalter, die anderen, Adele, Hermann, Marulla und Hans [Johannes], wuchsen mit den beiden Isenbergbuben zusammen auf. Daß diese Frau ihren Kindern eine verständnisvolle Mutter gewesen ist, zeigen sowohl ihre gedruckten wie auch die noch unveröffentlichten Briefe.

Von 1881 bis 1886 lebte die Familie in Basel. Hier war Johannes Hesse Lehrer am Missionshaus und gab eine Zeitschrift, »Evangelisches Missions-Magazin«, heraus. Der Umgang mit alten und neuen Freunden wurde eifrig gepflegt, das Ehepaar fühlte sich in Basel sehr wohl und erwarb bald das Basler Bürgerrecht. Die Wohnung lag am Stadtrand, so daß die Kinder halb ländlich aufwachsen konnten. Man sollte denken, daß die Arbeit einer Mutter, die für sechs kleinere und größere Kinder sorgen mußte, ihren Tag mehr als ausgefüllt hat. Doch half Marie Hesse daneben die Redaktionsarbeit ihres Mannes zu bewältigen, und schrieb auch selbst Beiträge für Missionszeitschriften, die meist ohne Namensnennung veröffentlicht wurden. Ein Büchlein, 1872 von ihr geschrieben, das den Titel »Deutsche im Osten« trägt, konnte 1898 in zweiter Auflage erscheinen.

Als Johannes Hesse 1886 wieder nach Calw zurückberufen wurde, um den 72jährigen Schwiegervater bei der Verlagsarbeit zu unterstützen und sich als Nachfolger einzuarbeiten, war Marie einerseits froh, zugleich aber auch betrübt, denn das enge Vertrautsein mit allem, was die Basler Mission betraf, mußte nun aufgegeben werden. Im Juli desselben Jahres noch zog Marie mit ihrer Familie nach Calw zu ihrem letzten und längsten Aufenthalt dort.

WIEDER IN CALW

(1886-1896)

Die Freude, wieder beim Vater zu sein, und im Verlagsgebäude wohnen zu können, wurde mehr und mehr umschattet durch ungünstige Wohnräume und durch den Druck, der auf Johannes Hesse lastete. Für ihn war dieses Haus wie ein Gefängnis. Er konnte den Gouvernantenton einer Base Gunderts, die diesem seit dem Tod seiner Frau (1885) den Haushalt führte und Missionsartikel übersetzte, je länger desto weniger ertragen, auch der humoristische Gesprächston, der dem Schwiegervater eigen war, verletzte ihn. 1889 »steigerte sich das Schwierige der Verhältnisse bis zur Unerträglichkeit«, wie Marie in ihrer Jahresübersicht schrieb. Ihr Mann lag wochenlang im Spital in Bern, er hatte öfters »Nervenstürme« und »Weinkrämpfe«. Da entschloß sie sich, nicht mehr mit dem Vater unter einem Dach zu bleiben, sondern eine andere Wohnung zu suchen. Manche Verwandte und viele Einwohner Calws haben diesen Entschluß als Lieblosigkeit dem alten Vater gegenüber gewertet. Bald jedoch sollte es sich erweisen, daß die räumliche Trennung von Gunderts Wohn- und Arbeitsstätte keineswegs zu einer persönlichen Entfremdung führte. Marie besuchte ihren Vater täglich. In den Jahren 1890 und 1891 war sie auch schriftstellerisch für den Verlagsverein tätig. Gundert hatte 1886 die ersten Bände einer Buchreihe, die sehr populär gewordene »Calwer Familienbibliothek«, herausgebracht mit Erbauungs- und Unterhaltungsliteratur für das christliche Heim. Ohne literarischen Ehrgeiz, doch überzeugt davon, eine für die Mission notwendige Arbeit verrichten zu können, brachte Marie in dieser Reihe als Band 22 das Buch »Jakob Hannington, ein Märtyrer für Uganda« heraus, eine freie Bearbeitung einer englisch geschriebenen Biographie des Missionsbischofs Hannington, der auf einer Visitationsreise nach Uganda von einem Negerstamm gefangengenommen und ermordet worden war. Als Band 26 erschien ferner die Biographie eines Mannes, der nicht nur als Missionar hervorgetreten, sondern auch als Forschungsreisender höchste Anerkennung gefunden hatte: »David Livingstone, der Freund Afrikas«. Hier hat Marie Hesse ganz selbständig gearbeitet, Tagebücher, Briefe und mündli-

che Berichte geschickt in die Lebensdarstellung verwoben und auch ein eigenes vierstrophiges Gedicht über den Tod des berühmten Mannes beigesteuert.
Zwar war bei Marie Hesse die Begabung, anschaulich zu erzählen, wesentlich stärker ausgebildet als ihre schriftstellerische Fähigkeit, doch sind ihre Bücher nie langatmig, man hat das Gefühl, ihr gegenüberzusitzen. »Ich habe Leser und Erzähler und Plauderer von Weltruhm gehört, und fand sie steif und geschmacklos, sobald ich sie mit den Erzählungen meiner Mutter verglich« berichtet Hermann Hesse.
Als Glück empfand Marie Hesse es, daß ihre Kinder und viele Neffen und Nichten den Großvater Gundert noch persönlich kennenlernen konnten, diesen genialen Mann, der zwanzig Sprachen beherrschte, »der drei oder vier Professoren verschiedener Fakultäten in die Tasche stecken konnte«, als führender Theologe Pietistenstunden besuchte und sich als ein väterlicher Schulmeister gerne mit Kindern abgab. Nicht nur Hermann Hesse, der des Großvaters in seinen Werken mehrmals gedenkt, auch andere Enkel, so z. B. Wilhelm Gundert, der Japanologe und Übersetzer der »Bibel des Zen-Buddhismus« (Bi Yaen lu), haben von ihm unauslöschliche Eindrücke für das ganze Leben empfangen.
Marie Hesse war es, die mit regelmäßigen Einladungen ermöglichte, daß ihre Neffen und Nichten, die »Vakanz-Enkeln«, diesen Großvater richtig kennenlernten.
Bald nach seinem Tode, im Jahre 1893, befiel auch die Tochter eine schwere Krankheit. Es war eine Knochenerweichung (Osteomalazie), die trotz verschiedener Kuren nicht aufgehalten werden konnte und sich schließlich derart verschlimmerte, daß die Kranke die Füße nicht mehr zu heben vermochte und fast zwei Jahre lang liegen mußte. Als die Kunst der Ärzte versagte, holte man den »Evangelisten« Elias Schrenk, der Marie durch Gebet und Handauflegung geheilt haben soll. Sie schreibt über dieses »Gnadenwunder«: »Ja, ich konnte die Füße

wieder lüpfen! Ich hatte sie vorher nur vorwärts schieben können, wenn man mich stützte. Oh diese Wonne! ... Als ich wieder an meine Kästen und Schubladen kam, war mir's, wie wenn alles mir neu geschenkt wäre, denn ich hatte ja mit allem abgeschlossen gehabt und dachte, es gehöre mir nimmer ... Am 18. Januar [1896] richtete ich mir wieder meinen Schreibtisch und mein Arbeitstischchen zum Gebrauch ein ....«

DIE LETZTEN JAHRE
(1896-1902)

Die fünf darauffolgenden Jahre einer leidlichen Gesundheit, die Marie Hesse nach ihrer schweren Krankheit noch verblieben, hat sie als göttliches Geschenk angesehen. Schon seit langem war sie für die ganze Gundert-Hessesche Verwandtschaft zu einer Art Familienmutter geworden, die das Leid ihrer Verwandten mittragen half, es durch mündliches und schriftliches Gespräch und durch tatkräftiges Eingreifen zu lindern und zu heilen suchte. 1880 war ihr Bruder Samuel, der Missionar in Indien, gestorben. Es war für Marie selbstverständlich, ihrer Schwägerin und den zwei Kindern für längere Zeit ein Heim in ihrem Hause zu geben. Sie war es auch, die ihrem Bruder David, dem Stuttgarter Verleger, nach dem Tode seiner ersten Frau eine zweite Ehegefährtin und Mutter für die verwaisten Kinder vermittelte. Die Bräute der beiden Isenbergsöhne lebten sich während eines monatelangen Aufenthalts in die Familie ein. Auch der Halbbruder ihres Mannes, Georg, der Jugendfreund Monika Hunnius', erhielt zweimal in Krisenzeiten bei ihr ein Zuhause, desgleichen die ledige Schwester ihres Mannes, Jenny, die nach dem Tode des 94jährigen Vaters (1886) keine rechte Aufgabe mehr hatte. Der hochbegabte, aber schwer nervenkranke, völlig arbeitsunfähige Bruder von Monika Hunnius, Karl, durfte sich längere Zeit der Gastfreundschaft des Calwer Hessehauses erfreuen. Seine Nichte Jettchen, ein siebzehnjähriges Mädchen, wurde unmittelbar nach Marie

Hesses Genesung ein Jahr lang wie eine Tochter in die Familie aufgenommen. Auch vielen »Missionsverwandten« war Marie Hesse eine Schwester und Mutter. Ida, die Tochter ihres Freundes Frohnmeyer, wurde 1897 als Pflegekind ein Familienmitglied. Nachdem sie später eine Kindergärtnerinnenausbildung erhalten hatte, durfte sie im Verlagsgebäude einen Kindergarten einrichten. Oft nämlich trafen die Kinder befreundeter Missionare ein, um die Sommermonate im Hause Hesse zu verbringen.
Trotz alledem fand diese Frau auch Zeit, ihren Mann bei der Verlagsarbeit zu unterstützen, und immer noch war sie selber schriftstellerisch tätig. 1897 schrieb sie das Lebensbild ihrer Mutter, »Julie Gundert, geb. Dubois«, für den 2. Band der Reihe: »Christliche Frauenbilder aus neuerer Zeit«, und übersetzte aus einem englischen Schriftsteller, Sheldone, für die »Politische Wochenschrift«, die 1898/99 im David Gundert-Verlag herauskam.
Welch entscheidende Rolle Marie Hesse im Leben ihres Sohnes Hermann Hesse gespielt hat, soll hier nur kurz berührt werden. Es konnte der Eindruck entstehen – besonders nach der Veröffentlichung des Dokumentenbandes »Kindheit und Jugend vor Neunzehnhundert« –, die Eltern Hermann Hesses hätten allzuviel an ihrem Sohn versäumt und ihn durch falsche Erziehungsmaßnahmen bis an die Schwelle des Selbstmordes getrieben. In dem Nachwort jenes Buches heißt es: »Diese Dokumentation ... zeigt, wie ein vielversprechender, hochbegabter Knabe durch Erziehung und nicht zu ihm passender Gemeinschaftsatmosphäre in der schwierigen Zeit der Entwicklung gequält und beinahe gebrochen wird – und wie er sich aus eigener Kraft herausarbeitet und seine Erziehung selbst in die Hand nimmt.« Dazu muß gesagt werden, daß es in jener Zeit wohl wenige Elternhäuser gegeben hätte, die mehr Geduld und mehr Verständnis für die verschiedenen »Ausbrüche« Hermanns aus Schule und Lehre und für seine langwährende Unsi-

cherheit bei der Berufsfindung gehabt hätten wie das Haus Hesse. Welche Selbstzucht und Bescheidung, welche weise Zurückhaltung sich gerade die energische und impulsive Mutter ihrem Sohne gegenüber auferlegte, sollte nicht übersehen werden. Je älter Hermann wurde, um so weniger versuchte sie, Druck auf ihn auszuüben. Über Erfahrungen und Erkenntnisse in der Erziehung schreibt Marie Hesse 1898 an ihre Schwägerin: »Bei manchen unserer Kinder haben wir ja tief unten durch müssen. Was da ein Elternherz durchmacht, weiß Gott, aber von Menschen nur, wer Ähnliches erlebt! ... Daß man ein Kinderherz nur und ganz allein durch unermüdliche, zarte, wachsame, stets im Gebet geschenke Liebe, nicht durch scharfe Strenge gewinnen kann, steht mir fest. Aber es ist nicht die natürliche Zärtlichkeit einer Mutter, die reicht nicht aus, sondern gottgeschenktes Ausharren in Liebe, Mitleid und Geduld.« Die schweren Krankheitsjahre, in denen die Mutter hilflos und »ganz beiseite gelegt« war, wurden für Hermann die Jahre, in denen er die Kraft fand, sich zu bewähren, erst in der einjährigen Mechanikerausbildung, dann durch den Eintritt in eine Buchhandelslehre, die er nach 3 Jahren mit der Gehilfenprüfung abschloß.
Welchen Schatz das Hessehaus durch seine reichhaltige Bibliothek dem künftigen Dichter und Bücherliebhaber bieten konnte, hat er oft genug berichtet. In einer Umwelt aufzuwachsen, in der das Bücherschreiben und Veröffentlichen zum Selbstverständlichen gehörte, war ein weiterer Glücksfall für Hermann. Die Jahrhundertwende 1899/1900 wurde für die Familie zum »Schriftstellerjahr«. In Kaysers »Allgemeines Bücherlexikon« stehen untereinander verzeichnet: Hermann Hesse mit seinen beiden Erstlingen »Romantische Lieder« und »Eine Stunde hinter Mitternacht«; Johannes Hesse mit »Die Heiden und wir« und »Das Missionsjahrhundert«; Marie Hesse mit »David Livingstone, der Freund Afrikas« (zweite, vermehrte Auflage); auch der Großvater, Hermann Gundert, erscheint

mit dem letzten nachgelassenen Buch »Schriftgedanken auf alle Tage des Jahres«.

Die Lieblingsdichter der Mutter, Schiller, Lenau und Eichendorff, wurden auch vom jungen Hermann Hesse viel gelesen, und manches Gedicht entstand nach diesen Vorbildern. Erst später, vor allem als er die Buchhandelslehre in Tübingen durchmachte, versuchte er, der Mutter auch manches Wertvolle der neueren Literatur nahezubringen, und so lernte sie in ihren letzten Lebensjahren noch C. F. Meyer und Gottfried Keller kennen. Den ersten Buchveröffentlichungen des Sohnes stand die Mutter kritisch gegenüber, doch einige Monate nach ihrem Tod schrieb der junge Dichter in einem Brief an die Schwester: »Wenn ich mich klar besinne, so verdanke ich das Beste, was ich geistig besitze, unserer lieben Mutter, die ich immer und immer wieder lebendig um mich fühle.«

Marie Hesse nahm, wie auch ihr Vater, die technischen Errungenschaften des 19. Jahrhunderts dankbar an. Sie benutzte Telegraph und Telephon und ließ sich immer wieder photographieren, ganz besonders aber schätzte sie die Eisenbahn, die eine rasche Verbindung mit Freunden und Bekannten ermöglichte. Aufgeschlossen stand sie den großen und kleinen politischen Ereignissen gegenüber. Sie freute sich über die Siege im Siebziger Krieg und über die Gründung des Deutschen Reiches, und sie war ein wenig enttäuscht, als bei der Einquartierung der siegreich zurückkehrenden Truppen ihrem Hause nur ein katholischer Feldprediger und sein Bursche zugewiesen wurden, statt Soldaten, die im Kampf gestanden hatten. Ihren Kindern die Möglichkeit zu verschaffen, in Stuttgart den König oder den Kaiser sehen zu können, versäumte sie nicht. Große Stücke hielt sie auf Bismarck, auch wenn sie einzelne seiner politischen Maßnahmen mißbilligte. Seinen Abgang als Kanzler bedauerte sie. Weit höher jedoch schätzte es Marie, als ein Kind des »Missionsjahrhunderts« leben und wirken zu dürfen. Dem Ruf Christi »Gehet hin in alle Welt und lehret alle

Völker ... nicht nur Gehör zu verschaffen, sondern ihm selber zu folgen«, war nach ihrer tiefsten Überzeugung das beste, wofür man sein Leben einsetzen konnte.
Die letzte Jahresübersicht, die Marie Hesse noch zu schreiben vermochte, war jene für 1900. Über das neu beginnende Jahrhundert schrieb sie: »Unser Kaiser hat das Jahr bewillkommnet als das erste Jahr des neuen Jahrhunderts, so müssen wohl denn die Untertanen mittun! Es stand trotz der Friedenskonferenz in Haag im blutigen Zeichen des Krieges und erbitterten Blutvergießens. In Südafrika Haß und Tod bis auf Messer – bei uns wahnsinnige Burenbegeisterung und Haß gegen England, daß man nichts mehr hören und lesen mochte, dann die Greuel in China und Aussendung deutscher Truppen dorthin. Standhaftes Martyrium der verfolgten Christen dort, ein furchtbares Durcheinander und Chaos im großen Reich der Mitte, aber Christi Reich breitet sich aus.«
Im Juni 1901 trat ein Nierenleiden , das Marie Hesse schon in früheren Jahren gepeinigt hatte, wieder auf und verursachte heftige Schmerzen. Während des fast einjährigen, oft qualvollen Krankenlagers beschäftigte sie sich rückblickend mit allen Menschen, die ihr seit der Kindheit begegnet waren. Das ganze Leben wurde ihr so in einer großen Bilderschau gegenwärtig, und sie sagte: »Herrlich, wenn man so am Ende des ganzen Erdenlaufes zurücksehen kann. Es ist eine große Harmonie der Liebe, die alles gewoben hat – und wenn man neben der Beschämung nur zu denken hat! Ich glaubte wohl, manche Stücke seien verpfuscht, aber es war alles so, wie ich es nötig hatte.«
Ihre letzten Worte, zwei Tage vor ihrem Tod, am 24. April 1902, waren eine Antwort auf die Frage, ob sie es schwer habe. »Ich habe es gut in jeder Beziehung ... Gott sei Dank!« Der Freund Johannes Frohnmeyer schrieb bei der Nachricht von ihrem Tod aus Indien: »Nun ist die liebe Frau Hesse auch heimgegangen zur ersehnten Ruhe ... eine reife Garbe, eine köstliche Frucht, von der viele Segen empfangen haben.«

ZU DEN BILDERN

Die Bildbeigaben zu diesem Buch bedürfen weder thematischer Erklärungen, noch beanspruchen oder provozieren sie formale Fragestellungen. Ihr Ziel bildete – als sie vor mehr als vierzig Jahren entstanden – lediglich Sachtreue und Selbstbescheidung, ihr Anlaß war die Verehrung von Hermann Hesses Werk und die Liebe zu seiner Welt.
Meine erste Fahrt nach Montagnola führte mich im Frühjahr 1933 von Dresden über Bamberg und Würzburg in's Schwabenland. Dort wollte ich – immer zeichnend – alle Hesse-Stätten erkunden, allein, Hinweise abwehrend, ausschließlich geführt von des Dichters Schriften und bemüht, aufsteigende künstlerische Beunruhigungen noch zu bändigen mit Corots Mahnung: »confidence et conscience«!
Endlich im »Hesse-Centrum« Calw angekommen, bat ich im erstbesten Gasthaus um das »bescheidenste Zimmer mit Blick« (in die Bischofstraße), wo ich meinem Koffer eilig Zeichenblätter und Stifte entnahm, um damit sofort loszuziehen und das Gelesene und Vorgestellte mit eigenen Augen zu erleben, mit eigenen Möglichkeiten auf's Papier zu bringen. Ich brauchte nichts zu suchen, alles kam mir entgegen: nicht nur mancher – freilich sehr entfernte – Verwandte von Hans Giebenrath oder Hermann Heilner, von Knulp oder vom lahmen Knaben, auch die Bäume, Gewässer, Gassen und Giebel blickten mich wie wartend an: die Perrot'sche Turmuhrenfabrik, das Geburtshaus am Marktplatz, die Grabdenkmäler auf dem Friedhof. Ich stieg auf die Höhen, zeichnete das Nagoldtal, geriet in fremde Gärten und stand unvermutet vor Hesses »Kindheitsveranda«, wanderte unter der Mondsichel nach Hirsau und kehrte im Tannendunkel unter nie gesehenen Sternbildern zurück.
Dieser Wachtraum währte Tage und füllte meine Zeichen-

mappe, mit der ich meist spät und möglichst unbemerkt die lärmig-bevölkerte Gasthofstube durchquerte, um in mein Kämmerchen zu klettern und meine Beute kritisch zu mustern. Da erschreckte mich ein leises Türklopfen: es war der Gastwirt höchstpersönlich, der sich zögernd zwei höfliche Fragen »anzudeuten gestatten wollte«. 1.) ob er mir – den er immer nur zeichnen und nie etwas essen sehe – ein »Künstler-Nachtmahl ehrenhalber« offerieren dürfe und 2.) ob ich etwa »mit Hermann Hesse zusammenhängen« würde. Etwas beschämt, doch begeistert bejahte ich beides.
»Das war der gute Schnauffer«, lachte Hesse, als ich ihm das alles, kaum war ich in Montagnola eingetroffen, ausführlich erzählen mußte. Und schon am nächsten Tage besuchte er mich in der Casa Camuzzi, wo ich mich (nicht ahnend: lebenslänglich) eingenistet hatte, um Blatt für Blatt meiner Reisemappe zu studieren, bis er zu meiner Überraschung ausrief: »diese Zeichnungen sollten einmal veröffentlicht werden!«
Ob damals der Plan des Marie Hesse-Buches schon bestand oder sogar durch die vorliegenden Bilder vorangetrieben wurde, mag dahingestellt bleiben. Jedenfalls ließ mich bald darauf der Stuttgarter Gundert-Verlag, der das Werk edieren wollte, sein Interesse an meiner graphischen Mitarbeit wissen, zumal der S. Fischer Verlag das Erscheinen meines ersten Illustrationsversuches (Hesses »Hermann Lauscher«, it 206) bereits ankündigen ließ.
Im Winter 1933 fuhr ich nochmals nach Deutschland zurück, und wieder war es eine Reise an viele Hesse-Stätten. Vor allem zeichnete ich abermals – und nun im Hinblick auf das Marie Hesse-Buch – in Calw. Überall hatte ich Grüße, Briefe und Weihnachtsgaben von Hesse seinen Freunden und Verwandten zu überbringen, wurde als Wohngast verwöhnt, am meisten im tiefverschneiten, von Adventsmusik durchklungenen, gutzleduftenden Eckenweiler Pfarrhaus. Dort las mir Adele Gundert das Manuskript des »Mutterbuches« vor, wir bespra-

Gunter Böhmer. Porträt Adele Gundert
Lithographie, 1933

chen die Zusammenstellung der Bilder, und damals entstand auch das hier abgebildete Porträt, dessen heiter-zuversichtlicher Ausdruck derzeit noch nicht die stille Verschwiegenheit und Trauer der späteren Jahre zeigte.
In Stuttgart wurde ich vom Verleger Fritz Gundert, einem Vetter Hesses, in freundschaftlicher Offenheit aufgenommen, das drohende Weltgewitter beschattete unsere Gespräche, vertiefte unsere Gemeinschaft und Entschlossenheit. In einem kleinen, kahlen Verlagsstübchen sah und zeichnete ich auch den neunzigjährigen Verlagsvater David Gundert. Sein Silberbart und sein schwarzes Käppi erinnerten mich irgendwie an Cézanne und flößten mir – nicht nur deshalb – größte Ehrfurcht ein. Er war über das entstehende »Marie Hesse-Buch« genauestens im Bilde und fragte mich unvermittelt, nicht ohne Strenge, ob und warum ich meine Illustrationen signieren werde oder nicht. Ich begründete diese ja keineswegs weltumstoßende Problematik ohne Umschweife: eine Signatur müsse zwar manchmal auch als graphischer Lückenbüßer (man kann es hier ja nachprüfen!), stets aber als ein Beweis dafür gelten, sein Erzeugnis zu verantworten. Dieser höchst naive, allzu pathetische Enthusiasmus schien den Greis zu verwundern, halb beruhigt halb amüsiert steckte er mir wortlos einen »Doppelwegg« in die Tasche, auf daß ich beim Zeichnen im Freien nicht verhungere oder erfriere. Damit stiefelte ich auf den Killesberg, brachte dem Schriftsteller Georg von der Vring in seinem originellen Weißenhofhause Hesses Grüße und erörterte anschließend die drucktechnischen Probleme des »Mutterbuches« mit Fritz Gundert im benachbarten »Schönblick«.
Wenn mir damals eine Orakelstimme zugeflüstert hätte, diese Gegend werde dreißig Jahre später für lange Zeit (während meiner Stuttgarter Akademietätigkeit) meine zweite, bzw. dritte Heimat bilden, – mein sofortiges Abwinken wäre sicherlich ebenso ungläubig gewesen, wie wenn man mir als malereibesessenen Gymnasiasten in Dresden prophezeit hätte, der-

einst würde der dort berühmte Akademie-Drucker meine ersten Litho-Illustrationen betreuen. Und doch traf beides ein. Ich zeichnete die hier verkleinert reproduzierten Blätter auf Umdruckpapier, und Meister Ehrhardt – der nicht nur Otto Dixens hochgeschätzter »Leibdrucker« war – übertrug sie ohne jeden Strichverlust auf Lithosteine, die danach eine Dresdner Firma zum Auflagedruck übernahm.
Glücklich war ich, Hermann Hesses aufleuchtendes Wiedererkennen seiner Jugendwelt mitzuerlebem beim Betrachten der ersten Originalabzüge, die ich ihm bei meiner baldigen Rückkehr nach Montagnola überbrachte. Dort sitze ich noch heute und denke zurück an all diese Fügungen, ungewiß, ob sie tatsächlich in unserem Jahrhundert geschehen sind und ermöglicht wurden. Ein heutiger Leser wird aus den geschriebenen Seiten dieses Buches gültige Antworten heraushören.

Montagnola, im Januar 1977 Gunter Böhmer.

ZU DIESER AUSGABE

insel taschenbuch 261: Marie Hesse – Die Mutter von Hermann Hesse. Titel der Originalausgabe: Marie Hesse. Ein Lebensbild in Briefen und Tagebüchern. Von Adele Gundert. Mit einem Essay von Siegfried Greiner. © 1953 beim D. Gundert Verlag Hannover. In den Auflagen 1 bis 6 erschien das vorliegende insel taschenbuch 261 unter diesem Titel. Von der 7. (1996) vorgelegten Auflage an hat es ein neues Umschlagbild und trägt den Titel: Marie Hesse – Die Mutter von Hermann Hesse. Ein Lebensbild in Briefen und Tagebüchern von Adele Gundert. Mit einem Essay von Siegfried Greiner und Lithographien von Gunter Böhmer.
Umschlagmotiv nach einem Photo von Carl Fuchs, Calw, um 1865

Klassische deutsche Literatur
im insel taschenbuch
Eine Auswahl

Der Kanon. Die deutsche Literatur. Herausgegeben von Marcel Reich-Ranicki.
- Erzählungen. 10 Bände und ein Begleitband im Schuber. 5700 Seiten
- Romane. 20 Bände im Schuber. 8112 Seiten
- Dramen. 8 Bände und ein Begleitband im Schuber. 4500 Seiten

Georg Büchner. Sämtliche Werke. Die kommentierte Ausgabe des Deutschen Klassiker Verlages. Zwei Bände in Kassette im insel taschenbuch. Herausgegeben von Henri Poschmann unter Mitarbeit von Rosemarie Poschmann. 2320 Seiten

Wilhelm Busch. Gedichte. Ausgewählt von Theo Schlee. Mit Illustrationen von Wilhelm Busch. it 2531. 195 Seiten

Annette von Droste-Hülshoff
- Der Distel mystische Rose. Gedichte und Prosa. Ausgewählt von Werner Fritsch. it 2193. 170 Seiten
- Die Judenbuche. Ein Sittengemälde aus dem gebirgichten Westfalen. Mit Illustrationen von Max Unold. it 399. 128 Seiten
- Sämtliche Erzählungen. Herausgegeben von Manfred Häckel. it 1521. 234 Seiten
- Sämtliche Gedichte. Nachwort von Ricarda Huch. it 1092. 750 Seiten

Marie von Ebner-Eschenbach. Dorf- und Schloßgeschichten. Ausgewählt und mit einem Nachwort versehen von Joseph Peter Strelka. it 1272. 390 Seiten

NF 26/1/5.04

Joseph Freiherr von Eichendorff
- Aus dem Leben eines Taugenichts. Mit Illustrationen von Adolf Schrödter und einem Nachwort von Ansgar Hillach. it 202. 154 Seiten
- Gedichte. Mit Zeichnungen von Otto Ubbelohde. Herausgegeben von Traude Dienel. it 255. 163 Seiten
- Gedichte. In chronologischer Folge herausgegeben von Hartwig Schultz. it 1060. 268 Seiten
- Liebesgedichte. Herausgegeben vonWilfried Lutz. it 2591. 219 Seiten
- Novellen und Gedichte. Ausgewählt und eingeleitet von Hermann Hesse. it 360. 325 Seiten

Theodor Fontane
- Briefe an Georg Friedlaender. Herausgegeben und mit einem Nachwort von Walter Hettche. Mit einem Essay von Thomas Mann. it 1565. 486 Seiten
- Effi Briest. Mit 21 Lithographien von Max Liebermann. it 138 und it 2811. 354 Seiten
- Ein Leben in Briefen. Ausgewählt und herausgegeben von Otto Drude. it 540. 518 Seiten
- Ein Sommer in London. Mit einem Nachwort von Harald Raykowski. it 1723. 252 Seiten
- Frau Jenny Treibel oder »Wo sich Herz zum Herzen findt«. Roman. Mit einem Nachwort von Richard Brinkmann. it 746 und it 2952. 269 Seiten
- Gedichte. Ausgewählt und mit einem Nachwort von Rüdiger Görner. it 2221. 200 Seiten
- Die Gedichte. Herausgegeben von Otto Drude. it 2684. 751 Seiten
- Grete Minde. Nach einer altmärkischen Chronik. Mit einem Nachwort von Peter Demetz. it 1157. 154 Seiten
- Meine Kinderjahre. Autobiographischer Roman. Mit einem Nachwort von Otto Drude. Mit Illustrationen und Abbildungen. it 705. 276 Seiten

NF 26/2/5.04

- Der Stechlin. Mit einem Nachwort von Walter Müller-Seidel. it 152. 504 Seiten
- Unterm Birnbaum. Erzählung. Mit einem Nachwort von Otto Drude. Großdruck. it 2428. 192 Seiten

Georg Forster. Reise um die Welt. Herausgegeben und mit einem Nachwort von Gerhard Steiner. it 757. 1039 Seiten

Johann Wolfgang Goethe
- Elegie von Marienbad. it 1250. 128 Seiten
- Erotische Gedichte. Gedichte, Skizzen und Fragmente. Herausgegeben von Andreas Ammer. it 1225. 246 Seiten
- Faust. Text und Kommentar. Herausgegeben von Albrecht Schöne. Zwei Bände in Kassette. it 3000. 1976 Seiten
- Gedichte. Sämtliche Gedichte in zeitlicher Folge. Herausgegeben von Heinz Nicolai. it 2281. 1264 Seiten
- Gedichte in zeitlicher Folge. Herausgegeben von Heinz Nicolai. it 1400. 1249 Seiten
- Gedichte in Handschriften. Fünfzig Gedichte Goethes. Ausgewählt und erläutert von Karl Eibl. it 2175. 288 Seiten
- Goethe, unser Zeitgenosse. Über Fremdes und Eigenes. Herausgegeben von Siegfried Unseld. it 1425. 154 Seiten
- Italienische Reise. Mit Zeichnungen des Autors. Herausgegeben und mit einem Nachwort von Christoph Michel. it 175. 808 Seiten
- Das Leben, es ist gut. Hundert Gedichte. Ausgewählt von Siegfried Unseld. it 2000. 204 Seiten
- Die Leiden des jungen Werther. it 2775. 170 Seiten
- Märchen. Der neue Paris. Die neue Melusine. Das Märchen. Herausgegeben von Katharina Mommsen. it 2287. 232 Seiten
- Maximen und Reflexionen. Text der Ausgabe von 1907 mit der Einleitung Max Heckers. Nachwort Isabella Kuhn. it 200. 370 Seiten

NF 26/3/5.04

- Novelle. Herausgegeben von Peter Höfle. it 2625. 80 Seiten
- Novellen. Herausgegeben und mit einem Nachwort von Katharina Mommsen. Mit Zeichnungen von Max Liebermann. it 425. 293 Seiten
- Ob ich dich liebe weiß ich nicht. Liebesgedichte. Herausgegeben von Karl Eibl. Großdruck. it 2396. 175 Seiten
- Tagebuch der Italienischen Reise 1786. Notizen und Briefe aus Italien. Mit Skizzen und Zeichnungen des Autors. Herausgegeben und erläutert von Christoph Michel. it 176. 402 Seiten
- Verweile doch. 111 Gedichte mit Interpretation. Herausgegeben von Marcel Reich-Ranicki. it 1775. 512 Seiten
- Die Wahlverwandtschaften. Ein Roman. it 1. 333 Seiten. it 2950. 314 Seiten
- West-östlicher Divan. Mit Essays zum »Divan« von Hugo von Hofmannsthal, Oskar Loerke und Karl Krolow. Herausgegeben von Hans-J. Weitz. it 75. 400 Seiten

Wilhelm Hauff

- Die Geschichte von dem kleinen Muck. Mit Illustrationen von Fritz Fischer und einem Nachwort von Ludwig Harig. it 2867. 94 Seiten
- Märchen. Herausgegeben von Bernhard Zeller. Mit Illustrationen von Theodor Weber, Theodor Hosemann und Ludwig Burger. it 216. 480 Seiten
- Das Wirtshaus im Spessart. Eine Erzählung. it 2584. 202 Seiten

Heinrich Heine

- Buch der Lieder. Mit zeitgenössischen Illustrationen und einem Nachwort von E. Galley. it 33. 322 Seiten
- Liebesgedichte. Ausgewählt von Thomas Brasch. it 2822. 96 Seiten
- Der Rabbi von Bacherach. Ein Fragment. Mit einem Nachwort von Joseph A. Kruse. Großdruck. it 2426. 120 Seiten

NF 26/4/5.04

- Sämtliche Gedichte in zeitlicher Folge. Herausgegeben von Klaus Briegleb. it 1963. 917 Seiten
- Späte Gedichte und Lyrik aus dem Nachlaß. Herausgegeben von Joseph A. Kruse und Marianne Tilch. it 3036. 320 Seiten

Johann Gottfried Herder. Lieder der Liebe. it 2643. 120 Seiten

E. T. A. Hoffmann
- Die Abenteuer der Silvester-Nacht. Mit farbigen Illustrationen von Monika Wurmdobler. it 798. 81 Seiten
- Die Elixiere des Teufels. Mit Illustrationen von Hugo Steiner-Prag. it 304. 349 Seiten
- Das Fräulein von Scuderi. Erzählung aus dem Zeitalter Ludwigs des Vierzehnten. Mit Illustraionen von Lutz Siebert. it 410. 127 Seiten
- Lebensansichten des Katers Murr, nebst fragmentarischer Biographie des Kapellmeisters Johannes Kreisler in zufälligen Makulaturblättern. Mit Illustrationen von Maximilian Liebenwein. it 168. 506 Seiten
- Der Sandmann. Mit Illustrationen von Hugo Steiner-Prag und einem Nachwort von Jochen Schmidt. it 934. 84 Seiten

Alexander von Humboldt. Über das Universum. Die Kosmos-Vorträge 1827/28 in der Berliner Singakademie. Herausgegeben von Jürgen Hamel und Klaus-Harro Tiemann. it 1540. 235 Seiten

Gottfried Keller
- Der grüne Heinrich. Erste Fassung. Mit Zeichnungen Gottfried Kellers und seiner Freunde. Zwei Bände. it 335. 874 Seiten. it 2944. 960 Seiten
- Die Leute von Seldwyla. Vollständige Ausgabe der Novellensammlung. Mit einem Nachwort von Gerhard Kaiser. it 958. 732 Seiten

NF 26/5/5.04

- Romeo und Julia auf dem Dorfe. Mit einem Nachwort von Klaus Jeziorkowski. it 756. 139 Seiten
- Das Sinngedicht. Novellen. Mit einem Essay von Gerhard Kaiser und ausgewählten Abbildungen. it 2708. 335 Seiten
- Spiegel, das Kätzchen. Ein Märchen. it 2768. 92 Seiten

Heinrich von Kleist
- Michael Kohlhaas. Aus einer alten Chronik. Nachwort von Jochen Schmidt. it 1352. 172 Seiten
- Sämtliche Erzählungen. it 2862. 336 Seiten

Eduard Mörike
- Brautbriefe. Die Briefe an Luise Rau. Herausgegeben von Dietmar Till. it 3039. 304 Seiten
- Eduard Mörikes schönste Erzählungen. Ausgewählt und mit einem Nachwort versehen von Hermann Hesse. Redaktion: Volker Michels. it 1290. 288 Seiten
- Die Historie von der schönen Lau. Mit Illustrationen von Moritz von Schwind und einem Nachwort von Traude Dienel. it 72. 112 Seiten
- Idylle vom Bodensee. Mit zeitgenössischen Illustrationen von Ferdinand Schlotterbeck. Herausgegeben und mit einem Nachwort versehen von Egon Gramer. Mit einem Vorwort von Arnold Stadler. it 3098. 128 Seiten
- Liebesgedichte. Ausgewählt von Wilfried Lutz. it 3040. 160 Seiten
- Maler Nolten. Novelle in zwei Teilen. Erste Fassung. Mit zeitgenössischen Illustrationen und einem Nachwort von Wolfgang Vogelmann. it 404. 482 Seiten
- Mozart auf der Reise nach Prag. Eine Novelle. Mit Illustrationen von Hugo Steiner-Prag und mit einem Nachwort von Traude Dienel. it 376. 122 Seiten
- Die schönsten Gedichte. Herausgegeben von Hermann Hesse. Mit Zeichnungen des Autors. it 2540. 178 Seiten

NF 26/6/5.04

Karl Philipp Moritz

- Anton Reiser. Ein psychologischer Roman. Mit einem Nachwort von Max von Brück. it 2229. 533 Seiten
- Götterlehre. Herausgegeben von Horst Günther. Mit Fotografien. it 2507. 340 Seiten
- Reisen eines Deutschen in England im Jahr 1782. Mit einem Nachwort von Heide Hollmer. it 2641. 200 Seiten

Novalis

- Gedichte. Die Lehrlinge zu Sais – Dialogen und Monolog. Mit einem Nachwort von Jochen Hörisch. it 1010. 179 Seiten
- Heinrich von Ofterdingen. Herausgegeben von Jochen Hörisch. Mit zeitgenössischen Abbildungen. it 596. 244 Seiten
- Liebesgedichte. Ausgewählt von Gerhard Schulz. it 2874. 112 Seiten

Friedrich Nietzsche

- Also sprach Zarathustra. Ein Buch für Alle und Keinen. Thomas Mann: Die Philosophie Nietzsches im Lichte unserer Erfahrung. it 145. 368 Seiten
- Ecce homo. Wie man wird, was man ist. Mit einem Vorwort von Raoul Richter und einem Nachwort von Ralph-Rainer Wuthenow. it 2677. 164 Seiten
- Gedichte. Nach den Erstdrucken 1878 bis 1908. Herausgegeben von Ralph Kray und Karl Riha unter Mitarbeit von Mario Leis. Mit zahlreichen Abbildungen. it 1622. 162 Seiten
- Götzen-Dämmerung oder Wie man mit dem Hammer philosophiert. Herausgegeben von Karl Schlechta. it 822. 123 Seiten

NF 26/7/5.04

Friedrich Schiller

- Sämtliche Gedichte. Herausgegeben von Jochen Golz. it 2547. 606 Seiten
- Wallenstein. Ein dramatisches Gedicht. Wallensteins Lager – Die Piccolimini – Wallensteins Tod. Herausgegeben von Herbert Kraft. Mit einem Nachwort von Oskar Seidlin. it 752. 336 Seiten

Theodor Storm

- Am Kamin. Und andere unheimliche Geschichten. Mit Illustrationen von Roswitha Quadflieg. Ausgewählt und mit einem Nachwort versehen von Gottfried Honnefelder. it 2420. 236 Seiten
- Gedichte. it 731. 240 Seiten
- Immensee. it 732. 192 Seiten
- Pole Poppenspäler. Und andere Novellen. it 733. 189 Seiten
- Der Schimmelreiter. Mit Zeichnungen von Hans Mau und einem Nachwort von Gottfried Honnefelder. it 736. 180 Seiten

Ludwig Tieck

- Die schönsten Märchen. Ausgewählt und mit einem Nachwort versehen von Hermann Hesse. it 2880. 285 Seiten
- Weihnacht-Abend. Novelle. Mit einem Nachwort von Uwe Schweikert. Großdruck. it 2431. 100 Seiten

NF 26/8/5.04